KB093884

달라이 라마, 마음의 고향을 찾아

Following in the Footsteps of the DALAI LAMA

달라이 라마, 마음의 고향을 찾아

2014년 9월 5일 초판 1쇄 발행

달라이 라마의 말씀, 보고 들은 이 가연숙
펴낸이 이규만
편집 상현숙
디자인 아르떼203

펴낸곳 참글세상
출판등록 제300-2009-24호(2009년 3월 11일)
주소 서울시 종로구 인사동 7길 12 백상빌딩 1305호
전화 02-730-2500
팩스 02-723-5961
이메일 kyoon1003@hanmail.net
ⓒ 가연숙, 2014
ISBN 978-89-94781-27-3 03890

-값은 뒤표지에 있습니다.
-이 책은 저작권법에 따라 보호받는 저작물이므로 무단전재와 복제를 금지하며,
 이 책 내용의 일부를 이용할 때도 반드시 지은이와 본 출판사의 서면 동의를 받아야 합니다.
-이 책의 수익금 중 1%는 티베트 어린이들을 위해 쓰입니다.

달라이 라마,
마음의 고향을 찾아

Following in the Footsteps of the DALAI LAMA

달라이 라마의 말씀, 보고 들은 이 **가연숙**

참글세상

1% 나눔의 기쁨

추천사

THE DALAI LAMA

FOREWORD

I am happy to know that this book, *Following in the Footsteps of the Dalai Lama* by Yeonsuk Ka is to be published in Korean. The author has regularly attended teachings and public talks I have given in India, particularly those occasions in Dharamsala when I have been requested to give Buddhist teachings to Korean Buddhists. As a result she has compiled this book dealing with the role of the Dalai Lamas, human values and various aspects of Tibet's Buddhist knowledge and culture.

I often summarize my public talks in terms of three commitments that guide my life: as a human being, one of the 7 billion human beings, I try to share with others the idea that the real source of happiness is within us. I'm also a Buddhist dedicated to promoting religious harmony. Thirdly, although I have now completely retired from political responsibility and have voluntarily brought the Dalai Lamas' historic involvement in Tibet's political affairs to an end, I remain committed to preserving Tibetan Buddhism and Tibetan culture, which is a culture of peace, non-violence and compassion.

Since the people of Korea experienced a great upheaval at the same time as we Tibetans and have met similar challenges with some success, I hope that Korean readers may find something of interest and benefit in this book.

July 24, 2014

4

나는 이 책『달라이 라마, 마음의 고향을 찾아(*Following in the footsteps of the DALAI LAMA*)』가 한국에서 출간되는 것을 매우 기쁘게 생각합니다. 저자는 한국의 불자뿐만 아니라 세계 다양한 국가의 불교도들의 요청으로 인도 다람살라에서 개최되었던 정기 법회는 물론, 인도 각지와 세계 여러 곳에서 열린 공개 강연에 참여하였습니다. 그리고 그 결과물로서 달라이 라마의 설법을 중심으로 한 권의 책을 엮었습니다.

인간의 가치와 더불어 티베트 불교 지식과 문화의 다양한 측면에서 나의 일생에 걸쳐 전념하는 스스로의 공약이 세 가지 있습니다. 첫 번째로 나는 한 인간으로서, 무수히 다양한 인류 가운데 하나라는 입장에서, 행복의 실제 가치는 우리 안에 있음을 인정하고 타인과 다양한 생각을 나누는 데 최선을 다하고자 합니다. 두 번째로 나는 불교 수행자로서 종교 간의 이해와 화합을 증진하는 데 헌신하고자 합니다. 마지막 세 번째로 나는 티베트의 장구한 역사와 긴밀히 연관된 달라이 라마라는 칭호를 지닌 티베트 인이기에 티베트의 정치적인 문제가 해결되기를 발원합니다. 나는 평화와 비폭력 그리고 연민에 의한 문화의 측면에서 티베트의 불교와 문화를 보존하기 위해 진심으로 노력할 것입니다.

한국의 국민들이 격동하는 시대의 변화 속에서 여러 성과를 이루었듯이 우리 티베트 인들도 그와 유사한 도전의 과제들을 겪었습니다. 나는 한국의 독자들이 이 책을 통해서 흥미로운 가치를 느끼고 또한 발견하기를 기대해봅니다.

2014년 7월 24일
달라이 라마

정우스님

33년 전, 인도 성지 순례길에서 구전으로만 들었던 티베트 불교를 처음 만났습니다. 대한민국의 단수 여권을 가슴에 품고 혼자 떠났던 순례길에서 만난 티베트 불교는 법열 그 자체였습니다. 전생의 링 린포체 노스님과의 작은 인연은 청년이 된 링 린포체 스님과 함께하는 인연이 되었습니다.

당시 맺은 티베트 불교와의 인연은 그후 인도, 네팔에 있는 티베트 사찰 방문과 수많은 티베트 스님들과의 교류로 이어졌고 자연스럽게 다람살라, 부다가야 등에서 달라이 라마 존자님을 친견할 수 있었습니다.

예로부터 티베트 불교는 히말라야 산을 넘어 서장(西藏), 즉 서쪽에 감추어진 나라의 불교라고 하였습니다. 어쩌면 숨겨진 나라의 불교가 될 수도 있었을 것입니다. 그러나 존자님이 세계를 무대로 부처님 법을 전할 수 있게 된 것은 어쩌면 티베트가 점령당하는 어려움을 겪게 되면서부터가 아니었을까 하는 생각도 듭니다. 존자님이 자유를 찾아 인도로 망명하게 된 것이 또한 티베트 불교를 세상에 알리는 인연이 되지 않았을까 싶기 때문입니다. 21세기는 국가 간에 국경이 사라지는 세상이 되면 어떨까 생각합니다. 유럽의 EU 국가들처럼 국경이 별 의미 없어지는 날이 왔으면 하는 바람입니다.

존자님의 법문 중에 "고통의 원인을 바꾸어 말하면, 혼란과 착각을 가져오게 하고 마음을 괴롭히는 감정적인 경험이니, 수행 정진의 두 수레 바퀴의 축을 방편과 지혜로 삼아야 한다."라는 말씀이 있습니다. 그리고 그러한 마음 다스림에는 항시 그 바탕으로 삼아야 할 것이 보리심이라고 하셨습니다.

달라이 라마 존자님은 여러 곳에서 개인적으로 친견하여 뵙기도 하였지만, 그동안 십여 차례 이상 대법회(칼라차크라)에서 사진에 담기도 하였습니다. 법회 중에 가까이에서 눈이라도 마주치게 되면 화사한 미소로 답해 주시는 그 순간의 경험은 누구도 잊을 수 없을 것입니다. 업장이 다 소멸되고 신심이 저절로 생기는 환희 법열의 순간입니다. 무어라 이름 지을 수는 없지만 수행자의 평등심에서 드러나는 연민의 마음이 아닐까 싶습니다.

서울 구룡사에서 대중 포교 현장의 일원이 된 지도 30여 년이 되었습니다. 그런 중에 가연숙 불자의 신심으로 여러 해 동안 월간 『붓다』에서 존자님의 법문을 생생하게 볼 수 있었습니다. 존자님의 미소가 담긴 사진과 말씀은 매월 기다려지는 기쁨의 법문이었습니다. 한국에 있는 불자들이 먼 곳의 존자님을 직접 친견하고 법문을 듣는 듯 느끼게 해준 인연이 이번에 한 권의 책에 담겨 나온다니 이 또한 얼마나 기쁘고 고마운지요.

달라이 라마 존자님은 우리 시대의 대선지식이요 큰 스승이시며 관세음 보살이십니다. 여래사에서는 티베트 불교와 인연 있는 사부대중들이 동참하여 장수 기원 법회를 하였습니다. 오래 오래 사바 세계에 계시기를 보현 보살의 십대행원으로 달라이 라마 존자님께 분향하고 예배 올립니다.

2014년 7월 구룡산방 아산 정우 합장

진옥스님

달라이 라마는 세계인의 존경을 받는 분입니다. 한 조직의 어른이기 때문이 아닙니다. 만들어진 허구의 이름은 더더구나 아닙니다. 수행을 통해 한 인간으로서 할 수 있는 최상의 진실된 마음과 행을 드러낸 깨어 있는 선각자이기 때문입니다.

제가 달라이 라마 존자를 처음 친견한 지도 어느덧 20여 년이 되었습니다. 불자라면 누구나 한번쯤은 친견해보고 싶은 마음일 것입니다. 세계인의 영적 지도자이신 존자님의 친견은 인생의 새로운 전환점이 될 것이라고 확신하면서 십수 년째 달라이 라마 존자님의 친견 법회를 주관하고 있습니다. 매년 3~400여 명의 신도님들이 멀리 인도 다람살라까지 가서 존자님의 법문을 듣고 성지 순례를 하고 있습니다.

계율에 인연을 만들지 말라는 것이 있습니다. 하지만 법의 인연을 만들어주는 것은 출가자로서 꼭 해야 할 일이라고 생각합니다. 보시 중에 으뜸은 법 보시라고 합니다. 이 인연으로 많은 사람들이 법문을 들을 수 있다면 더한 계율이라도 어기며 만들어주고 싶습니다. 아울러 존자님께서 우리 한국에서만 법회를 열지 못하고 있습니다. 하루라도 빨리 존자님의 법회가 한국에서 이루어지기를 간절히 발원합니다. 그래야 더 많은 한국 사람들이 존자님의 법문을 듣고 바른 삶을 영위할 수 있다고 생각합니다.

지금은 물질이 넘쳐나지만 정신은 피폐해져가는 시대입니다. 이런 때에 정신적 지도자의 말씀을 듣고 정신이 건강한 나라가 되었으면 하는 바람입니다. 이러한 분과 인연이 있어 현세에 만난다는 것은 지금의 영광이기도 하지만 다음 생에 커다란 빛이 될 것입니다.

낯설고 물선 타국 티베트에서 존자님의 말씀을 직접 전하고 있는 저자 가연숙 씨의 용기와 불심에 감탄을 금할 수 없습니다. 저자의 이런 용기와 노력 덕분에 글과 사진으로나마 존자님의 법문을 가까이 할 수 있다는 것에 감사를 드립니다.

저자가 바른 법과 최고의 스승을 만나는 모습을 보고 오랜 생의 인연이었으리라는 생각을 했습니다. 더불어 그곳에서 생의 반려를 만난 것 또한 우연일 수는 없을 것입니다. 그 큰 스승과의 인연 곁에서 마음을 내어 취재하고 글을 써서 세상에 알리기 위해 노력하는 모습이 아름답습니다.

저자가 존자님을 지근거리에서 뵙고 취재하는 것은 여러 인연 있는 분들의 행복의 길잡이가 되었으면 하는 원으로 하는 선행이기에 수희찬탄하면서 몇 자 적어봅니다.

이 책이 나옴으로 해서 티베트의 어려운 처지와 스승들의 뛰어난 수행력과 달라이 라마에 대한 이해가 깊어졌으면 하는 바람입니다. 저자와 더불어 모든 생명들이 행복으로 일도 향상하기를 발원합니다.

경주 동국대학교 티벳 대장경 역경원
원장 진옥 씀

2009년 이른 봄, 전 세계 종교 수행자와 배낭 여행자들의 영적 안식처이자 세계 유일의 티베트 난민 망명 정부가 수립된 인도 다람살라를 찾았을 때, 나는 생사를 담보로 한 혹독한 시험을 치러야 했다. 델리에서 야간 버스를 타고 다람살라로 향하던 날 고열과 설사를 동반한 고통이 온몸을 휘감았기 때문이다.

한 걸음을 뗄 때마다 매번 도끼로 머리를 찍는 것과 같은 고통으로 인상이 구겨졌다. 약을 먹기 위해 스프로 위를 달래는 정도의 끼니만 대했다. 마치 아귀의 업보를 받는 것처럼 음식이 들어가면 목 줄기가 타들어 가는 듯 괴로웠다.

그렇다고 다람살라를 포기하고 싶지 않았다. 뭔가 알 수 없는 힘이 나를 이끌고 있다는 느낌에만 집중했다. 막상 다람살라에 여장을 풀고서도 상태는 호전되지 않았다. 누군가는 이질이라고 했고 말라리아에 걸린 것 같다고도 했으며 고산병이라고도 했다.

마침 티베트 새해 로사가 지나고 외부 일정을 마친 14대 달라이 라마 성하께서 다람살라로 입성한다는 소식이 들려왔다. 호위 차량들 속에서 달라이 라마의 모습을 찾기란 어렵지 않았다. 사진 속에서 뵈었던 온화한 미소 그대로였다. 들뜬 여행자들과 섞여 그의 미소와 스친 시각은 고작 3초. 그 순간 지구의 자전이 멈춘 듯 오직 고요와 평온뿐이었다.

지난 일주일간 괴로움의 포로였던 나는 어디론가 사라지고 없었다. 그후 달라이 라마의 미소 신통력으로 나의 무병이 사라졌다면 얼마나 좋았을까? 전 세계에 평화와 인류애를 전하는 성인과의 첫 만남으로 들뜬 기운도 잠시, 결국 병마에 항복당한 나는 열흘 만에 반송장 상태가 되어 위급하게 귀국을 해야만 했고, 어머니의 극진한 간호를 받은 지 불과 사흘 만에 기적처럼 회생했다. 그리고 확신했다. 내가 왜 다람살라로 다시 돌아가야 하는가를.

그리고 반 년 후 가을, 다람살라는 나의 집이 되었다. 적을 두고 있던 불교 언론사에 달라이 라마의 법문을 중계하면서 티베트 망명 정부의 유일한 한국인 기자의 삶이 시작되었다. 2010년 2월에는 8년 만에 재개된 달라이 라마의 중국 외교 특사단의 기자 간담회가 열렸고 이를 취재하면서 비로소 티베트 불교와 달라이 라마 그리고 티베트 망명 정부의 삼합을 직접 체감하게 되었다. 이후부터는 홀린 듯이 티베트의 불교 문화와 망명 정부의 현실을 알릴 수 있는 길에만 몰입했다. 당시의 한국은 달라이 라마와 티베트 불교뿐만 아니라 망명 정부에 관한 현실감 있는 그 무엇도 제대로 알려진 바가 없는 실정이었다. 나 역시 새롭게 배워야 했고 끊임없이 물어야 했으며 진심을 다해 온몸으로 뛰어드는 방법밖에 없었다. 다람살라의 삶은 시나브로 내가 배운 1950년대 이후의 세계사를 재편성하고 한국의 불교사를 확장시켰으며 난민의 실상을 체험하면서 인류의 정의를 재정립시켰다.

"지구의 70억 인류가 신앙하는 다양한 종교가 있지만 그 가운데 10억의 인구는 무종교인입니다. 그렇기 때문에 종교를 넘어 우리는 인류 공동의 가치를 구현하기 위해 마음의 평화와 연민의 자질을 키워야 합니다. 그것을 우리는 현세적이고 세속적인 윤리(Secular Ethics)라고 부릅니다. 우리는 종교가 지닌 모든 형식과 체제를 거부할 수 있을지 몰라도, 마음의 평화와 연민은 거부할 수 없는 가치를 지닌 그 이상의 것입니다."

이는 21세기를 여는 가장 혁신적이고 개혁적인 불교 리더 달라이 라마가 선포한 인류의 보편적인 책임이다. 달라이 라마의 법문을 따라 처음 다람살라를 벗어난 때가 2010년 1월 인도 비하르주 보드가야에서 열린 신년 법회 때였다. 이어서 해외 법문으로는 그해 5월 스위스 취리히에서 열린 '마음과 생명 연구소' 주관 이타주의 경제학 포럼을 동행 취재했다. 이후 다람살라의 사계절 법문을 중심으로 인도 망명 정부 제2의 수도인 남인도 벨라쿠피의 세라 사원을 거쳐 문곳의 대붕 그리고 간덴 사원, 종교 화합의 장이었던 코친, 파키스탄 국경의 누브라밸리, 달라이 라마를 따라 육로를 거쳐 여행했던 지스파, 티베트 대학이 건립된 사르나트 등에서 법문을 취재했다. 해외로는 러시아 불교 문화의 영향을 받은 헝가리 부다페스트, 티베트 난민을 정책적으로 우대하는 캐나다 토론토, 열린 인류애를 보인 남미의 멕시코를 비롯하여, 아시아에서 유일하게 달라이 라마를 처음으로 초청하고 여전히 우호적인 일본의 요코하마, 나고야, 가나자와, 교토, 고야산을 취재하였다. 무엇보다 2011년 티베트 민주주의 망명 정부의 반세기 전환의 현장에서 달라이 라마의 정치적 지도자 은퇴 과정을 직접 취재하였으며, 신임 총리 롭상 상게 박사의 선출로 변화하는 망명 정부와 젊은 티베트 인들의 활동을 직접 체험한 것은 전율 그 자체였다.

인도 다람살라에서의 5년. 이 책은 그 기록의 시작이다. 1부는 달라이 라마와 티베트에 관한 간략한 소개이다. 대중과의 만남에서 달라이 라마가 직접 말씀하셨던 본인과 티베트에 관한 회상을 근거로 하였다. 2부는 인류의 화합과 번영을 위한 자비와 평화에 대한 달라이 라마의 법문이다. 3부는 연기법의 이치로 깨우친 석가모니 붓다의 공성으로 바라본 자아에 관한 달라이 라마의 법문이며, 4부는 『입보리행론』과 『보리도차제론』을 중심으로 보리심을 증장하고 참된 나를 찾는 수행에 관한 달라이 라마의 법문이다. 이 모든 법문의 사진과 내용은 직접 취재한 것으로서 순전히 나의 근기에 의한 바라봄과 들음에 충실한 결과이다. 그러한 기록에서 한 치의 실수나 모자람이 있다면 그 또한 나의 업이기에 겸허히 생의 남은 과제로 삼으려 한다.

지금도 티베트와 달라이 라마를 떠올리면 가슴 속 깊이 뜨거운 울림이 전해진다. 나는 이미 티베트 망명 정부의 앞으로의 반세기와 함께 걸어가겠다는 굳은 서원을 세웠다. 망명 정부 100년 수립 이전 나의 생 안에 티베트가 독립된다면 나의 소중한 벗 티베트 인들과 손을 맞잡고 환희의 춤을 출 것이다. 현 달라이 라마의 열반 또한 생생한 기록으로 남기고 싶다고 서원해 본다. 이러한 작은 날개 짓이 한국에서 더욱 많은 대중에게 전해질 수 있는 길 또한 거듭 고민할 것이다. 그런 의미에서 웹 뉴스 '가교(www.gagyo.org)'는 이곳 티베트 망명 정부 그리고 달라이 라마의 생생한 기록을 전하는 창이 될 것을 자신한다.

지금 여기 이 길 위에 온전히 서 있도록 해주신 다람살라의 한국인 법회를 주관하시는 진옥 스님(여수 석천사 주지)과, 한국인 불자들에게 달라이 라마의 법어를 알릴 수 있도록 월간 『붓다』에 지면을 마련해주신 군종교구장 정우 스님(서울 구룡사 회주)께 진심을 다해 감사드린다. 더불어 인간의 몸으로 온전히 태어나 성장케 해주신 나의 어머니 덕원 스님과 티베트 망명정부 외교부에서 국정의 직무를 보고 있는 내 인생의 반려자 체링왕촉 그리고 티베트와 한국의 미래를 위해 성장할 우리의 딸 인서, 마지막으로 이 책을 통해 조금이나마 티베트와 달라이 라마에게 관심을 가지게 될 독자들에게 이 책으로 말미암은 모든 선업의 공덕을 올리고자 한다.

　달라이 라마 성하의 장수를 발원하며, 성하께서 전하시는 평화의 메시지가 온 세계에 두루 하여 생명 지닌 모든 존재가 조화롭게 어울려 아름다운 향기로 여여하기를.

2014년 여름 인도 다람살라에서

가연숙 두 손 모아

추천사   달라이 라마•4

        정우 스님•6

        진옥 스님•8

책을 펴내며•10

제1부 ✿ 달라이 라마, 다람살라

    01 바다와 같은 지혜를 지닌 스승•21

    02 티베트•29

    03 다람살라•36

    04 티베트 망명 정부•42

    05 텐진 갸초•57

제2부 ✿ 평화와 자비

    01 인간은 평화 그 자체입니다•65

    02 지금 순항중입니까?•71

    03 '나'가 아니라 '우리'입니다•80

    04 마음의 조종자는 과연 누구인가요?•87

    05 긍정의 마음, 자비의 또 다른 이름입니다•95

    06 사람은 내면의 평화가 필요합니다•99

    07 분노가 오면 이렇게 하십시오•107

제3부 🌸 나는 누구인가

01 독립된 나는 없습니다 • 115

02 어떤 부분이 진짜 나의 몸일까요? • 128

03 무아는 연기입니다 • 136

04 '나'는 손으로 가리킬 수 없습니다 • 144

05 나의 몸이 나의 마음입니다 • 153

06 불교는 나와 마주하게 합니다 • 161

07 희론을 거두십시오. 그 자리가 열반입니다 • 168

08 나와 같거나 다르다는 편견을 버리십시오 • 176

09 분별의 흐름을 깬 것이 공입니다 • 184

10 분별이 문제를 일으킵니다 • 213

제4부 🌸 깨달음의 길

01 지관 수행이 깨달음의 길입니다 • 227

02 그대는 보살입니까? • 246

03 깨달음이란 자신의 바른 생각에 있습니다 • 253

04 분노를 없애는 유일한 해결책은 지혜뿐입니다 • 261

05 인욕이야말로 최고의 복을 짓는 수행법입니다 • 268

06 나와 남을 구별하는 데서 문제는 시작됩니다 • 274

07 종교의 중심은 마음입니다 • 279

08 자비와 자애심이 마음을 치유합니다 • 286

09 보리심은 반야 바라밀의 핵심입니다 • 290

10 보리심은 모든 악업을 극복하는 명약입니다 • 297

11 현명한 이기주의자가 되십시오 • 308

12 듣고, 마음에 새겨, 실천하십시오 • 314

13 바른 법을 가지면 허물이 일어날 수가 없습니다 • 320

14 번뇌에 대해 바로 알아야 합니다 • 327

15 자비는 붓다의 열매를 맺는 씨앗입니다 • 335

제1부

달라이 라마,
다람살라

01 바다와 같은
지혜를 지닌 스승

단지 이름이 달라이 라마일 뿐

14대 달라이 라마 텐진 갸초(Tenzin Gyatso, 1935~).

티베트 인들은 그를 겔와 린포체라고 부른다. 역대 달라이 라마 가운데 가장 역동적인 삶을 사는 관세음 보살의 화신. 세속의 나이 12세에 티베트의 법왕이 되어 16세에 자유를 잃고 19세에 국가를 빼앗겼으며 24세에 중국의 티베트 수도 라사 침공을 피해 인도에 망명하였다. 이후 그의 두 번째 고향이 된 북인도 다람살라의 해발 1800미터 산골 마을에 티베트 난민들과 망명 정부를 수립하고 반세기가 넘은 오늘에 이르기까지 인도에 투숙하는 가장 오래된 손님이 되었다.

바다와 같은 지혜를 지닌 스승을 의미하는 달라이 라마라는 호칭은 티베트의 종교 정치사와 그 의미를 함께 한다. 역대 대붕 사원의 사원장을 역임한 환생자 가운데 처음으로 달라이 라마의 호를 받은 이가 소남 갸초(1543~1588)이다. 소남 갸초는 몽골과 티베트의 전법 교류가 활발하던 1578년, 지금의 중국 청해성에서 몽골의 황제 알탄 칸으로부터 존경의 의미로 달라이 라마라는 호칭을 받았다. 몽골어 '달라이'는 티베트 어의 '갸초'로서 '바다와 같은 영적 지혜'를 의미한다. 따라서 달라이 라마는 바다와 같은 지혜를 지닌 스승이라는 뜻이다. 더불어 2대 달라이 라마부터 현 14대 달라이 라마에 이르기까지 달라이 라마의 본명이 모두 '갸초'인 것도 매우 흥미로운 일이 아닐 수 없다.

당시 소남 갸초는 역대 대붕 사원장을 지낸 스승을 예우하여 본인을 3대 달라이 라마로 칭하였다. 따라서 1391년 탄생한 1대 달라이 라마 겐둔 둡을 위시하여 달라이 라마 제도는 오늘날에 이르기까지 겔룩파의 전통으로 전세되고 있다. 4대 달라이 라마로 옹립된 용텐 갸초는 티베트 인이 아닌 몽골인으로 알탄 칸의 증손자였으나 즉위 기간은 15년에 불과했다. 그리고 역대 달라이 라마 가운데 가장 추앙받는 5대 달라이 라마 롭상 갸초(1617~1682)에 의해 2011년 3월에 이르는 티베트 간덴포당 정권 370여 년의 정교 일치의 역사가 개막되었다. 이로써 달라이 라마는 관세음 보살의 화신으로 공포되기에 이른다.

정교 일치의 티베트 역사

오랫동안 세계로부터 단절되었던 티베트는 13대 달라이 라마 툽텐 갸초 (1876~1933)에 이르러 제1차 세계대전의 회오리 속에서 영국과 러시아 사이의 교섭을 하게 된다. 당시 달라이 라마는 티베트의 근대화에 주력하였고 1911년에 라사를 제외한 티베트 지역에 중국의 침공을 받으면서도 독립된 국가로서의 위상을 갖추었다. 1949년 중국 인민 해방군이 라사로 진격해올 때까지 40여 년간 티베트 본토에서의 마지막 간덴포당 체제였다. 이는 5대 달라이 라마로부터 시작된 겔룩파 중앙 집권에 의한 티베트 정교 일치의 역사를 반증할 뿐만 아니라 아시아와 유럽을 아우르는 문화 교류의 중심에 처한 티베트를 엿보게 한다.

달라이 라마 환생 제도는 티베트 불교의 겔룩파에서 전승되어온 종교적·정치적 지도자 옹립 정책이다. 오늘날 겔룩파가 14대로 이어지는 환생 제도를 이어가고 있다면 카규파 내의 카르마 카규는 17대로서 장구한 티베트 불교 환생 제도의 원조이다. 겔룩파는 정치적 이유에서 카규파의 환생 제도를 차용하였고 그것은 정권을 확고히 유지하는 방편이 되기도 했다. 더불어 환생 제도는 철학과 논리의 지혜를 전승하는 뼈대 역할도 하였다. 티베트 불교에서 판첸라마 환생 제도 역시 역대 5대 달라이 라마 집권 당시 전제 군주제의 필요에 의해 시작되었다. 만약 11대 판첸라마가 16대 걀와 카르마파의 경우와 같이 중국에서 인도로 망명하는 데 성공했다면, 남인도에 재건된 겔룩파의 대붕, 간덴, 세라 사원들과 같이 타시 룬포 사원에 주석하면서 현 14대 달라이 라마를 보좌했을 것이다. 그러나 주인을 잃은 오늘의

타시 룬포 사원은 황량하고 초라하기만 해 과거 아미타불의 화신이 지녔을 법한 위용은 더 이상 찾아보기 어렵다.

겔룩파의 종조는 총카파(1357~1419) 대사이며 카담파에서 기인하였다. 카담파는 『보리도등론』의 저자인 인도의 대스승 아티샤 존자의 가르침을 따르는 겔룩파의 원류이다. 티베트 불교의 3대 사원(대붕, 간덴, 세라) 가운데 간덴 사원이 총카파 대사에 의해 건립되었으며, 14대 달라이 라마가 티베트를 탈출하던 1959년 3월 17일, 인도로 망명길에 올라야 했던 달라이 라마가 그의 여름 궁전 노블링카에서 챙겨온 유일한 법서가 총카파 대사의 『보리도차제론(람림)』이다.

달라이 라마는 2014년 1월 남인도 벨라쿠피 세라 사원에서 열린 총카파 대사의 『보리도차제론』 법회에서 대중들과 새해 인사를 나누며 티베트에서 탈출하던 때를 회상했다. 달라이 라마는 긴박한 상황에서 "이것은 반드시 챙겨가야 한다."라는 생각보다 "내 목숨만은 살려야 한다."는 생각이 더 컸던 탓에, 촉각을 곤두세우지 못하고 유일하게 챙긴 티베트 논전이 『보리도차제론』 한 권뿐이었다며 이내 입가의 미소를 거두었다.

관세음 보살의 화신

현 14대 달라이 라마는 본인이 5대 달라이 라마와 매우 흡사함을 인정한 바 있다. 성향에 있어서 상당 부분 5대 달라이 라마와 유사하다는 것이다. 티베트 불교의 환생 제도는 티베트 정치사와 깊은 연관이 있음에 주목해야

한다. 다만 많은 이들이 오해하듯 환생은 영혼의 이동 혹은 육신의 교체가 아닌 티베트 불교를 근간으로 이어져온 철저한 지혜의 전승이자 업의 논리로서 접근해야 한다. 또한 달라이 라마의 고유한 환생은 다른 파에서 대행할 수 없는 겔룩파만의 고유어이다. 다시 말해 다른 파에 아무리 훌륭한 지도자가 있다 하더라도 달라이 라마가 될 수 없고 수승한 스승(린포체)으로서 양립될 뿐이다. 오로지 일체 중생의 깨달음을 서원으로 화현하는 보살, 관세음 보살의 화신이 달라이 라마이다.

고령의 현 달라이 라마와 11대 판첸라마 게뒨취기니마(1989~, 1995년 5월 14대 달라이 라마로부터 10대 판첸라마의 환생자로 증명받았으나 중국 정부에 의해 납치되어 현재까지 행방을 알 수 없다)의 부재는 다음 대를 이어갈 티베트의 정신적 지도자를 염려케 한다. 정치적 지도자의 직을 내려놓은 달라이 라마는 그의 법을 청하는 이가 있다면 어느 누구건 마다 않고 그곳으로 향한다. 그가 다람살라에 머무는 시간은 1년 중에 고작 3개월. 전 세계의 법과 실상의 진리에 목말라하는 중생들을 위하여 종교를 넘어선 인간의 가치를 전하고자 오늘도 소박한 가방을 꾸리는 그이다.

02

티베트

티베트 불교

티베트 인들 사이에 통하는 나름의 지역 색이 있다. 라사 출신은 내숭이 심해서 본심을 알기 어려운 반면 공적 임무를 잘 보고, 암도 출신은 중국과 근접해 요리를 잘 하면서 미인이 많으며, 캄 출신은 직설적인 성격에 장사를 잘한다는 것이다.

이렇게 각기 다른 성향을 지니게 된 것은 그들이 처한 유목민 특유의 삶의 방식과 고산으로 단절된 자연 환경 그리고 인도와 중국의 매개 역할로서의 지리적 위치 때문이다. 티베트의 수도 라사를 중심으로 겔룩파가 번성하고 제2의 수도로 시가체에 타시 룬포 사원을 설립하여 판첸라마를 수장으로 달라이 라마를 보좌하게 한 것 역시 지역적 한계성을 극복하고자 한 것이었다. 이러한 이치로 캄과 같은 지역은 닝마파와 카규파가 번성하였고 암도에서는 조낭파가 융성하였다.

티베트 불교는 크게 4대 분파로 구분이 된다. 밀교 경전이 전래된 시간의 관점으로 구파와 신파를, 가르침의 관점으로 카담, 카규, 족첸, 착첸을, 지역의 관점으로 사캬, 카규, 탁룽파로 나눌 수 있는 것이다. 이를 총괄해 구분된 것이 오늘날의 겔룩파, 카규파, 닝마파, 사캬파이다. 그 외에도 조낭파와 토착 신앙인 뵌교가 있다.

티베트 불교는 7세기 32대 법왕 송첸캄포가 티베트 경전을 조성하기 위해 퇸미삼보타를 인도에 유학하게 하여 티베트 어를 창제하면서 본격적으로 시작되었다. 이후 37대 법왕 티송데첸 시대에 인도의 대(大)학승 샨타라크시타, 대스승 파드마샴바바, 고승 카말라실라 등을 초청하여 석가모니 붓다의 경전 삼장과 주요 논서를 번역하였다. 더불어 샨타라크시타에 의해 일곱 명의 출가승이 배출되면서 첫 승가 제도를 확립하였고, 파드마샴바바에 의해 티베트 밀교를 성숙시켰다. 그리고 쇠퇴의 시기를 지나 10세기경에 이르러서 카담의 아티샤와 카규의 마르파(밀라레파의 스승), 사캬의 다르마팔라, 겔룩의 아티샤에 의해 티베트 불교는 중흥기를 맞이했다. 티베트 불교는 인도 날란다 승원의 학제를 모태로 한 인도 베다 철학과 대승 불교의 정수이다.

한때 달라이 라마는 학생들과 함께 한 티베트 어린이 마을(TCV) 법회에서 티베트 불교가 지닌 수승함을 명쾌하게 전달한 바 있다. 법왕 송첸캄포가 불교를 도입할 당시, 티베트에는 중국 불교와 인도 불교가 모두 양존했

다. 사실 중국으로부터 도입된 불교는 훨씬 쉽게 잘 정제되어 보기에 좋아
먹기에도 참 좋을 것 같은 형식이었다. 그러나 송첸캄포는 인도 날란다 승
원으로부터 어렵게 샨타라크시타 스승을 모셨고 그의 스승 파드마샴바바
와 함께 산스크리트 어 경전을 저본으로 티베트에 불교를 정착시켰다.

　중국 음식들이 그 종류와 맛이 다양한 것처럼 중국 불교 역시 그러했
다. 심지어 위경(僞經)까지 만들어낼 정도이니 얼마나 방대하고 복잡하겠는
가? 그러나 티베트 불교는 인도의 달밥(불린 콩을 양파 토마토와 기름에 볶아
만든 커리밥)처럼 그리 먹음직스럽게 보이지 않는 간소한 음식을 선택했다.
그 이유는 풍요로운 인도 철학의 토양에서 성장한 불교 철학과 대론으로 얻
어지는 명쾌한 해답이야말로 화려한 외형과는 달리 충실한 기본을 다지고

있으면서 원전을 근본 바탕으로 하고 있기 때문이었다. 왜곡됨 없이 명료한 정수를 담은 인도 날란다 승원의 가르침이 고스란히 전승된 티베트 불교는 항시 달라이 라마의 자부심으로 비춰지고 있다

티베트, 이 시대의 리트머스 시험지

오늘의 티베트는 언어·문화·종교·교육·환경 보존·천연 자원 개발·경제 개발과 무역·공중 보건·안전·이주 규정·다른 국가와의 문화, 교육 그리고 종교 간의 교류에 관한 보장을 현안으로 티베트 망명 정부와 중국 정부뿐만 아니라 국제 사회와 중국 정부의 문제로 가시화되었다. 2010년 달라이 라마의 특사와 중국 정부간의 회담이 아홉 번째로 재개되었으나 호전된 바가 없었고 여전히 티베트 내부에 대한 문제 제기는 중국 정부의 입장에서 내정 간섭으로 해석되고 있다.

달라이 라마는 연설을 통해 티베트 인들에게 당부한다. "부디 티베트 인들이 오늘의 비극을 딛고 일어설 수 있는 자신감을 회복하고 행복하게 살아가기를" 간곡히 바란다고 말이다. 매년 티베트 불교의 명절을 맞아 중국과 티베트에서 달라이 라마를 친견하기 위해 수백 명이 다람살라를 찾아도 달라이 라마의 당부는 한결같다.

2010년 말, 중동 지역 튀니지에서 시작된 민주화 운동은 인권과 자유가 인간에게 얼마나 소중한가를 반증했다. 민주화 운동이 정권 교체를 수반하면서 요르단(내각 총사퇴), 예멘(현 대통령 출마 포기), 이집트(대통령 사

임), 리비아(내전) 등으로 확산되었고 마침내 중국의 쟈스민 혁명으로 그 불씨가 번지기에 이르렀다. 일련의 민중 봉기는 지도자의 독재 정권이 부른 빈부 격차와 높은 실업난의 지속에 대항하는 시민들의 분노였다.

그러나 여기 독재와 강압과는 반대되는 한 인물이 있으니, 국민 모두가 "떠나지 말아 달라. 부디 우리 곁에서 숭고한 지도자로서 머물러 달라."며 말려도, 굳이 본인은 더 이상 머물러서는 안 된다고 사양하며 자신의 정치적 권력을 내려놓은 티베트의 영적 지도자 14대 달라이 라마다.

2011년 3월 10일은 티베트 민중 봉기 52주년이었다. 이날 달라이 라마는 다람살라의 겔룩파 남걀 사원 출라캉에서 내외국인과 함께 1959년 3월 10일 중국 정부의 티베트 영토 강제 침공에 대항했던 티베트 국민들의 저항 시위를 추모하는 기념식에 참석했다. 이는 달라이 라마의 티베트 관련 정치적 행사의 공식적인 마지막 참여로 기록되었다. 달라이 라마는 현재 중국 정부의 통치하에 삶을 영위하고 있는 티베트 인들의 현실을 토로하고, 중국 정부의 티베트 환경 파괴 만행에 대한 권고에 이어 현재 북아프리카에 불고 있는 민주주의 인권 회복의 폭풍을 중점 거론했다.

같은 자리에서 티베트 망명 정부 총리(칼론트리파) 삼동 린포체는 전 세계 티베트 인들의 염원을 담아 부디 현 달라이 라마의 위치를 변함없이 수행해줄 것을 재차 간청하는 눈물의 호소를 보였다. 2010년 달라이 라마의 미국 방문 이후로 달라이 라마의 정치적 지도자 은퇴설이 세계 언론의 도마 위에 본격적으로 오른 상황이었다.

그리고 그해 3월 14일 달라이 라마의 정치적 지도자 직무 존폐에 관한 확고한 결의가 담긴 총 7장의 서신이 티베트 망명 정부 국회의 쟁점 의제로

올랐다. 이날 아침 10시(인도 시각) 국회 회기에서 의장 팸파체링이 달라이 라마의 서신을 대독했으며, 달라이 라마는 민주 정부 수립에 관한 확고한 최종 의지를 밝혔다. 같은 시각 달라이 라마는 태국 불자들의 요청으로 촐라캉에서 법회를 주관했다. 법회는 "37 보리도 차제"를 주제로 했으며, 달라이 라마는 정치적 은퇴 혹은 티베트 망명 정부 현안에 대해 일체 거론하지 않았다. 당시 달라이 라마의 서신에 담긴 골자는 다음과 같다.

티베트 초대 황제 '나티챈보'로부터 마지막 황제 '티렐파챈'에 이르는 천 년 역사를 거슬러 보면 티베트의 수도 라사와 암도 그리고 캄 지역이 모두 화합된 지도력으로 당시 동아시아의 중심이었다. 7세기 '송첸캄포' 황제에 의해 인도로부터 불교가 도입되었고, 9세기 마지막 황제기에 이르러서는 황제의 권력이 점차 약화되어 세 지역은 자치적으로 분열되기 시작했다. 이후 13세기 몽골의 칭기스칸이 티베트와 중국을 침략 점령하였고, 480년 간 내전의 역사를 거쳐 티베트의 국력은 점차 쇠락했다.

1642년 5대 달라이 라마는 라사와 암도 그리고 캄 지역을 하나로 통합한 중앙 정부 시스템 간덴포당을 구축했다. 이로부터 후대 달라이 라마는 정신적인 티베트 인들의 지도자임과 동시에 정치적인 지도자를 동반 수행하게 되었고, 국민의 복지가 증진되고 종교적 안정을 찾는 태평성대를 누렸다.

1950년 14대 달라이 라마가 세속 나이 16세에 중국의 강제 침략으로 다급히 달라이 라마 법왕의 자리에 옹립될 때까지 14대 달라이 라마는 국제 정세와 외교에 대한 통찰력이 전무한 상황이었다. 그러나 자신이 어릴 적부터 민주주의 정부 구조에 흥미를 가지고 그에 관한 설계를 고심해왔기에 활로의 방향은 이미 열려 있었다고 볼 수 있다.

03   다람살라

달라이 라마 마을

인도의 수도 델리에서 북쪽으로 심야 버스를 타고 12시간.

히말라야 산 끝자락에 자리한 작은 마을 다람살라는 리틀 라사(Little Lhasa)로 불린다. 1949년 중국의 티베트 강제 침략 이후 1959년 3월 10일 티베트 수도 라사에서의 민중 봉기를 기점으로 망명한 14대 달라이 라마의 거처와 망명 정부가 수립된 곳이다.

당시 인도 수상이었던 네루는 달라이 라마에게 북인도 우타란찰 주 무수리와 히마찰프라데시 주 다람살라 중 한 곳을 거주지로 선택할 것을 제안했다. 달라이 라마는 다람살라를 최종 선택하였는데, 당시 달라이 라마가 2명의 특사를 각 지역으로 시찰 보낸 결과, 다람살라의 물맛이 우유보다 더 뛰어났기 때문이라는 것이다. 진위를 가릴 수 없는 이야기지만 그 후로 다람살라는 티베트의 정신적 지도자 달라이 라마가 거주하는 인도의 불교 성지가 됐다. 한편 무수리에도 인도 최초의 티베트 인 학교 CSTN(Central School for Tibetan)과 Tibetan Homes Foundation(교육재단)이 설립됐다.

다람살라의 지형적 상황은 티베트 인의 생활 터전에 비교적 흡족한 편이다. 지난 2009년에는 망명을 허가해준 인도 정부에 감사하는 'Thank You INDIA' 행사가 열렸고 2010년 4월 30일에는 달라이 라마의 망명 이후 티베트 망명 정부의 뿌리를 내린 히마찰프라데시 주에 정착 50주년을 감사하는 행사를 열었다. 이어서 같은 해 9월 2일은 민주주의 망명 정부 수립 50주년을 맞이한 해여서 남인도 벨라쿠피 세라제 그리고 세라메 사원에서 유럽 연합 의원을 내빈으로 초청해 기념 행사를 열었다.

다람살라에 티베트 망명 정부 수립을 기념하는 자리에서 히마찰프라데시 주지사는 "역사적으로 인도 보드가야 날란다 대학의 수승한 스승들이 티베트에 불교를 전했고, 대승 불교로 화려하게 꽃 피운 티베트 불교가 인도에 다시 전래되어 오늘날 인류의 바른 길을 제시해주고 있음에 깊은 감사를 표한다."고 하면서 "두 다른 문화의 공존은 다시 말해 긍정적인 인류의 화합이 아닐 수 없다."는 인사를 했다. 뿐만 아니라 "다른 문화가 공존함으로써 발생하는 갈등의 문제들도, 불교의 '중도적 견해'로 해결함으로써 밝은 미래의 초석을 함께 다질 수 있게 될 것으로 믿는다. 그 바탕이 히마찰 주에서 샘솟을 수 있게 되어 기쁘다."라고 연설했다.

오늘날 인도 다람살라는 국제적으로 가장 성공적인 난민 지역 사회로

확고히 인식되고 있다. 전 세계의 인권, 자유와 관련한 지식인들과 여행객들의 필수 방문지가 되었으며, 달라이 라마는 21세기의 살아 있는 붓다로서 인류 평화의 등대를 상징하게 되었다.

티베트 사원의 재건

승복 몇 벌 그리고 석가모니 붓다의 모습이 그려진 탱화 몇 점만을 들고 평범한 유목민의 옷을 걸친 채 티베트 동부 캄파 전사들의 호위를 받으며 인도 국경을 넘은 달라이 라마.

　인도에 난민 캠프를 설치하고 보니 상황은 처참했다. 옷도 제대로 챙겨 입지 못한 채 인도로 망명한 이들이 대다수였고, 음식을 담을 그릇이 없어 쓰레기통을 뒤져야 하는 일도 다반사였다. 달라이 라마는 제일 우선으로 티베트 승려들의 수행처가 시급하다고 느꼈고 인도 정부와 상의하여 박사라는 지역에 승가를 위한 첫 사원처를 마련하게 되었다. 당시 승려 난민 300명은 환기도 제대로 되지 않는 무더위 속에서 티베트 불교를 수행했다. 이후 인도 각처의 티베트 망명지로 정착해나가기 시작하면서 남인도 카르나타카 주 문곳에 대붕 사원과 간덴 사원을 세우고 벨라쿠피에 세라 사원을 재건하기에 이르렀다.

　오늘날 인도 전역과 세계로 진출한 티베트 사원은 그 규모가 웅장하고 화려하기까지 하다. 그러나 달라이 라마는 지난 망명 반세기 동안 헌신한 망명 1세대 티베트 인들의 노고를 격려하면서도, 사원의 부의 축적은 옳지 못하며 절대 그 도를 넘어서는 안 될 것이라고 못 박았다.

세계를 유랑하는 티베트 인

현재 티베트 망명 정부는 3세대에 이르고 있다. 부탄, 네팔을 비롯한 인도 전역 46곳에는 티베트 난민 지구 사무소가 설립돼 있다. 현재 인도에 거주하는 티베트 인은 12만여 명에 이르는 것으로 공식 집계(2010년 기준)된다. 이외 전 세계 11개 국가에 설립된 티베트 사무소(Office of Tibet)에서 3만여 명의 티베트 난민과 시민의 복지를 관리하고 있다. 인도에 거주하는 이들은 5년을 주기로 인도 정부에서 내준 망명자 등록증(Yellow Book)에 신변과 거주를 재등록해야 한다. 티베트 인은 인도에서 출생했어도 인도 국적을 취득하기가 쉽지 않다. 때문에 지난 2011년 델리 근처 찬디가르에서 티베트 인한 여성이 인도 정부를 대상으로 오랜 법정 공방을 벌인 결과 인도 국적을 취득해 티베트 난민 사회에서 큰 관심을 끌기도 했다. 이어서 2014년 4월 인도 총리 선거에서 인도에서 출생한 티베트 인들에게 투표권을 부여하기도 해 티베트 난민의 인도 정착에 대한 희망을 점쳐 보기도 했다.

달라이 라마는 1970년 이후로 아시아 몇개 국을 제외한 전 세계를 순방하며 인류애와 지구 환경 보존을 위한 평화의 메시지를 전하고 있다. 인류의 간디로 칭송받고 있는 달라이 라마를 중심으로 다람살라는 두 가지 특이점을 지닌다. 하나는 날란다 승원의 교육 체제를 고스란히 간직한 티베트 대승 불교 전통을 유지하고 있다는 것이다. 또 하나는 무자비한 중국의 무력 탄압 속에서도 관용과 자비를 권고하는 비폭력의 중도(우메람)를 실천으로 옮기고자 하는 망명 정부의 모습이다. 중국의 천안문 사태가 있던 1989년, 세계는 이러한 달라이 라마의 노고를 인정해 노벨 평화상을 수여했으며 국제 사회에서 그의 행적과 사상을 지지했다.

04 티베트 망명 정부

망명지

중앙 티베트 행정부 간덴포당은 1949년까지 독립된 국가로서의 존립을 의심하지 않았다. 당시 중국은 티베트 동부 캄 지역의 참도를 무단 침입하면서 1951년에 17항목의 불공정 조약을 내세웠다. 그 중심에는 종교를 합법적으로 인정하고 티베트 인의 주권과 문화를 인정한다는 항목이 들어 있었으나 실질적으로 이행되지는 않았다. 결국 1956~58년 3년에 걸쳐 캄 지역의 티베트 인들이 중국군에 의해 대량 학살되면서 캄 게릴라 군은 라사에 중국군의 침입을 알렸다. 그러나 티베트 행정부에서는 그 실상을 심각하게 여기지 않던 와중에 59년 3월경 달라이 라마는 중국군 고위 회담에 초청을 받게 된다. 그러나 이 초청이 달라이 라마를 중국에 억류하기 위한 모략이라는 것을 알고 캄 게릴라 군의 호위를 받아 1959년에 달라이 라마는 인도로 망명하기에 이른다.

1954년 당시 중국의 마오쩌둥은 인도와 교류 협정 5개의 평화 조항을 체결했다. 그러나 인도는 1956년 중국이 티베트를 경유해 인도 잠무카쉬미르와 파키스탄의 잠무카쉬미르에 이르는 도로 공사를 추진 중에 있다는 정보를 입수하고, 교류 협정이 모두 가면에 불과했음을 인정하면서 결과적으로 달라이 라마의 인도 망명을 적극적으로 환영하기에 이른다. 당시 인도 총리 네루는 해외 각국의 인사들과 함께 인도 국경 테이즈푸르에서 달라이 라마를 영접했다. 마침내 1962년, 중국의 침공으로 인도는 전쟁을 치르게 되고 그 다음 해 63년 네루는 사망한다. 1966년부터 1976년에 이르는 중국의 문화혁명기에 티베트 본토의 6,300여 사찰 가운데 불과 8곳만 남았으며, 59만 명의 승려 가운데 11만 명이 사망하고 25만 명은 환속당했다.

반면 인도 정부의 티베트 난민 지원은 순조롭게 이뤄지기 시작했다. 망명 정부와 학교 설립을 기본 축으로 하여 티베트에서 인도로 망명한 90%에 달하는 티베트 인들이 난민촌에 정착할 수 있도록 도우면서 티베트는 인도 망명지에서의 생활에 적응해나가기 시작했다.

1979년 덩샤오핑이 중국의 지휘력을 쥐면서 '티베트의 독립을 제외로 둔다'는 것을 기준으로 대화에 응하겠다는 것을 고수했다. 한편 인도에 망명한 티베트 인들은 궂은일을 마다 않고 인도의 아스팔트 도로 건설의 인부로 일하는 등 망명 2세대의 교육 지원을 위해 최선을 다하면서 생활의 기반이 어느 정도 안정화에 이르렀다. 달라이 라마는 언론을 통해 덩샤오핑과의 대화를 희망했다. 첫 외교 특사를 통해 궁극적으로 티베트 인의 안정적 삶

의 영위를 위해 중국에 호소한 공식적 요청이었다. 1984년까지 4회에 걸친 회담은 순조로운 진행을 보이는 듯했으나, 85년 이후 중국 정부는 티베트 망명 정부와의 특사 회담을 일방적으로 거절했다. 그 주요 원인은 그간 티베트 사태에 우호적 입장을 보이던 중국 공산당 총서기 호요방이 극우 세력에 의해 추락한 것이었다. 급기야 1989년 4월 호요방은 심근경색으로 사망했다. 티베트 문제는 더 이상 가시화될 기회를 잃는 듯했다. 그리고 6월 4일, 천안문 민주화 운동이 발발했다.

외교 회담

달라이 라마의 첫 해외 순방은 1967년 일본과 태국 방문이었다. 티베트의 인권과 자주권을 지속적으로 호소해온 달라이 라마는 마침내 1987년 워싱턴 주재 미국 의회에서 주최한 인권에 관한 비공식 회의에서 달라이 라마와 중국 사이의 회담을 주선받기에 이르렀다. 이 회담의 주제는 '미래 티베트의 평화와 민주주의 확립 지원'에 관한 내용이었다. 1988년 6월 유럽 연합은 프랑스 스트라스부르에서 미국 회담의 주요 골자를 세분화하는 것으로 양국 관계의 합의점을 찾고자 했다. 그러나 중국으로부터 그에 준한 어떠한 답변도 들을 수 없었다. 양국에 동시에 이익을 줄 수 있는 합의점에 도달하지 못했고 중국 정부는 일련의 회담을 인정하고자 하지 않았다.

1989년에 천안문 사태가 발발했다. 달라이 라마는 성명서를 통해 중국의 만행을 전 세계에 공포하고 이로 인해 중국과의 관계는 완전히 단절되고 말았다. 이후로 티베트와 중국 양국은 보다 강화된 경계 관계로 등을 돌리게 되었다. 이로써 티베트 인들은 더욱 강력한 제재를 받으며 중국 정부의 사상 교육에 순응해야만 했으며 티베트 망명 정부와 중국은 더 이상 대화의 물꼬를 틀 기회가 없을 듯이 보였다. 숨통을 조이는 암흑의 상황은 2002년까지 이어졌다.

2002년부터 2010년 1월까지 아홉 차례에 걸쳐 망명 정부와 중국 간의 외교 회담이 재개되었다. 티베트 망명 정부는 중국에 티베트 본토 국민들이 진정으로 원하고 누려야 할 바를 요청 항목으로 제시했지만 중국은 국제 사회의 이목을 의식해 형식적으로 대화에 응할 뿐 현실적인 그 어떤 개선안도 답하지 않았다.

2010년 1월 26~31일 중국에 보낸 달라이 라마의 티베트 망명 정부 비공개 특사 게리로디와 칼상 걀첸을 중심으로 한 민간 대표단이 인도 시각 2월 1일 티베트 망명 정부가 있는 다람살라에 귀환했다. 티베트 망명 정부와 중국 정부의 회동은 1980년 처음 시작됐으나 여러 사정으로 84년 이후 결렬, 2002년 재교섭 이후 아홉 번째였다.

중국 정부는 항시 중국이 솔선해 양국 간의 교섭을 추진해왔다고 주장해왔다. 현실적으로 2008 베이징 올림픽 이후 미국 오바마 대통령의 중국 방문의 연장선상에서 티베트는 중국 경제의 위상을 높이는 데 외교 정치적으로 걸림돌이 되고 있다. 만약 티베트가 중국으로부터 독립된다 하더라도 이후에 달라이 라마는 결코 만족하지 않을 것이라는 것이 현 중국 지도부의 공식적인 입장이다.

달라이 라마의 입장은 티베트 인의 인권과 복지를 우려하는 측면에서 명쾌했다. "티베트 망명 정부가 처한 근본적인 문제는 티베트 인 자신의 정체성 확립과 자유의 실현"이라는 것이다. 나아가 "티베트가 겪고 있는 고난의 해결 방안으로 특정 개인의 권리를 주장하거나 티베트 망명 정부에 대한 지분을 근본 조항으로 하지 않는다."는 것이다.

끝나지 않은 위험한 길

죽음을 무릅쓴 티베트 인들의 망명은 지금까지도 계속 이어지고 있다. 이들 중에는 중국에서는 티베트 교육을 받을 수 없기 때문에 부모들이 위험을 무릅쓰고 어린 자식을 다람살라로 보내는 경우가 대다수이다. 현재 다람살라의 티베트 망명 정부는 티베트 언어, 역사, 종교, 문화 전반에 걸친 고등 교육 체계가 수립되어 있다.

　또한 티베트 인들의 생활 방식의 핵심인 티베트 불교의 방대한 자료를 보존하기 위해 200여 개 이상의 사원 도서관을 건립하였다. 티베트 망명 정부에는 14대 달라이 라마를 중심으로 종교, 문화, 내무, 재정, 교육, 방위, 보건, 정보, 국제 관계 등을 관할하는 행정부와 사법부로서 티베트 최고 사법 위원회가 있다. 입법부로서 티베트 국민 대표 의회는 지역과 종파를 대표하는 46명의 의원들로 구성되어 있으며, 뉴델리, 뉴욕, 런던, 파리, 제네바, 부다페스트, 모스크바, 카트만두, 캔버라, 도쿄, 타이페이 등에 티베트 망명 정부 대표 사무소를 운영하고 있다.

　티베트 난민촌의 생계 수단으로는 망명 정부 초대 총리 삼동 린포체

의 숙원 사업으로 유기농 농작이 전반적으로 정착해 있으며 매년 10월이면 4개월간 스웨터 장사를 떠난다. 그리고 티베트 새해 로사에 맞춰 집에 돌아와 사원에서 보름 기도를 올린다. 이때 다람살라 남걀 사원에서 달라이 라마의 '본생담' 법회가 열리는데, 그 해의 달라이 라마의 의지와 대중을 향한 바람을 미리 짐작해볼 수 있다.

티베트 망명 정부는 인도에 뿌리를 내리면서 그들이 지닌 정체성을 후손에게 반드시 전승시켜야 한다는 신념으로 티베트 전통 문화 전승에 대한 교육을 제1 과제로 삼고 있다. 때문에 티베트 오페라와 악기 연주를 비롯한 전통 예술을 집중적으로 수업하고 있으며 동시에 티베트 어 수업을 중심으로 학교 교과목을 편성하고 영어와 힌디어는 단계적으로 서서히 진행시키고 있다. 티베트 망명 정부 교육에 대한 중요 과제를 반증하듯 2011년 8월 취임한 총리(시쿵) 롭상 상게 박사가 교육부 장관의 직위를 공동 수반하고 있다. 티베트 교육 육성에 관한 후원은 미국 정부의 티베트 전담반에 의해 계획 집행되며, 망명 정부는 그 후원 협약을 바탕으로 티베트 청년들의 기술 과학 분야를 집중 양성한다는 목표이다.

초대 총리 삼동 린포체

1959년 4월 인도에 망명했을 때 달라이 라마가 중점적으로 다룬 정치 모색은 민주 정부 수립의 터전 마련이었다. 따라서 기초 내각을 설립하고 당시 티베트로부터 함께 망명한 국민들과 함께 투표로 의원을 선출했다. 달라이 라마는 국민의 의사가 반영되지 않는 독재 정권은 절대 국민을 위할 수 없음을 믿어 의심치 않았다.

1960년 티베트 망명 정부의 국회 출범 이후 1990년에는 티베트 공식 헌법이 제정되었다. 그리고 2001년에는 국민의 직접 선거로 티베트의 정치적 지도자인 수상을 선출하게 되었다.

초대로 선출된 총리는 삼동 린포체였다. 어린 나이에 출가해 평생 승려와 학자의 길을 걸어온 삼동 린포체는 달라이 라마의 최측근이라 칭해도 과언이 아니다. 티베트 망명 정부 수립부터 달라이 라마의 정치적 보좌 역할을 해온 그는 본명 롭상 텐진보다 5대 삼동 린포체라는 호칭으로 대중에게 더욱 유명하다. 5세 때 티베트 동부 죠울 지방의 가덴데첸링 사원으로부터 4대 삼동 린포체의 환생자로 인정받아, 7세에는 라사의 대붕 사원에서 정식으로 출가해 수행자로서의 불교 교육을 받았고 중관(Madhyamika) 과정까지 수료했다. 소정의 불교학 과정을 완료하지 못한 것은 당시 티베트의 위급한 상황을 대변한다.

티베트에서 학자와 승려의 길을 걸으며 정진해오던 삼동 린포체는, 1959년 민중 봉기 당시 달라이 라마와 함께 인도로 망명했다. 이후 티베트의 언어와 문화를 보존하고 전승하는 데 중점 과제를 두고 인도 동북쪽 쉼라·다르질링에서 티베트 학교 교사로 재직했다.

1965~70년에는 다람살라 인근 델라오지에서 티베트 학교 교장 직을 맡았다. 이어서 1971~88년에는 바라나시 티베트 대학의 교장으로 근무했으며, 1988~2001년까지 이사장직을 맡았다. 삼동 린포체는 2001년 7월 티베트 망명 정부 초대 총리로 민주주의 투표 방식에

의해 선출된 이후 2006년도에 국민의 투표로 재선임되면서 2011년 4월까지 10년간 망명 정부 내각의 의장으로서 총리 역할을 수반해왔다.

그는 총리직을 수행하는 10년간 인도 46개 티베트 난민 지구의 자활을 위해 유기농작과 자체 에너지 생산 시스템 구축에 주력해왔다. 뿐만 아니라 티베트의 라사, 캄, 암도 지방의 갈등을 화합하고, 티베트 본토의 부모와 떨어져 인도의 난민 신분으로 홀로 정착하고 있는 청소년에게 바른 티베트 문화와 인성을 교육하겠다는 취지로 삼보타 티베트 학교를 설립, 운영했다. 삼동 린포체는 현재 인도 다람살라 소재 달라이 라마 사무소에서 14대 달라이 라마의 수석 비서로서 외교 특사의 임무를 수행함과 동시에 학자로서의 삶을 살고 있다.

달라이 라마의 정치 지도자 은퇴

2011년, 달라이 라마는 이제 티베트 망명 정부가 달라이 라마의 정치적 역할 수행 없이도 올바른 민주주의 정부를 지속적으로 꾸려갈 수 있는 체계를 확립했음을 확신했다. 그리고 지금까지 수행했던 모든 달라이 라마의 정치적 직무는 이미 헌법에 내정돼 있는 대로 전적으로 국민에 의해 선출된 수상의 책무임을 확고히 표명했다.

달라이 라마의 은퇴 관련 소식이 공식적으로 언론에 비춰진 이후로 달라이 라마는 수상 삼동 린포체와 국회의원 그리고 티베트 국민으로부터 정치적 지도자로서의 역할을 계속 수행해달라는 간곡한 요청을 받았다. 그러나 그때마다 달라이 라마는 한결같은 답변을 주었다. 자신의 정신이 온전하고 신체가 건강할 때 민주주의를 활짝 꽃 피운 민주주의 티베트 망명 정부를 확인하는 것이 그의 유일한 서원이라고 밝힌 것이다.

티베트는 전통적으로 모든 국가의 현안을 달라이 라마에게 의지해왔다. 이제는 달라져야 한다는 것이 달라이 라마의 냉철한 판단이자 선택이었다. 지금이 바로 그 시작이 되어야 하는 때임도 확신했다. 티베트 국민들은 국가적 현실을 바로 보고 국제 정세를 차갑게 받아들여야 할 때가 왔다. 더 이상 미룰 수 없고 안주해서도 안 된다는 것이었다.

달라이 라마는 향후 티베트 헌법 또한 달라이 라마의 목소리를 점차 줄이고 국익 증진을 위한 방향으로 수정되어야 할 필요가 있음도 피력했다. 그리고 지금이야말로 새로운 시작을 위한 최상의 시기임을 재차 강조했다.

새 헌법, 새 정부

400여 년간 달라이 라마에 의존해온 티베트 인들의 숙업이 단시간에 바뀌는 일이 결코 쉽지 않음을 알고 있는 달라이 라마는 정치적 지도자로서의 실무에서는 은퇴하지만 조언을 구한다면 흔쾌히 응하겠다고 공식적인 연설에서 밝힌 바 있다.

티베트 망명 정부 국회는 자신의 정치 지도자의 권한을 내려놓고 티베트의 진정한 민주주의를 보고 싶다는 달라이 라마의 의지를 충분히 받들어 이어진 국회 회기에서 달라이 라마의 취지를 따르겠다고 발표했다.

　　이렇게 해서 2011년, 달라이 라마는 공식적인 절차에 의해 정치적인 지도자로서의 위치를 퇴임했다. 2001년에 최초 민주주의 직접선거로 선출돼 10년간 티베트 망명 정부의 총리 직무를 수행해온 삼동 린포체는 수상의 직위를 공식 퇴임하고 3대 총리인 롭상 상게에게 평화롭게 정권을 넘겨주었다. 삼동 린포체는 "불과 50년의 역사를 가진 티베트 망명 정부가 달라이 라마를 중심으로 뭉친 십만 티베트 인들과 함께 전 세계에 티베트의 현실을 알리고 인권과 평화의 상징이 된 것은 과히 기적이었다."라고 말했다.

　　2011년 5월 30일, 티베트 망명 정부 의회는 개헌된 헌법 조항을 최종 발표했다. 주요 골자는 14대 달라이 라마가 정치적 지도자로서 지녀왔던 위신과 역할을 3대 총리 롭상 상게 박사와 내각이 정식으로 수반한다는 내용이었다. 이로써 티베트 망명 정부는 영국 근대 민주주의 정치사를 모범으로 삼은 의원 내각제를 공식 출범하게 되었다. 따라서 달라이 라마는 영국의 엘리자베스 여왕과 같은 위치의 국가 수반 역할을 수행하게 된다.

기존 티베트 망명 정부 헌법의 제4항 1조는 "달라이 라마 성하는 티베트와 티베트 국민의 수호자임과 동시에 상징이다."였다. 개헌된 헌법 제4항 1조는 "달라이 라마 성하의 임무는 티베트 인들의 소중한 목표를 달성하고 만족스런 해결책이 모색될 때까지 정신적 그리고 윤리적으로 티베트 인의 번영과 진흥을 위한 조언과 격려를 제공하는 최선임의 역할에 종사한다."는 것이다. 또한 헌법 제4항 19조 이하는 기존 달라이 라마의 정치적 지도자의 역할을 총리에게 전임한다는 내용으로 전면 개헌됐다.

그리고 2011년 8월 8일, 티베트 망명 정부의 신임 총리 롭상 상게의 취임식이 거행됐다. 유럽 연합과 러시아, 몽골, 대만 등의 축하 사절단이 내빈으로 참석한 가운데 2만여 내외국인과 외신 언론은 새로운 티베트 정치 역사의 출범을 경축했다.

티베트 망명 정부 수립 51주년, 티베트의 정신적 그리고 정치적인 지도자의 책무를 공동 수행해왔던 달라이 라마의 정교일치 370년사가 장엄한 막을 내렸다.

3대 현 총리 롭상 상게

3대 총리이자 현재 티베트 망명 정부의 정치적 수장은 롭상 상게 박사이다.

그는 한 인터뷰에서 "본인이 수행하게 될 정치적 역할은 달라이 라마의 중도 노선을 최선으로 받들며, 중국과의 정치적 갈등 야기를 배제하고, 티베트 본토의 자주성 확립과 독립을 위한 선봉에 서는 것이다."라고 소신을 밝힌 바 있다. 또한 "직접 민주주의 선거제에 의해 선출됐다는 것은 다시 말해, 티베트 인들에 의해 직접 투표로서 선출된 것과 다름이 없는바, 사회 개혁의 총체적 이념을 불교도의 정신에 비추어 간디의 시민 불복종 운동에서 보인 정신을 실전에서 추구하겠다."고 말했다.

미국 하버드 법대의 첫 티베트 입학생인 롭상 상게 역시 자신의 가족들을 길 위에서 중국과의 투쟁 속에서 잃어야 했으며, 어린 나이에 감당하기 힘든 절망과 고통을 감수하고 극복하는 법을 배워야 했다. 그것은 비단 롭상 상게만의 경험담이 아닌 모든 티베트 인이 끌어안은 공통의 아픔이자 영원히 기억해야 할 역사이다. 그는 취임식에서 "총리로서 서원을 세운다면, 희망의 재도약을 위한 시련의 종착점으로 고향 땅 티베트로 모든 티베트 인이 돌아가 자유롭게 왕래하는 것뿐"이라고 했다.

14대 달라이 라마의 신념인 비폭력 중도 노선을 보다 폭넓고 다양한 방식으로 실천함으로써 티베트 인의 권리를 되찾을 뿐만 아니라 티베트의 환경과 문화를 회복하는 데 주어진 임기를 헌신하겠다는 의지를 보인 3대 총리 롭상 상게는 간디와 마틴 루터킹 그리고 넬슨 만델라의 이념을 통섭하겠다는 지략을 갖고 있다. 그는 이를 위해 자신의 두 손만으로는 절대 이룰 수 없는 숭고한 가치의 실천에 동참해줄 것을 국제 사회와 티베트 후원 단체 그리고 티베트의 미래를 이끌 젊은이들에게 정중히 요청하고 있다.

텐진 갸초

신발이 맺어준 인연

14대 달라이 라마 텐진 갸초는 1935년 티베트 북동부 암도 지방의 탁처에서 가난한 농부의 아들로 태어났다. 어린 시절의 이름은 라모 톤둡, 라모는 언제나 라사로 가겠다며 입버릇처럼 말했다고 한다. 라사는 달라이 라마의 거처인 포탈라 궁전이 있는 티베트의 수도이다.

1937년, 13대 달라이 라마의 환생인 14대 달라이 라마를 찾기 위한 여정이 시작되었다. 일단의 승려들이 라모 톤둡을 보고 달라이 라마의 환생인지 확인하는 과정을 거쳤다. 당시 세 살짜리 어린 아이 라모는 먼저 여행객으로 위장하고 있던 승려들이 라마라는 것을 맞추었다.

티베트 인들의 민담으로 전래되는 이야기에 따르면, 13대 달라이 라마가 암도 지방 탁처 마을 근처에서 하루 쉬게 되었을 때 근처의 사원에 들러 예경을 올린 후 신발을 벗어두고 온 것이 현 14대 달라이 라마와 환생의 인연으로 맺어졌다고들 이야기한다.

그래서일까? 현 달라이 라마만큼 전 세계를 순방하는 종교적 지도자도 드물 것이다. 아마도 13대 달라이 라마의 신발이 맺어준 인연이 인류의 평화 전도사로 그를 인도하는 것은 아닐까?

세계인의 존경

달라이 라마의 가방은 항시 간소하다. 법문 중에 간혹 가방 속에서 무엇을 꺼내는지 유심히 보면, 두꺼운 안경을 보관하기 위한 안경집과 소박한 유리 염주 그리고 눈물을 닦기 위한 손수건이 전부이다. 법문을 위한 곳이라면 그곳이 공연 무대이건 교회건 마다치 않고 심지어 긴급하게 마련된 간이 법당이라고 하더라도 그의 발걸음은 흔쾌하다. 그리고 법문에 앞서 부처님 전에 항시 최상의 삼배를 올린다.

달라이 라마의 일정을 보면 여느 젊은 패기 넘치는 모험가를 능가한다. 한두 시간의 기조 연설을 위해 수일을 소비해야 하는 길 위의 시간을 인내하고 감수한다. 때와 장소에 따라 수행원은 바뀌지만 그의 소박한 적색 승복과 가죽 신발 그리고 바랑은 늘 한결같다.

1960년대 이래 달라이 라마와 철학자, 종교인, 언론인 그리고 과학자와 함께 공동 저술한 그의 영문 책만 해도 110여 권에 달한다.

　달라이 라마는 불교와 과학의 교류를 연구하기 위해 1980년대 미국에 '마음과 생명 연구소'를 설립하는 데 공동 참여하며 운영해왔다. 동시에 남인도 세라 사원과 대붕 사원에서 학승들과 각 분야 학자들이 만나 과학 불교 토론 수업을 진행해왔다. 전 세계의 유능한 과학자를 비롯해 정신 분석 학자들과 교류하며 천체 물리학, 양자 역학, 신경 생물학, 신경 과학, 심리학, 의학 등의 영역을 명상 그리고 불교학과 접목해온 달라이 라마는 다양한 분야의 학제적 담론과 불교를 화합해 인류의 활로를 모색하고자 열중했다.

세 가지 약속

14대 달라이 라마가 일생 동안 전념하는 세 가지 약속이 있다.

　"첫째, 인간으로서 자비·용서·인내·만족·자기 절제와 같은 인간 가치를 증진하는 것이다. 모든 인간은 동등하다. 우리는 모두 행복을 원하고 고통을 원하지 않는다. 종교를 믿지 않는 사람들 역시 삶을 더 행복하게 해줄 가치의 중요성에 공감한다. 그것은 바로 세속적 윤리이다. 나는 이와 같은 인간 가치의 중요성을 앞으로도 지속적으로 이야기할 것이며, 만나는 이들과 이를 대화하기 위해 헌신할 것이다.

　둘째, 수행자로서 세계 주요 종교 전통 사이의 이해와 종교간 화합을 증진하는 것이다. 각각의 종교가 철학적인 차이는 있으나 세계의 모든 주요 종교들의 공통적인 핵심은 인류를 올바르게 이끌기 위함이다. 그러므로 모든 종교들이 서로 존중하고 서로 다른 전통의 가치를 인식하는 것은 매우 중요하다. 하나의 종교와 관련된 하나의 진리만 보는 것은 개인적인 차원이지만 큰 공동체를 위해서는 다양한 종교의 진리가 조화롭게 어울릴 필요가 있다.

셋째, 나는 달라이 라마라는 호칭을 지닌 티베트 인이다. 티베트 인들이 나를 진심으로 믿기 때문에 나의 세 번째 약속은 티베트의 현안에 있다. 나는 정의를 위해 투쟁하는 티베트 인들의 자유로운 대변인으로서 수행할 책임이 있다. 내 생에 티베트 인과 중국 정부가 서로에게 이로운 해결책을 찾게 된다면 이 서원을 고수할 이유는 없게 될 것이다."

1940년 제14대 달라이 라마가 된 이래 달라이 라마는 종교·정치 지도자로서 평생 티베트 인의 삶과 독립을 위해 헌신했다. 무자비한 중국의 무력 탄압 속에서도 관용의 자비행을 권고하는 비폭력의 중도(우메람)를 실천으로 옮기고자 한 그의 행동은 전 세계인들에게 깊은 감동을 주었다. 중국의 천안문 사태가 있던 1989년 노벨 평화상을 수여한 이후로 달라이 라마에게는 1994년 세계안보 평화상, 루스벨트 자유상, 2012년 칼라차크라 축제 마하트마 간디 국제 화해와 평화의 상, 2012년 존 템플턴 상 등이 수여되었다.

2011년 민주적인 절차에 따라 망명 정부 지도자 자리에서 물러난 달라이 라마는 종교 지도자로 살아온 일생을 돌아보며 종교의 역할에 대해 깊이 고민한다. 수많은 종교가 있지만 그 어떤 것도 세상의 고통을 해결하지 못했다는 고뇌 속에서 탄생한 종교를 넘어선 깨달음은 세속적 윤리에 근거한 인류의 공존, 깊은 영성 속에서 위대한 삶을 살았던 달라이 라마 사상의 최종 목적지를 말해준다.

제2부

평화와 자비

01 인간은 평화 그 자체입니다

나는 1935년 티베트에서 태어났습니다. 성장 과정 속에서 한국 전쟁을 비롯한 세계 각국의 전쟁을 보았고, 내 조국 티베트에서 우리 민족이 피를 흘리고 고통을 부르짖는 역사의 현장에서 가슴이 무너지는 아픔 또한 경험했습니다. 인류의 역사를 전쟁의 역사로 바꿔 부른다 하더라도 크게 잘못된 일이 아닐 것입니다. 이렇게 우리는 2천여 년 동안 인간의 역사를 만들어왔습니다.

오늘날 21세기는 경제를 주도하는 국가와 돈의 흐름을 지휘하는 리더들이 신의 임무를 대행하고 있습니다. 종교는 더 이상 삶의 다양한 경계 가운데 하나가 아닌 복합적이고 다층적인 위치가 되었습니다. 경제와 과학 그리고 문화가 오늘날 종교의 또 다른 이름일 것입니다.

현대 사회에서 자본의 위치와 역할은 매우 중요합니다. 미국 금융의 중심지인 월가의 거리에 거지가 넘쳐나는 것을 보면 참으로 아이러니한 세상 속에서 우리는 욕망을 등불로 삼아 살아가고 있다고 여겨집니다. 과학은 인간의 수명 연장을 위한 영역에 접근했고 인간의 세포 깊숙이 침투해 인간의 창조와 탄생의 기원에 도전하고 있습니다. 이러한 시대에 우리가 신의 언어 혹은 성자의 말씀이라고 받들어 섬기는 고귀한 자료들은 박물관에 보존해야 할 대상으로 전락했습니다.

괴로움의 원인

삶을 살아가게 하는 원동력이 무엇이라고 생각하십니까? 나의 삶이 이 역사의 흐름에 합류하게 된 근원은 무엇이며 나의 역사는 어디로 흘러가고 있을까요? 시대의 인류는 과연 평등했습니까? 왜 부자와 가난한 자로 나뉘고, 여전히 굶주리는 자가 있으며, 끊이지 않는 다툼은 해결책을 찾지 못하는 것일까요?

이 모든 괴로움의 원인은 인류가 병들어가고 있기 때문입니다. 몸과 마음 모두 깊이 병들어 바른 사유와 행동을 하기 어려운 상황에 처했습니다. 정직함과 바른 것을 어떻게 정의 내려야 할지 모호해졌습니다. 인류의 삶이 지향해야 할 바를 상실한 두려움에 공포를 느끼고 있는 것입니다. 어디서부터인가 한참 잘못된 것이 분명합니다.

나의 존재의 시작을 묻는다면 당연히 어머니입니다. 정신적 생물학적으로 나의 근원은 어머니임을 부정할 수 없습니다. 지나칠 정도로 내게 평화를 안겨주었던 어머니는 내가 세상을 바라보는 창을 열어주었고 어떻게 타인과 대화해야 하는지를 알려주었습니다. 우리는 오늘날 21세기 여성의 적극적인 사회 참여와 역동적 활동에 그야말로 아낌없는 찬사를 보내야 합니다. 지나치게 뒤틀어져버린 폭력의 상처들을 여성이 지닌 특유의 감수성으로 다독이고 모난 부분은 갈고 다듬을 필요가 있습니다.

뉴욕에서 열린 과학과 의학자들 간의 만남에서 손톱 크기의 알약이 인간의 사유와 행동을 조정할 수 있는 미래가 도래할 것이라는 토론이 오고 갔습니다. 왜 우리는 스스로 주체가 된 삶을 설계하지 못하고 조정당하는 삶을 간절히 원하는지 의문을 갖지 않을 수 없었습니다. 인류의 미래가 과학의 주도하에 흘러갈 것이라고 단정 짓지 않기를 바랍니다. 인간의 지식과 경험은 반드시 균형을 이뤄야 합니다. 이것이 인류 공존을 위해 지향해야 할 중도입니다.

모두 같은 인간

모순적이게도 인간은 타인을 나와 같은 동질의 인간으로 바라보기를 거부하는 듯합니다. 권력과 명예의 상하 구분을 통해 타인의 머리 위에 군림하기를 희망합니다. 사실 이것은 희망이 아닌 타락이라고 말해야 옳을 것입니다. 사실 나 스스로도 모르는 게 참으로 많습니다. 여든에 가까워지는 노장은 여전히 세상과 삶에 대한 궁금한 것들로 호기심이 넘칩니다. 나는 여전

히 배우고 느끼며 감동받는 것을 즐깁니다. 그렇기 때문에 여력이 되는 한 다양한 지식인들과 지성인들의 대화에 동참하고자 합니다. 내가 여러분보다 높은 단상에서 왕좌와 같은 의자에 앉아 법을 설한다고 어렵게 생각지 말아주기를 바랍니다.

인간은 사회적 동물입니다. 거울 속에 자신의 치아를 비춰보십시오. 호랑이의 치아인가 토끼의 치아인가를 한번 자세히 보십시오. 이어서 그 안의 혀를 보십시오. 거짓말을 일삼는 혀인가 정직을 토하는 혀인가를 한 번 관찰해보세요. 나는 과연 타인이 존중받을 수 있도록 연민의 동정심이 담긴 언어를 입 밖으로 낼 수 있는 사람인가를 사유해보는 시간을 가지십시오. 그리고 다시 시작해보십시오. 초목과 같이 순수하고 상쾌한 밝고 따스한 언어로 타인에게 다가가보세요.

인간의 본성은 평화입니다. 세계의 평화와 인간의 평화는 사실 동등합니다. 사람과 사람 사이에 비로소 존재하는 하나의 인연과 인연의 화합들이 만들어낸 인류와 자연의 본성은 평화입니다. 기술의 진보와 과학의 발전이 문명의 진화를 가져와 보다 안락한 삶을 영위한다 할지라도 대체할 수 없는 오래된 진리는 인간은 평화 그 자체라는 것입니다. 세계 평화를 향해 인간의 연민으로 만물을 대해보십시오. 나를 둘러싼 만물이 나의 진실한 연민에 부응하는 해답이 여러분에게 선물로 올 것입니다.

(2010년 10월, 캐나다 토론토)

지금 순항중입니까?

삶을 항해하는 데 경험은 지도와 같습니다. 불행히도 오늘을 살아가는 많은 현대인들은 물질의 흐름을 추종하면서 삶을 설계하고 있습니다. 자본의 이동이 인간으로서 지향할 바를 선도하고 있는 실정입니다. 때문에 돈의 중심에 필요 이상으로 인적 자원이 몰리게 됐고, 인문학이나 정신 탐구와 같은 영역은 오히려 인재가 고갈됐습니다. 옳고 그름을 판단해야 할 정신이 점차 흐려짐에 따라 직면한 다양한 문제들에 대한 바른 해결책도 현명하게 찾지 못하게 됐습니다. 오늘날 우리가 지혜보다 지식을, 정신보다 물질을 추종하는 세상을 살아가고 있기 때문입니다.

인간 관계는 점차 더욱 각박해져가고 사회 도처에서 곪은 상처들이 시시각각으로 터지기에 이르렀습니다. 뉴스를 보면 삶의 진정한 가치를 일깨워주기보다 오히려 상실과 공포로 인해 관계의 단절을 야기하면서 돌이키기 어려운 불안과 허무만 조성했습니다. 배움의 전당에서 지식을 공유하던 동료를 정당한 동기 없이 총으로 무차별 살인하거나, 진로에 대한 압박감으로 스스로 목숨을 끊는 일들이 비일비재합니다. 물질적으로 과대 성장한 나라들에서 벌어지는 어처구니없는 사례들은 미디어에서조차 공정성을 상실한 채 여과 없이 방송했고 우리는 별천지가 펼쳐진 것처럼 충격감에 휩싸일 뿐이었습니다.

평온함의 유지

배움을 구하는 학생은 가족이라고 하는 기초 단계의 공동체 안에서 사회라는 확대된 공동체로 진출하기 이전, 교육기를 거치는 지적 성장 단계에 있습니다. 일종의 사회 간접 경험기라고 할 수 있습니다. 학교에서 우리는 자신의 소질을 계발하고 사회와의 소통을 준비하며 진정한 인간의 네트워크를 형성합니다. 슬기로운 이는 이곳 지성의 전당에서 신기루 혹은 환상의 총체적인 것들과 비교되는 실상의 가치에 대한 흥미를 일깨웁니다. 마치 땅속 깊이 간직돼온 씨앗이 마침내 발아하듯 숭고한 도전의 서막이 열리는 것과 같습니다.

불교를 바르게 알고 믿음을 수행하는 이들이라면, 언제나 평온함을 유지하도록 스스로를 외부의 현상들로부터 잘 조절할 줄 알아야 합니다. 이러한 안정감은 약에 의존하지 않아야 할 것이며, 자극적인 외부에 집착되어버

리거나 그와는 정반대로 단절이라는 극단적인 방향으로 흘러서도 옳지 않습니다. 뇌와 마음 그리고 신체가 삶의 길 위에서 적절한 조화를 이루기 위해서는 항시 상호간의 균형을 요구합니다. 그 방법이 붓다의 경전이며 역대 선지식들의 논서입니다. 불교도가 지닐 수 있는 수승한 멘토(mento)이지요.

티베트 불교와 결연을 맺고 있는 몇몇 대학에서 마음과 두뇌에 관한 연구 작업을 했습니다. 요점은 물질주의가 정신적으로 두뇌에 어떤 영향을 미치는가에 관해서였습니다. 외적으로 부를 누리는 이들은 두 가지 형태로 구분됐습니다. 물질적 영위만을 추구한 결과 영적인 것에 무관심해졌거나, 역으로 상실을 회복하기 위해 종교로 정신과 마음의 안정과 성장을 구하고자 하거나였습니다.

일전에 한 인도 정치인이 나에게, "인도의 민주주의 정부 수립의 성공 원인은 전통적 그리고 종교적으로 정신과 철학이 굳건한 뿌리를 내려 이를 근간으로 성장했기 때문이다."라고 한 적이 있는데 전적으로 공감하는 바입니다. 우리는 모든 인간적 삶의 방식에 존경을 표해야 합니다. 존재하는 모든 것은 평등하기 때문입니다.

순간순간의 무수한 태초

4천 년의 종교 역사는 철학을 근간으로 꽃을 피웠습니다. 한때 수피즘의 한 인도인 철학자와 대화를 나누면서 영혼(소울)과 산스크리트의 아트만(자아)에 대해 집중 토론하게 됐습니다. '나는 무엇인가' '나의 시작이 있는가' '나의 끝은 있는가'가 핵심 주제였습니다. 불교에서 '나'에 대해 정의할 때는 절대 독립된 존재가 아닙니다. 인연의 화합에 따라 끊임없이 생하고 동시에 멸하는 에너지의 생멸의 흐름입니다. 나의 신체는 나의 탄생과 함께 인연 지어진 화합체입니다. 따라서 인간의 삶은 매 순간 창조됨과 동시에 파괴되고 있습니다. 스스로 생멸하기에 의존할 신 혹은 창조주는 없다는 것이 불교의 입장입니다.

태초를 논하고자 한다면, 우리는 가늠할 수 없는 순간순간의 무수한 태초를 살아가고 있다고 해야 할 것입니다. 인간의 탄생을 일종의 에너지의 폭발인 빅뱅의 형태에 비유해도 틀리지 않을 것입니다. 21세기, '나'에 관한 물음은 정신과학과 생물학 그리고 종교학의 잣대로 논의됨이 최선입니다.

행복의 가치는 강도와 크기에 서로 차별되지만 기본적인 조건은 모두 동등합니다. 우리 티베트 인들이 일상에서 주로 하는 기도가 "살아 있는 모든 것들이 행복하게 하소서(샘채담채데와토파쇼)."이지요. 참으로 훌륭한 서원이 아닐 수 없습니다. 오늘을 살아가는 대다수 신앙인들이 남편의 승진, 자녀의 성공과 같은 지극히 개인적인 기도를 하고 있는 것에 반하면 말이지요. 그나마 타인에게 해를 끼치지 않는 것만으로도 본인은 잘 살고 있다고 여기고 있지 않습니까? 못내 아쉬운 것은 티베트 인들의 일상은 지극으로 기도만 할 뿐이지 사회 공동체에서 다수의 행복을 위해 몸소 실천하는 모습은 찾아보기 힘들다는 점입니다.

기도는 내뱉음으로 끝나는 것이 아닙니다. 진심의 서원이 울림통이 되어 우리 삶 속에서 파장으로 펼쳐져야 합니다. 종교사를 돌이켜보더라도 불과 천 년 전에야 행복을 실현할 수 있는 키워드로 사랑과 자비가 주목받고 실천화, 생활화되었습니다.

모든 음식은 사실 같습니다. 살아가는 원동력을 제공해주지요. 문화와 환경의 차이에 따라서 나의 취향에 맞는 음식도 가려졌습니다. 티베트의 법왕 송첸캄포가 불교를 도입할 당시, 중국 불교와 인도 불교가 모두 양존했습니다. 사실 중국으로부터 도입하는 불교는 훨씬 쉽게 잘 정제된 형식이었습니다. 그러나 송첸캄포는 인도 날란다 승원으로부터 어렵게 샨타라크시타 스승을 모셔 스승 파드마삼바바와 함께 산스크리트 어 경전을 저본으로 티베트에 불교를 정착시켰습니다.

티베트 불교는 맛도 좋고 종류도 다양한 중국 음식을 선택하지 않고 그리 먹음직스럽지 않은 간소한 인도의 음식을 선택했습니다. 왜일까요? 인도 철학의 토양에서 성장한 불교 철학의 충실한 기본 때문입니다. 왜곡되지 않고 과장되지 않은 정수가 담긴 인도 날란다 승원의 가르침이 그대로 전승된 것이 바로 티베트 불교입니다.

바른 불교도

오늘 우리는 21세기에 걸맞은 불교도가 되기 위해 어떻게 해야 하는가 바로 알 필요가 있습니다. 여담입니다만, 우리가 자주 하는 파드마샴바바 찬탄 진언 '옴마니파메훔(연꽃 위의 보석이여)'에 몰입하다 보면 어느새 속도를 타 '마니, 마니'만 읊조리게 되지요. 이를 티베트 불교에 문외한인 외국인들이 들으면 '머니, 머니(돈, 돈)'로 착각해 "티베트 불교도들은 돈만 밝히더라."라고 오해하기도 한답니다. 바른 불교도라면 이런 오해를 야기해서는 안 됩니다. 이 세상에는 불교도임에도 불구하고 불교에 대해 제대로 알지 못하는 이들이 많습니다. 타종교인 혹은 비종교도가 불교에 관심을 갖고자 했을 때 우리는 바른 불교를 이해시킬 의무가 있습니다. 타인을 이해시키기 위해서는 불교도 스스로가 사성제와 열두 가지 연기법 그리고 팔정도를 제대로 이해하고 있어야 합니다.

전에 인도 지스파로 가는 법문 길에 잠시 휴식 차 들른 켈롱 마을에서 차 공양을 올리는 여인을 만나게 됐습니다. 나는 물었지요. "붓다가 누구인

가요?" 여인은 수줍게 답하기를 "잘 모르겠는데요. 하나님이나 붓다 모두 같은 이들이지요."라는 답을 했습니다. 무지한 믿음은 몽매한 맹신만을 낳을 뿐입니다. 부디 바르게 불교를 알고 믿음을 행해야 할 것입니다. 불법을 일상에 응용해 활용할 줄 아는 불자야말로 21세기의 이상적인 모범 불자입니다.

반면 믿음을 강요하지는 마십시오, 종교는 민족의 역사와 환경과 밀접한 연관성을 가지고 있습니다. 그 나름의 문화에 적절한 종교가 자연스럽게 성장한 것을 인정해야 합니다. 각자의 일상에서 이해되고 공감될 때 순조롭게 일상으로 동화되는 것이 종교입니다.

배움을 구하는 길 위에서 여러분은 순항중입니까? 저는 세상을 바라보는 여러분의 창이 무엇인지 무척 궁금합니다. 얼마나 국제 정세에 흥미를 느끼고 있는가에 관해서도요. 급변하는 모든 정치와 경제 전반의 현상들 중심에서 실상을 바로 보는 지혜가 열쇠라는 것을 기억하십시오. 성장은 자본주의 경제에만 국한된 것이 아닙니다. 고도의 영적 성장이야말로 우리 티베트 불교만의 자랑스러운 차별화된 가치입니다. 붓다와 붓다의 가르침 그리고 깨달음을 구하는 바른 공동체는 절대 분열되거나 종말을 맞지 않습니다. 공(空)의 실상을 바르게 이해하고 있기 때문입니다.

현존하는 일상에 산재한 괴로움의 요소들로부터 긍정의 힘을 일깨우는 것은 무지의 어둠을 밝혀줄 작은 등불을 손에 든 것과 같습니다. 부디 그대가 지닌 지혜의 등불을 높이 들어올려 더 많은 대중이 실상의 지혜를 구할 수 있도록 하십시오. 차별과 차이의 갈등 안에서 공존의 공감대를 발견할 때 붓다께서 열반을 통해 보이신 이상은 우리의 일상에서 구현될 것입니다.

(2011년 6월, 인도 다람살라)

03

'나'가 아니라 '우리'입니다

이번 생을 살아가는 당신의 서원은 무엇입니까? 차별 없는 깨달음을 구하기 위해 이타적인 의지를 실천코자 한다면 오늘 법문의 저본인 '마음을 변화시키는 여덟 편의 시'가 좋은 지도가 될 것입니다. 그 길은 한 손에 무상(無常)이라는 공(空)의 방패를 들고, 다른 손에는 이타심이라는 활을 들고서 번뇌의 적들과 대결하는 무사의 여행 자세를 다룹니다.

이 시 속에는 모든 중생을 자신에게 지극히 소중한 존재로 여기겠다는 다짐이 담겨 있습니다. 이것이 바로 자비심입니다. 티베트 불교는 인도 날란다 승원의 불교 수행 전통을 고스란히 전수받은 대승 불교의 보물 창고입니다. 대승 불교 수행자의 경우, 이타적인 의지를 확고히 다지는 것은 보살이 되기 위함입니다. 모든 얽매임으로부터 자유로우며 차별 없는 중생의 어머니가 바로 보살입니다. 중생이란 존재하며 흘러가는 세간의 일체를 통칭하는 말입니다.

나는 불교의 전도자가 아닙니다

나는 내가 붓다의 가르침을 따르는 바와 같이 여러분도 자신의 종교를 성실하게 삶 속에서 실천하기를 바라는 바입니다. 나는 불교의 우수성을 전도하기 위해 온 것이 아닙니다. 멕시코에는 고대 문명의 보고가 있고, 스페인 문화가 정착해 오늘날 독자적인 종교와 신앙의 형태로 아름답게 어우러져 있습니다.

한때 몽골 불자들과의 만남의 자리에서 이런 이야기를 들은 적이 있습니다. 몽골에는 역사적으로 티베트 불교가 정착되어 있습니다. 그럼에도 불구하고 기독교 선교단들이 토착 종교를 비난하며 심지어 교회에 참석할 때마다 출석 현금을 주는 방식으로 회유하고 있다는 내용이었습니다. 종교는 민족의 숨결과 같습니다. 일시적으로 껍데기를 바꿀 수는 있을지 몰라도 핏속 깊이 녹아 있는 근원의 정체성까지는 바뀌지 않습니다. 종교를 강요하는 것은 순한 토끼를 육식주의자로 바꾸고자 하는 것과 다르지 않습니다. 결국 생태계의 자연 순환의 고리들이 파괴되고 혼란이 초래되고 말겠지요.

우리는 외형에 지나친 관심을 쏟습니다. 그렇게 되면 모든 사유와 행동이 피상적으로 흐르게 됩니다. 마침내 종국에는 본래의 의미를 잃게 됩니다. 우리가 종교를 지니는 것과 지니지 않는 것은 순수한 선택의 문제입니다. 그러나 종교를 지니고 그에 준하는 삶을 살고자 한다면 진심으로 대해야 할 것입니다. 실천적인 불교도들은 모든 중생이 더불어 자유와 행복을 누리기를 발원합니다. 이러한 열망의 동기는 마음과 실천의 조화로움 속에 바르게 실현될 수 있습니다.

이 세상을 살아가는 이들의 인구 수만큼 다양한 마음의 형태가 있습니다. 이들이 공통으로 추구하는 것은 나름의 행복이라는 가치입니다. 인류가 추구하는 번영의 가치를 논하고자 할 때 그 잣대를 어디에 그리고 어떠한 방식으로 둬야 할까요? 종교가 어디에서 왔으며 모든 인류의 문화가 그것을 지니고 있는 이유는 무엇일까요? 인간이 존재하는 이유의 타당성과 방향성을 종교는 길잡이 할 수 있어야 합니다. 이제부터 우리는 사랑을 다시 정의 내릴 수 있게 되었습니다. 생명을 지닌 모든 존재들의 행복을 위해 내가 항상 그들을 사랑할 수 있는 길을 사유하십시오.

인간은 존재 자체로 모두 평등합니다

어느 곳에서 누구를 만나건 나는 언제나 행복합니다. 새로운 친구를 만나는 일이니까요. 모든 인간은 생물학적으로 정신적으로 동일합니다. 100% 동일한 것은 한계 없는 욕망과 행복을 추구하고자 하는 바람입니다. 비록 민족과 얼굴의 생김새 그리고 문화에 차이가 있을 뿐 절대 차별의 근거는 될 수 없습니다. 인간은 그 존재 형태 자체로서 모두 평등합니다.

어느 곳에서 누구를 만나건 나는 언제나 공부합니다. 나와 다른 삶의

형태와 지식들은 무한한 생각의 영역으로 나를 확장시켜줍니다. 지구는 한정돼 있지만 그곳에서 펼쳐지는 인간의 두뇌 활동은 한계를 초월합니다. 현대과학과 신경 정신이 교류하면서 고정된 관념을 꾸준히 부수고 있습니다. 모든 존재하는 것은 꾸준히 변화하고 또한 진화하고 있습니다.

나는 불교도입니다. 이곳에는 아스텍 문명의 고대 신앙과 가톨릭, 수피, 기독교 등 다양한 종교를 대표하는 지성인들과 믿음을 지닌 이들이 모였습니다. 현실을 바라보는 관점에 차별이 있을 뿐 모두 사랑과 자비의 도구를 통해 공통의 선한 행복을 위해 오늘을 살고 있습니다. 그런 의미에서 우리는 모두 하나입니다.

20세기를 근거로 우리는 21세기의 오늘을 누리며 다음 세대로 이어가고 있습니다. 당신은 어떻습니까? 당신의 부모에 비추었을 때 현재 당신의 삶은 보다 진보되고 안락한 생활을 누리고 있습니까? 또한 당신은 자녀에게 보다 낳은 삶을 누리도록 하기 위한 희망을 가지고 있겠지요. 인간은 공통적으로 문제없이 순조로운 평탄한 행복을 누리기를 희망합니다. 풍성한 오늘의 열매를 맺기 위해 당신은 얼마나 많은 사랑의 씨앗을 뿌렸는지 묻고 싶군요. 악의적으로 당신의 이기적인 일방적 행복을 위해 타인의 행복을 착취하지는 않았습니까? 이런 점에서 현재의 내가 지향해야 할 삶은 전방의 피라미드 최상의 꼭짓점과 같습니다. 어느 한 곳으로 치우지지 않은 균형만이 최상의 가치를 추구할 수 있습니다. 그것이 바로 불교의 중도(中道)입니다.

진심으로 다가서는 연민

종교가 정치·경제·사회·문화의 보편적인 대화를 모색한다면 그것은 진심으로 다가서는 연민뿐입니다. 오늘날까지 끊임없이 지속되는 수많은 테러와 폭력의 원인이 무엇이라고 보십니까? 강한 인간애의 중심에 지극히 이기적인 '나'가 깊숙한 심지로 박혀 있기 때문입니다. 모든 행위 앞에 '나'가 선행되어 사유되면 일방적인 폭력으로 작용되어 타인에게 본의 아닌 아픔을 줍니다.

여기에 모인 여러분들과 나의 공통점이 무엇일까요? 우리는 모두 어머니의 젖을 통해 성장했습니다. 여러분 모두가 어머니의 조건 없는 사랑을 기억합니다. 저는 여든이 가까운 노인이지만 지금도 어머니를 생각하면 그리움이 앞섭니다. 조건 없는 사랑으로 돌봐준 유일한 분으로 기억되기 때문입니다. 어머니의 사유와 행동에는 우선된 '나'가 없습니다. 그것이 바로 연민입니다.

인간은 사회적 동물입니다. 조화롭게 공유하며 살아야 하는 필연을 지니고 있습니다. 모두가 잘 살기 위한 해답을 구한다면, 바로 '나'를 '우리'로 전환하는 것입니다. 이것은 낮고 좁은 곳만 비추는 등잔불에서 높은 볼트의 더욱 밝은 등으로 교체하는 것과 같습니다. 이렇게 '우리' 안에 '나'가 있음을 알고 삶에서 실천으로서 행할 수 있다면, '나'는 웅장한 오케스트라의 하모니를 어루만지는 지휘자가 될 수 있습니다.

(2011년 9월, 멕시코)

04

마음의 조종자는
과연 누구인가요?

티베트 불교는 인도의 정통 날란다 승원의 교육 체계를 따르고 있습니다. 범어(산스크리트 어)를 저본으로 번역된 티베트 불교는 용수 보살(나가르주나)에 의해 중관 사상으로서 꽃을 피웠습니다. 8~9세기 경 인도 날란다 승원의 대학자 샨타라크시타의 노력으로 티베트에 도입된 인도 불교는 그의 제자 카말라실라와 중국 선종의 대학자 마하연(김화상)과의 논쟁(삼예)에서 승리한 이후로 "일체 제법은 공(空)하다."는 중관의 입장을 따르게 됐습니다.

'나'와 '나 자신'에 관한 문제는 인류가 지닌 보편적인 화두입니다. 고정된 '나'가 없음을 바르게 실천하는 불자는 잘 압니다. 대부분 로마 가톨릭을 신앙해온 헝가리와 주변국은 창조주를 뿌리 삼아 인류사를 정의하는 문화를 따라왔습니다. 그들의 주된 관계 유지의 핵심은 사랑 즉 자비심입니다.

그 근본은 불교와 다르지 않습니다. 불교와 모순되는 점이 있다면 인연으로서 생멸하기에 고정된 자성이 없다는 무상성과 창조주라고 하는 불변의 고정된 존재성의 관계입니다.

인도에 불교가 생겨난 이후 인도 문화는 불교와 자이나교를 중심으로 융성했습니다. 무수한 인류와 문화가 공존하는 인도에서도 나(아트만)와 무아(無我)는 하나의 결론으로 매듭지어지지 못한 논쟁의 핵입니다. 우리가 현재 누리는 모든 발전은 이전의 빅뱅(우주 대 폭발)에 기인했으며 시작을 알수 없는 그 이전의 빅뱅으로 다시 거슬러 올라갑니다. 마음의 조화 역시 이와 같은 원리로 인류사와 흘러왔습니다. 나의 몸이 여기에 있고 천만 번의 세대가 미래로 흘러간다고 했을 때 나의 몸 또한 빅뱅을 거듭해 새로운 인연의 연결 고리로 작용되어 인류의 대를 이어갈 것입니다.

마음의 힘

마음의 힘은 단순히 뇌의 작용에 반응하는 것일까요? 현대 정신 과학자들은 이 물음에 대해 불교로부터 해답을 구하고자 합니다. 기억의 저편에 존재하는 예상치 못한 능력을 어떻게 해석해야 하는가? 몸을 조정하는 하드웨어가 마음인가 혹은 뇌인가의 물음에 대해 기독교에서는 부정적으로 폐쇄적 경향을 보이는 반면 불교는 적극적으로 열린 대화를 시도합니다. 현대 과학은 해체를 통해 시대의 혁명을 주도하는 주체이자 인류 문명 발전사와 동행하기 때문입니다.

심장이 멈추면 인간은 사망한 것으로 간주해야 할까요? 그러나 심장이 작동을 멈춘 이후에도 여전히 뇌가 작용하는 경우가 있습니다. 미국의 한 과학자가 이러한 경우에 처한 환자의 뇌를 실험했습니다. 뇌가 작용하는 것은 사고가 진행 중에 있음을 의미합니다. 아직까지 현대 정신과학 분야에서는 인간의 신체와 마음 그리고 뇌의 관계를 생물학적으로 규명하는 단계에는 이르지 못했습니다.

시시 때때로 변화하는 마음의 조종자는 과연 누구인가요? 잠시 행복했다가도 금방 우울해지는 인간의 마음이 지닌 모순성을 불교는 삼매와 지혜로써 다독이고 붓다의 길로 안내합니다. 불교의 독자적인 핵심 수행은 모든 자연적 순리를 인정하고 연기 관계로써 일체 존재성을 조망한다는 것입니다. 조화의 유지와 균형으로써 평안을 유지합니다. 인간의 욕망이 긍정적으로 서로를 비출 때 인드라는 붓다의 세계가 될 것입니다.

시작도 끝도 없는 시대를 살아가면서 미처 한 세기도 살지 못하고 죽음을 맞이하는 인간의 마음은 지혜를 이상 저편에 존재하는 것으로 규정하고 '나는 지금 수행한다, 수행해야 한다.'고 스스로를 구속하며 자리를 틀고 앉아 있습니다. 보편적인 마음은 수행을 통해 세속의 세계에서 다른 차원의 극락과 적멸의 이상 세계(모크샤)인 붓다로 이동한다고 착각하고 있습니다. 이곳이 아닌 다른 곳을 향한 마음은 분별과 산란한 마음의 혼란을 가중시킬 뿐입니다.

우리는 같은 답을 찾고 있습니다

아침에 일어나 '나는 오늘 문제와 사건을 일으켜보겠다.'고 다짐하는 이는 아무도 없을 것입니다. 긍정적인 정신 교육은 꾸준한 시간과 진심에서 우러나온 사랑으로 가능합니다. 개개인이 지닌 행복은 건강한 사회와 국가로 이어집니다. 우리는 모두가 각기 다른 법복을 입은 삶의 수행자입니다. 다른 인종과 철학 그리고 문화가 공존하는 이 시대를 살아가는 우리가 추구하는 해답은 동일하기 때문입니다.

나가르주나를 비롯한 날란다 승원의 선지식들은 모두 붓다의 이러한 메시지를 명쾌하게 전하고저 인생을 기여한 분들입니다. 무슬림의 가르침이 진리라고 한다면 분명코 인류는 거역없는 무슬림 신도가 될 것입니다. 기독교와 가톨릭 등 다문화 종교의 시대를 영위하고 있는 우리는 꾸준히 지속 가능한 대화를 공유할 필요가 있습니다. 그 안에 인류 공존과 평화의 해답이 있습니다.

　과학과 철학 그리고 종교는 하나의 카테고리로 묶일 수 있습니다. 오늘날 만연한 종교의 경계도 그 선을 나누지 않기를 권고합니다. 보살계를 내릴 때마다 저는 항시 강조합니다. 불자는 붓다와 붓다의 가르침 그리고 승가에게, 기독교인은 창조주이신 하나님께 그리고 무슬림은 알라에게 귀의하는 시간이길 바란다고 말합니다.

　인류는 자연과 더불어 있는 그대로 여여하게 삶을 누릴 자격이 있습니다. 다시 말해 인류는 자연과 더불어 호흡하는 동일체입니다. 오늘날 파괴된 자연을 바라보며 인간도 많이 상처받았겠다고 생각했습니다. 따라서 오늘날 내면의 평온은 현대 인류가 절대 가치로 지향하는 바가 됐습니다. 붓다 석가모니께서 일찍이 깨우치신 바와 같이 연기의 지혜로 세상을 바르게 사유할 때 당신은 불교 안에 이미 들어선 수행자입니다.

　독립된 자아가 존재한다면 어떨까요? 불변해야 함이 진리이고 인간은 절대 생로병사의 순환 고리를 밟지 않을 것입니다. 우리는 매 순간 변화하고 있습니다. 각각의 별개는 모두 그 자체로서 소중한 연기의 실상입니다. 그것이 붓다가 깨우친 실상의 진리입니다.

　미국의 한 과학자가 '인간의 진보가 언제 종말을 맞이할 것인가'에 대한 질문을 했습니다. 나는 그의 부정적인 시각이 염려스러웠습니다. 그의 사상적 이론의 시각이 그를 부정적인 인간상으로 미래를 설계하게 만든 것에 대해 불법으로서 간접적으로나마 도움을 주고 싶었습니다. 지식과 지혜는 확실히 다른 영역입니다. 치밀한 지식이 그를 대학자로 만들어줄지라도, 슬기로운 인간으로 완성시켜주기 어렵기에 그에게 도움을 주고 싶다는 연민이

일어났습니다. 대부분 이런 유형의 사람은 고집도 매우 강해서 고착된 세계
관을 유연하게 변화시키기 어렵습니다. 지식을 향한 집착력이 한 과학자를
종말론자로 내몬 것에 대해 심히 마음이 불편했습니다.

평안한 고요 속의 명상

티베트 불교만의 독특한 색채가 있다면 밀교의 탄트라일 것입니다. 심온한
그 내면을 언어로써 모두 설명하기에는 한계가 있습니다. 더욱이 유럽에서
티베트 밀교의 의미와 수행법이 와전돼 문제를 일으키는 원인이 된 사례도
있습니다. 명상은 붓다가 열반에 이르는 데 핵심 수행법으로 활용된 관문이
자 결론입니다. 평안한 고요 속에서만이 일체를 바르게 관하고 사유함으로
써 실천으로 이어질 수 있습니다. 이것이 티베트 불교에서 깨달음에 이르는
차제로서 강조하는 지(止)와 관(觀) 수행법입니다.

11~12세기 인도의 대학자 '아티샤'를 시작으로 티베트 탄트릭이 시작된
이후, 14~15세기 겔룩파의 시조인 총카파 대사에 이르러 학문적 수행의 꽃
을 피웠습니다. 이 모든 근원은 인도 날란다 승원의 교육 체계를 따릅니다.
궁극의 반야바라밀의 법계를 올바르게 이해하고자 한다면 문(聞)·사(思)·
수(修)의 지혜에 근거해 수습해야 할 것입니다.

일체 모든 삶의 가치는 행복에 준해야 하며 행복을 향해 전진해야 합니
다. 근본 바탕은 평온이며 모든 가치는 인류 보편의 행복을 성취하는 방향
성을 지녀야 합니다. 마음의 창을 활짝 열고 다채로운 자비를 맞이하십시오.

누가 먼저라고 할 것 없이 내가 먼저 나누고자 하십시오. 자동적으로 자연스럽게 당신은 오탁악세에 아름답게 피어난 연꽃 위의 보석이 될 것입니다.

(2010년 9월, 헝가리 부다페스트)

05 궁정의 마음, 자비의
또 다른 이름입니다

11세기 인도의 위대한 스승 '실로와'는 이렇게 말했습니다. "청정한 마음은 색도 형태도 없네. 이는 즉 어둡지도 밝지도 않음이며, 부정적이거나 긍정적인 것도 아니라네."

제가 모든 법회에서 변함없이 강조해온 중도의 한 대목입니다. 마음은 독립적이거나 규정할 수 있는 대상이 아닙니다. 그러나 여러분은 지금까지 극단의 선택을 강요당하는 삶을 살아왔기에 뇌는 이 대목을 이해하기 힘들어 잠시 주춤거리고 있을 것입니다. 저는 매일같이 마음의 평화가 주는 혜택이 무엇인지 경험합니다. '달라이 라마'라고 하는 지고지순하게 인간적이고 유한한 존재인 저 자신이 짊어지고 있는 거대한 무게의 서원행은 고요한 진실 그 자체입니다.

티베트 본토에서 많은 동족들이 전쟁으로 인해 목숨을 잃었을 때, 저는 흘러나오는 눈물을 주체할 수 없었습니다. 살며, 살아가며 부딪히는 수많은 어려움과 고통 가운데 마음 깊이 상처를 남긴 아픔이었습니다. 그럼에도 불구하고 저는 법회에 함께한 모든 이들에게 중국 정부와 중국인을 혐오하거나 비난하기에 앞서 그들에게 집착 없는 자비심과 용서를 내보이라고 항시 권고하고 당부합니다.

중국의 2억 불자들이 진심으로 불교의 참뜻을 바로 깨우치는 날, 티베트 인의 자유는 순리이거니와 인류사의 불교는 새로운 페이지를 장식할 것입니다. 중국은 우리 티베트 인들이 자비심의 씨앗을 싹 틔우고 성장시키는 데 좋은 자양분입니다.

내 안의 바른 마음, 긍정의 마음

나는 강조합니다. 국적과 인종 그리고 종교 등과 상관없이 우리는 모두 똑같은 존엄한 인류임을 상기시킵니다. 우리에게 시간이 있어서 그들 하나하나를 분석하고 관찰한다면, 나 자신과 무엇 하나 다를 바가 없습니다. 지금 잠시 잊고 있던 내 안의 바른 마음, 긍정의 마음을 발견하십시오. 그 마음이 바로 자비의 또 다른 이름입니다.

우리 모두는 기쁨의 길을 걸어가고 싶어 합니다. 향기롭고 건강한 것만을 취하고 싶어 합니다. 이것을 행복이라고 하지요. 총카파 대사는 '중생이 이타심의 용기를 내어 청정한 염리심으로 발현되는 길'을 『삼종요도』를 통

해 설하셨습니다. 순수한 마음과 바른 노력으로 정진해 실제로 성취할 수 있는 깨달음을 농축하셨지요.

풍요로운 마음이란 결국 건강한 신체로 드러납니다. 그 기반은 방편과 결합된 지혜입니다. 우리는 고귀한 인간의 몸을 받은 것과 무상을 기억해야 합니다. 윤회의 고통을 알아차려 다음 생의 번뇌 인연을 끊을 수 있도록 정진해야 합니다. 해탈로 인도하는 공성의 길을 지혜로써 일깨우십시오. 완전한 길로 가고자 하는 출리심(出離尋)이 바로 붓다의 길입니다. 보리심의 공성을 이해할 때 무수한 겁이 지어놓은 무지의 감옥에서 출구를 찾을 수 있습니다.

공성은 연기법에서 생합니다. 또한 연기법은 공성에서 찾을 수 있습니다. 본래 성품인 공성을 이해할 수 있는 지혜를 갖추기 위해서는 마치 강물이 흐르는 바와 같이 얽매임 없는 바른 사유를 해야 합니다. 흐름은 멈추지 못한다는 사실을 알아서, 연기를 속이지 못한다는 실상을 보고, 믿고 있던 지식의 사슬을 풀 때 실상의 참된 맛을 경험할 수 있습니다.

당신이 이해하고자 노력한다면 그만큼이 이생에서 누리는 당신의 그릇입니다. 지식에 의존하려 들지 마십시오. 불법에는 절대 강요가 없습니다. 지식이 아닌 지혜의 거울로 바른 불자의 길을 걸어가십시오. 우리는 모두 그 길 위에서 만난 반가운 인연입니다.

불교 전통에서 순간순간을 알아차리라고 하는 것도 깨어 있음을 통해 보다 맛깔 나는 삶을 살아갈 수 있도록 일깨우기 위함입니다. '나'라고 하는 붓다의 씨앗이 정진의 힘을 발휘해 상서로운 해탈의 길로 들어설 수 있기를 서원합시다.

(2010년 7월, 인도 누브라밸리)

06 사람은 내면의 평화가 필요합니다

어떠한 종교건 그 사이를 가로막는 울타리는 없습니다. 불교는 약 2500년 전에 인도에서 생겨나 티베트, 몽고를 거쳐 러시아로 전파됐습니다. 아시아에서 생겨난 불교가 아시아의 한 부분인 러시아에서 신앙의 형태로 받아들여지고 있다는 것은 극히 자연스러운 일입니다.

현재 우리가 누리는 물질적 풍요는 첨단 기술의 발전에 의해 더욱 커졌습니다. 가난과 질병으로부터 인류는 이롭게 됐습니다. 그러나 각각의 개인의 의식 구조를 들여다보면 큰 공허함에 시달리고 있고 자살 인구도 점차 증가하고 있습니다. 이로써 내면의 평화 추구에 주목하게 됐고 아시아 불교와 같은 종교에 관심을 갖게 됐습니다.

물질은 편리를 전해줍니다. 그러나 이러한 것은 바깥에 의존해 생겨난 것입니다. 정신적 고통은 물질로 치유될 수 없습니다. 절대적으로 마음에서 비롯되기 때문입니다. 우리가 원하는 것은 내면의 평화입니다. 그것을 얻고자 하는 길은 매우 값진 행위입니다.

생물학적 관점에서 우리가 이렇게 성장한 것은 어머니의 모유 때문에 가능했습니다. 당시 아이의 사고는 분별이 성숙하지 못한 상황입니다. 아이는 어머니의 감정과 마음 상태에서 큰 영향을 받게 됩니다. 어머니를 통해 자식은 평안과 안정의 위안을 받게 됩니다. 아이에게 어머니의 젖은 세상에서 가장 큰 기쁨인 것입니다.

인류 사회에서 사랑과 자비는 매우 중요합니다. 사람은 사회에 반드시 속해서 살 수밖에 없는 동물입니다. 자신의 의무를 다하는 것이야말로 값진 사람의 삶입니다. 마음의 안정을 위해서는 행복한 가정이 필요합니다. 이를 바탕으로 행복한 사회가 형성됩니다. 마음의 정화는 종교와 무관합니다. 우리는 나 자신이 어떻게 살아야 행복한 사회가 되는지 알아야 합니다. 사람은 지성을 변화시켜 무엇이 진정으로 필요한지 생각해야 합니다. 이성을 바로 알고 실천하고자 할 때 '자비심'이 요구됩니다.

티베트 망명 이후 50년 간 저는 매우 다양한 사람들을 만났고 그들로부터 새로운 것들을 배웠습니다. 그들과 대화하고 나누며 얻은 결론은 "사람이란 내면의 평화를 절대적으로 필요로 한다."는 것입니다. 저는 불교도이기 때문에 이 관점에서 내면의 변화를 추구합니다. 제가 불교를 말할 때 과학적인 측면에서 강조하는 것은, 의식이 생각하는 것과 외부의 물질들을 근대 과학으로 입증해보고자 하기 때문입니다. 우리는 '삶과 의식' 측면에서 내면의 평화를 주는 것이 무엇인지 알 필요가 있습니다.

　내가 지금 선한 동기로 바른 행위를 한다면 미래 또한 밝습니다. 우리의 지성은 행복한 삶을 원합니다. 사회주의는 독재로 인해 사회 내부의 갈등을 형성했습니다. 항시 평화로운 이성으로 풀어나가도록 해야 합니다. 자비심은 타인을 존중하는 측면에서 비폭력적인 문제 해결 방식입니다. 러시아의 독재는 이미 지나간 역사의 뒤편이 됐습니다. 현재 러시아 헌법은 "모든 국민은 동등하다."라고 말하지만 여전히 민족성은 분별되고 있습니다. 자비심이란 일반적 상식으로 쉽게 접근할 수 있습니다. 또한 종교는 인류의 유지를 위한 도움이 돼야만 합니다.

단지 이름을 붙였을 뿐

부처님의 법은 '무아'로서 자애와 자비심을 중요시합니다. 항시 '독자적으로 존재하는 나'가 없다는 것입니다. 집제와 고제로 윤회하는 중생계의 나는 무아로서 항상하고 개별적으로 존재하는 내가 아닌 오온에 의지한 나입니다.

"연기 찬탄 게송"은 총카파 대사께서 스무 살 가량에 중관 사상을 배우며 법무아를 논한 것입니다. 집착의 아집을 멸하는 방법에 대해 설한 이 게송은 무지에서 비롯된 전도된 의식을 다룹니다. 대상을 인지하는 명료한 의식의 상태는 법집에 속해 있지 않습니다. 용수 보살은 "법계찬탄품"에서 '의식이란 대상을 인지하는 명료함 그 자체'라고 설했습니다.

분노는 자비와 사랑으로 대치할 수 있습니다. 사성제의 '멸제'는 번뇌 즉 무명을 대치로 없앴을 때의 청정함을 말합니다. '멸제'를 얻고자 하는 수행으로 '도제'가 있습니다. 나날이 수행으로 습을 들일 때 이 모든 것은 이뤄집니다. 『입행론』은 "불행을 원치 않고 불행에서 헤어나고자 하지만 그 속에 빠져들게 되고 행복을 원하나 그와 거꾸로 나아간다."고 말합니다. 그 까닭이 '무명'에 있습니다. 세상에서 우리가 원치 않는 고통과 불행을 어떻게 하면 없앨 수 있을까요? 그 해답은 '연기'를 깨닫는 것입니다.

조건에 의지하는 어떤 것도 모두 실재가 없습니다. 대상에 실체가 없다는 것이란 연기해서 존재하는 것이 우리가 생각하는 관념과 같이 존재하지 않는다는 것입니다. 『중론』 24장에서 밝힌 바와 같이 서로 의존해서 존재하기 때문에 자성으로서 존재할 수 없습니다. '의해서' 생겨나 '의해서' 이뤄진 것입니다. 그 자체에서 실체로 존재하지 않는 것이며 단지 이름을 붙여서 존재한다고 착각하는 것입니다. 우리가 보는 연기가 전도되지 않기 위해서 공성이며 공하기 때문에 바로 연기입니다. 어떤 존재하는 것일지라도 자성으로 존재한다면 그것은 인과를 설명할 수 없습니다. 미륵 보살은 『보성론』에서 "본연이 공하기에 어떠한 것도 둘 수 없고, 어떠한 것도 전제로서 말할 수 없다. 바른 것을 바르게 볼 때 연기로서 논한다."고 설합니다.

전생과 후생을 인정하건 하지 않건 간에 이생에서 개개인이 자기 종교에서 말하는 바와 같이 사랑과 자비심을 발현해야 합니다. 삼선취를 이뤄 태어나는 것은 무아 사상이 없어도 가능합니다. 선한 인을 심으면 선한 과를 얻을 수 있는 것과 같습니다.

아집을 없애야만 부처의 깨달음을 얻을 수 있고 그러기 위해 무아를 깨친 지혜가 필요합니다. 사성제를 통해 연기의 진여를 알 때 비로소 멸제를 증득할 수 있습니다. 이를 자성청정이라고 합니다. 객진의 허물들이 본래 청정한 것을 잠시 가리고 있었기에 본래 청정을 깨닫게 되면 이것이 불법에서 말하는 해탈입니다.

공을 깨우친 지혜

바른 견해로서 바른 사상이 필요합니다. 모든 소지의 허물을 끊기 위한 바탕은 보리심입니다. 대상의 실제 모습을 바로 알아 번뇌의 허물을 완전히 끊은 심왕(心王)입니다. 만약 바탕에 보리심이 없다면 진정한 해탈에 이를 수 없습니다. 대상을 보는 능취와 소취로서 둘이 다르지 않다는 공을 깨우친 지혜가 진제의 보리심이 되기까지는 보리심이 바탕이 되어야 합니다. 진제 보리심이 생기기 위해서는 먼저 불교를 잘 알아야 하며 굳건한 삼귀의를 필요로 합니다. 삼보 가운데 법보는 멸제를 말합니다. 멸제는 신심만으로는 이해가 불가능합니다. 멸제를 알기 위해서는 공을 깨우친 지혜를 필요로 합니다.

총카파 대사는 스승들을 예찬하며 『삼종요도』를 시작합니다. 윤회의 생에 집착하지 않고 오로지 해탈을 원하는 마음을 내기에 존귀합니다. 무량한 중생을 해탈에 이끄는 이들만이 이타심의 용기를 내어 상사도(上士道)의 가르침을 따릅니다.

부처님의 말씀을 함축한다면 깨달음의 길은 선현들의 입문으로서 『삼종요도』에서 말하는 청정한 염리심과 공을 깨우친 지혜입니다. 중생이 윤회에서 벗어나고자 하는 마음을 일으켜 해탈로 나아가고자 하는 마음이 바로 염리심입니다. 마음의 허물을 청정히 할 때 윤회에서 벗어날 수 있습니다. 해탈을 이루고자 하는 마음은 오로지 바람으로 이뤄지는 것이 아닙니다. 내가 행하겠다는 굳건한 실천이 바탕이 되어야 합니다.

지구상의 모든 혼란은 사람들로 인해 생겨났습니다. 우리는 사람으로 태어난 것을 값지게 만들어야 합니다. 번뇌를 끊고자 하는 마음을 깊게 생각하거나 죽음의 무상에 깊이 빠지다 보면 몸과 마음에 화가 일어날 수도 있습니다. 먼저 고제를 알고 집제의 인을 어떻게 끊을 수 있는가 안다면 해탈로 나아갈 수 있을 것입니다. 이생의 집착을 없애고 죽음의 무상을 생각하십시오. 한 나라의 왕이라 할지라도 죽음 앞에서는 거지와 다르지 않습니다. 그렇기에 속임 없는 업의 과보로써 선한 행위를 실천하며 거듭 사유해야 합니다.

'나'는 오온에 의지해서 성립된 존재일 뿐입니다. 우리가 '보는 나, 몸과 마음을 지배하는 나, 몸과 마음이 나에 의해서 존재한다'고 여기는 것처럼 나는 현존하지 않습니다. 그렇기에 나는 무아입니다. 나에게 시작과 끝이 있을까요? 불교는 나의 시작을 찾고자 할 때 '나의 몸과 마음에 시작이 있는가'를 사유합니다. 다윈의 『진화론』에서와 같이 의식의 흐름에 접근했을 때 그 시작은 찾을 수 없으며 '빅뱅(태초에 우주가 생겨남)'의 폭발 또한 연속선상에 있습니다.

모든 것을 아는 부처의 지혜란 현재 우리의 거친 의식을 말하는 것이 아닙니다. 우리가 아무리 다섯 바라밀을 행하더라도 부처를 이룰 수 없고 공을 깨우친 지혜만으로도 부처를 이룰 수 없는 이유는, 반드시 정광명(미세한 의식)을 밝혀야만 하기 때문입니다. 우리 마음 속 법집의 습을 끊을 때 부처를 이룰 수 있습니다.

낮밤으로 항시 해탈을 구하는 마음이 생겨날 때, 바로 염리심이 생겨납니다. 청정한 발심이 이뤄지지 않는다면 위없는 깨달음인 원만한 행복의 인은 없습니다. 업과의 거짓 없음을 볼 때 연기의 거짓 없음을 볼 것입니다. 항시 '의해서' 존재하기에 자성으로서 공함을 확연히 알 수 있습니다. 자성으로서 공함을 아십시오. 모든 법이 자성으로 공하다는 자성을 알 때 인과를 말할 수 있습니다.

(2009년 11월. 인도 다람살라)

07 분노가 오면
이렇게 하십시오

강한 분노가 치밀어 오를 때, 나는 어디에 있는가 생각해보십시오. 몸 안의 장기 한 부분에 내가 있습니까? 내 팔목에 두른 시계에 내가 있습니까? 물론 건강한 육체는 바른 삶으로 이어지는 나를 뒷받침할 것이고, 시계는 타인에게 나의 이미지를 상징하는 수단이 될 수 있겠지요. 나라고 하는 것은 인연 화합에 의한 마음의 소산입니다. 스스로 감정을 조절하지 못하고 그것의 노예로 휘둘리는 것은 수만 가지 알음알이의 저장고인 아리야의 인연 화합 세계에 우리가 머물고 있기 때문입니다.

지혜로 향하는 삶의 지도

사유로부터 외부로 표출되는 연기의 진리는 지혜로 향하는 삶의 지도를 제
시합니다. 그 방향의 터전이 바로 근본 마음입니다. 일상에서 '감사합니다'
를 많이 사용하는 일본인들이지만 정작 근본 마음의 갈피에 대해서는 강한
의심을 갖고 있습니다. 이곳의 뉴스를 보면 자살과 범죄의 빈도 수가 경제
성장과 비례하는 것은 아닐까 염려가 되기까지 합니다.

　나는 강한 의문이 들 때마다 내 주변의 모든 철학과 과학 그리고 불법
의 지식을 총 동원해 다양한 관점으로 문제를 바라봅니다. 따라서 더욱 풍
부하고 심도 깊은 행복의 해답을 얻고자 합니다. 그 근본에는 정직함이 있
어야 합니다. 지식의 대화 또한 교류의 차원이기 때문입니다. 대화 없이 해
결될 수 있는 문제는 없습니다. 그렇기에 나는 이러한 공식 법회를 즐깁니
다. 다양한 청중들과 나누는 대화 속에서 나 또한 새로운 아이디어를 제공
받고 동시에 감사함을 느낍니다.

　가장 먼저 나와 가장 긴밀하고 친근한 대상인 가족에게 사랑의 감정을
표현하십시오. 사회와 국가로 확대되는 결핍의 어둠은 가족의 해체에서 그
원인을 찾을 수 있습니다. 건강한 가족이 건강한 국가로 이어지는 것은 순
리입니다. 고여 있는 물은 종국에는 썩고 맙니다. 그곳에서는 어느 생명도
존속될 수 없습니다. 국가의 사상과 이념과는 별개 문제인 삶의 근본 방식
입니다.

　인간이 지닌 계발 능력과 그로 인한 진보는 근원적으로 지혜가 있기에
가능합니다. 그 지혜는 마음을 열고 보는 바른 지혜입니다. 내가 지닌 모든

지식의 거울로 내 안에서 일어나고 사라지는 마음의 현상들을 바라보십시오. 모든 현상들이 하나로 압축될 것입니다.

정신적 불안은 자애의 결핍을 의미합니다. 우리는 내 안의 현상들에만 머물지 말고 세계의 동향, 자연의 경고에도 관심을 가져야 합니다. 모두가 한갈래에서 조화를 이뤄야 합니다. 건강한 마음에서 모든 것은 바르게 추구되고 공유됩니다. 과학과 경영으로 진보한 나라에서 더욱 다양한 방식으로 전개되고 있는 개개인의 불행에 대한 답은 따스하게 보듬어주는 긍정의 빛입니다. 대화하십시오. 가족과 스승 그리고 동료와 지금부터 대화를 나누십시오.

논리적으로 행복의 시작과 끝은 정의될 수 없습니다. 우리가 일상에서 명확히 해답을 얻고 싶어 하는 것은 자연스러운 현상입니다. 또한 그 해답을 찾아 살아가는 삶의 길이 바로 인생입니다.

고민은 희망의 시작

가만히 있는 나에게 미친 개가 달려들고 있다고 가정해봅시다. 그 개의 주인이 누구인지 개의 품종이 무엇인지 분석하기 전에 그 위험으로부터 신속히 도망치는 것이 가장 현명한 해답입니다. 불안의 심리가 찾아올 때는 불안을 분석하려 들지 말고 어서 빨리 탈출하십시오. 그 불안의 늪에 깊이 빠지면 빠질수록 삶의 가치는 역행할 것입니다.

젊은이들이 고민하는 현실의 문제를 보면서 나는 희망을 느꼈습니다.

더욱이 미래에 대한 나의 염려에 안도감을 줍니다. 나의 정신은 이미 구식이기에 나는 젊은이들에게서 새로운 아이디어를 배웁니다.

지금 현재를 살아가는 젊은이들의 생각이 100년 후의 우주를 디자인할 것입니다. 창조적이고 진보적인 자비의 아이디어가 다양하게 샘솟아 희망의 지구를 가꾸길 기대해봅니다. 우리 모두는 스스로 삶의 리더가 될 자격이 있습니다. 긴 시간을 전망하고 긍정적인 마음으로 현실에서 실천하십시오. 삶의 균형이 순조로울 때 인류의 희망은 더 이상 희망이 아닌 현실이 될 것입니다.

(2010년 6월, 일본 나가노)

제3부

나는 누구인가

01

독립된 나는
없습니다

21세기 불교도들에게

신앙의 유무를 떠나 70억 지구인의 마음 상태에 대해 말하고자 합니다. 우리는 먼저 마음에 관심을 가져야 합니다. 실질적으로 마음의 평화와 행복이라는 것이 종교에 의지하지 않고도 실현 가능하다는 것을 아십시오. 일반학교 교육에서 육체에 대한 공부를 하면서 한계성을 배웠듯이 마음 역시 세부적인 분석과 학습이 필요하며 이를 통해 세속의 삶 속에서 마음이 어떠한 상태가 됐을 때 행복이 완성될 수 있는지 의식과 생각 그리고 분별을 통해 바라볼 수 있어야 합니다. 인간의 지성을 바탕으로 인간의 삶에서 구현되는 모든 현상을 증명할 수 없음도 인정해야 합니다. 마음에 대한 학습

을 통해 훈련이 병행되도록 하십시오.

내가 살고 있는 이생을 창조한 분이 있을까요? 창조주를 인정하건 않건 간에 공통으로 인정하는 부분이 있다면 자아에 대한 집착심입니다. 이러한 마음들이 다양한 탐심(貪心)과 진심(塵心)으로 나타납니다. 나만이 중심이며 최고라는 집착이 문제를 일으키는 원인입니다. 창조주에 대한 인식이 지닌 긍정적인 면이 있다면 우리가 피조물임을 인정함으로써 극대화된 나의 아집을 형성하는 데 제한을 두게 된다는 것입니다. 그렇기 때문에 모든 종교에서는 '나'라고 하는 견고한 아견이 모든 문제의 발생점이라는 것에 동의합니다. 다만 그 아견을 없애는 방법들이 다양할 뿐입니다.

현대의 과학자들은 불교의 연기법을 상당 부분 인정하고 있습니다. 눈으로 확연히 지각할 수 있는 사례들이 증명되기 때문입니다. 창조주를 인정하는 모든 종교들이 말하는 무폭력의 자비행이 불교와는 많은 공감대를 형성하고 있습니다.

우리는 종교가 지닌 교리를 분명히 알아야 합니다. 수행적인 부분뿐만 아니라 모든 문제의 발생 원인은 악연과 아집이라는 것을 아십시오. 창조주를 인정하는 종교에서도 이를 인정합니다. 그렇기에 우리는 모든 다양한 종교들과 화합을 모색할 수 있으며 내면의 평화를 일깨우는 인류애의 활로를 모색할 수 있는 것입니다.

중도적 삶이란

불교는 실천적인 부분에서 비폭력을, 사상적인 부분에서는 연기 사상을 주 안점에 둡니다. 불교에서 말하는 비폭력은 단순히 타인에게 해를 입히지 않 고 도움을 주는 것을 의미하며 선취(善趣)에 이르는 결과의 선인(善因)이 됩 니다. 이 모든 것의 근간은 연기 사상입니다.

상호 의존적인 가립(假立)에 의한 연기와 인과의 연기를 이해하게 되면 우리가 원하는 바들이 어떠한 형국으로 펼쳐질까에 대한 청사진을 그려볼 수 있습니다. 전도된 지견에 의해 생겨난 무명 역시도 단독으로 존재하는 것 이 아닌 의존에 의해 생한 것입니다. 무자성을 바로 아는 것은 대상이 독단 적으로 존재하는 무명으로부터 벗어남을 의미합니다. 이러한 번뇌가 완전 히 끊어진 것을 해탈이라고 합니다.

번뇌를 끊을 수 있다면 번뇌의 습기(習氣) 역시도 끊을 수 있습니다. 번 뇌의 대상을 확실히 밝히지 못하는 것은 번뇌의 습기를 훤히 알 수 없게 만 드는 장애인 소지장(所知障)에 의한 것입니다. 마음이 일체에 대한 앎을 발 현하지 못하는 장애를 모두 벗어난 바를 일체 종지(一切 種智)라고 합니다. 타인을 이롭게 함이란 연기 사상을 이해함으로써 구현된 지혜와 비폭력의 바른 실천으로 완성됩니다.

용수(나가르주나) 보살의 『왕에게 보내는 편지』는 연기 사상의 핵심을 다룹니다. 연기는 오직 불교만이 지닌 고유 사상입니다. 불교의 연기는 근도 과(根道果)로서 설명이 되며 해탈을 위해서는 반드시 공 사상을 근저에 둬 야 합니다. 교학과 수행을 겸비한 선지식들은 대부분 중관 학파입니다.

가장 기초가 되는 연기는 인과의 연기입니다. 더욱 세분화된 것이 바로 12연기입니다. 뒤의 결과물은 앞의 원인이 완전히 소멸되어야 완전히 멸하게 되는 원리입니다. 유식과 중관 철학에서 인정한 연기법입니다. 대상에 상호 의존하여 성립되는 의존 연기는 중관 학파만의 사상입니다. 이는 자성으로서 존재하지 않음과 자성으로서 존재함이라는 양립된 견해를 낳았습니다.

중관 학파는 이를 자립과 귀류의 두 가지 논증으로 세분화하였습니다. 모든 대상에 의해 규정할 수 있는 것으로 한 인간 생명체가 물질계와 마음의 작용인 색, 수, 상, 행, 식의 오온에 의지하여 생겨났으나 그 가운데 나라고 할 수 있는 대상(인아)이 있는가에 대한 규명에 대하여 식(識)으로 논한 것이 자립 논증 학파입니다.

반면 귀류 논증 학파는 어떠한 있음에 대하여 존재성에 대한 인식의 유무를 다룹니다. 어떤 대상을 인식하는 바가 실제 인식하는 바와 같이 있는가 혹은 아닌가에 대해 논할 때 실체를 발견할 수 없으며 오직 이름으로만 존재하고 있음을 '무자성공(無自性空)'으로서 밝혔습니다.

반야경에서 이르기를 "색즉공(色卽空)이다."라고 하였습니다. 색 그 자체로서 공하다는 것은, 다시 말해 색 그 자체로서 실체가 존재하지 않는다는 의미입니다. 우리가 인식한 바 그대로 존재하지 않는 이유는 바로 연기와 공성에 의한 것이라는 논리입니다.

불교의 사상적인 부분은 유부·경량부·유식 그리고 중관의 네 가지로 분류됩니다. 무아(無我) 사상에서 상일주재(常一主宰)의 '아(我)'는 존재하지 않음을 반드시 알아야 합니다. 대상이 내 마음에 좋아 보이기 때문에 무엇인가를 탐하게 되고 그것으로 인해 부정적인 감정들이 일어납니다. 탐진(貪

塵)이 일어나는 근본에는 나에 대한 집착이 반드시 존재합니다. 따라서 인무아에 대해 논할 때는 탐착하는 대상이 나와 어떠한 관계가 있느냐에 따라 다양한 번뇌의 마음이 일어나는 것입니다. 나의 몸과 마음은 나와 완전히 독립되어 있는 것이 아님을 아십시오.

나의 실체

보특가라는 오존에 의지하여 존재합니다. 독립된 나는 존재하지 않습니다. 정숙히 나는 과연 어디에 있는가를 생각해보십시오. 확연히 나라고 하는 존재를 인식 속에 떠올릴 수 있습니까? 유식에서는 인무아에만 그치지 않고 우리의 인식 속에 존재하는 현상을 법무아로서 논합니다. 내면에 현현하는 의식은 우리의 본질과 다르지 않음, 다시 말해 외경을 부정하게 됩니다.

　현상은 마음의 습기들에 의해 일어난 바입니다. 정신 과학자들은 경험에 분석을 접목합니다. 한 예로 상대가 미워 보이는 것은 인간의 분별에 의한 인식의 결과라는 것입니다. 유식에서도 역시 현상뿐만이 아닌 마음이 만들어낸 외경들을 인정하지 않습니다. 우리가 말하는 적은 행동과 모습에 의해 실체가 있는 듯 느껴지지만 실제는 그렇지 않다는 점입니다. 이러한 것이 유식에서 말하는 법무아입니다.

　유식에서는 묻습니다. 내면에 지닌 감정으로 인해 느끼는 행·불행에 대한 집착과 진실이라는 착각을 어떻게 없앨 수 있을까요? 오직 식만이 진실하다고 말합니다. 이러한 유식에서 더 나아가 중관에서는 외경은 실제 존재하지 않으며 식 또한 진실하지 않다고 말합니다.

중관의 자립 논증 학파에서 이르기를 외경이 현현이기는 하나 대상의 근거가 되는 특정한 상은 존재한다고 하였습니다. 그러나 용수 보살은 만일 그 대상이 집착할 거리가 미세하게라도 남아 있다면 탐진을 완전히 끊을 수 없다고 논하였습니다. 탐진의 현현이 일어나지 않는다고 하더라도 이내 번뇌의 뿌리를 뽑지 못하면 욕계의 번뇌는 다시 싹을 틔웁니다. 또 다시 자상(自相)을 상기한다면 그것은 미세한 탐진이 남아 있어 원인을 일으키는 여지를 남겨둔 바와 같습니다. 따라서 귀류 논증학파에서는 실체가 없음을 인정하게 됩니다. 거친 번뇌를 끊은 이후 미세한 번뇌조차 끊기 위해서는 일말의 여지도 남겨두어서는 안 됩니다.

자성(自性)

용수 보살의 『중론』은 전체 27품이며 그 핵심을 24품에 담고 있습니다. 17대 논사들의 저술과 선대로부터 역경된 본들을 참고하여 『중론』을 이해하시기 바랍니다.

개념의 하나인 언어는 인식에 의한 것이기에 실유론자들은 생각만으로 만들어낸 대상이 파생시키는 문제점은 반드시 단견에 빠지게 된다고 비판하였습니다. 고통에 대한 완전한 앎과 집제를 끊음 그리고 고통을 멸함에 이어 도를 닦음에 있어서 궁극에 무학도의 존재인 승보조차 존재하는가에 대한 논박을 6번 게송까지 제기했습니다.

자상이 존재한다고 믿는 학파에서 지닌 잘못된 견해를 봅시다. 붓다의 사성제 가운데 멸제는 궁극적인 성취, 즉 모든 고통을 소멸한 상태입니다. 고통은 무상, 고, 공, 무아의 네 가지 성품을 가지고 있습니다. 인간이 지닌 아집이 야기하는 탐진의 번뇌들이 지어내는 악업으로 고통의 결과를 겪기에 무아의 사상은 아집을 없애기 위한 붓다의 설법입니다.

붓다께서는 상일주재(常一主宰)의 자아에 대하여 무아를 설법으로서 보이셨습니다. 중생들의 마음에 자발적인 무아의 믿음이 생길 수 있도록 하였습니다. 우리가 전체적으로 수긍할 수 있는 붓다의 설법에 대한 확실한 이해가 가능할 때 실천적인 마음의 변화가 가능합니다.

공성과 무아의 가르침이 지닌 목적은 중생의 마음이 지닌 부정적인 부분, 다시 말해 번뇌의 근원이 되는 아집을 완전히 멸하는 것입니다. 자상을 인정하는 배경에 무아 사상이 있습니다. 용수 보살께서는 『중론』에서, 보편적인 자성을 인정하는 상태에서 무아 사상은 도움이 되지만 아집에 대한 미세한 집착이 남아 있을 수 있다고 말씀하셨습니다. 공성의 목적과 뜻을 바로 이해해야 합니다. 번뇌의 근간이 되는 아집을 없애고 나를 대상으로 하는 것에 대한 진실이 없음을 알아야 합니다.

탐진이 발생할 때 화가 나는 것은 자신의 분별로 인하여 상대의 허물이 많이 보이는 것으로 이는 스스로의 마음이 만들어낸 것입니다. 진실한 대상이 있다고 집착하여 일어나는 분별심입니다. 내가 인식한 바대로 대상이 지닌 허물이 실재한다고 믿는 것은 번뇌의 근간이 됩니다.

일반적으로 번뇌는 두 가지입니다. 견해를 지닌 번뇌와 견해를 지니지 않은 번뇌입니다. 대상에 대하여 면면히 살피지만 이미 잘못한 인식을 바탕으로 분별하기에 다양한 번뇌가 일어납니다. 어떠한 번뇌이건 법집이 항시 동시에 상응하거나 원인이 되어 일어납니다.

자비심과 신심 역시도 법집에 의해 일어날 수는 있지만 반드시 원인이 되지는 않습니다. 선한 마음의 상태들은 법집을 원인으로 하지 않지만 허물을 일으키는 부정적인 마음 상태는 반드시 법집과 상응합니다. 따라서 공성의 지혜로서 법집을 원인으로 한 번뇌나 이와 동반한 번뇌들을 대치할 수 있습니다. 공성의 지혜는 해탈과 멸제를 추구하는 마음 그리고 보리심에 대한 희구심의 자양이 됩니다.

번뇌는 공성으로서 대치됩니다. 인명학에서 해탈의 가능 여부를 논리적으로 증명하는 방법에서 이치적으로 밝힐 때 공 사상은 반드시 이해돼야 합니다. 『보성론』에서 우리의 마음이 청정한 광명이라고 밝힌 바와 같이 해탈이라는 것이 공 사상으로서 증득되는 성현인 것입니다.

『사백송』에서 이르기를, 붓다의 말씀을 듣고 의심이 되었으나 붓다께서 바로 공 사상으로서 실상을 보이셨고 이로써 해탈과 멸제를 믿게 되었다고 하였습니다. 해탈은 마음이 변화하여 이루는 것이기에 우리의 마음은 공 사상에 입각한 무자성입니다. 공성으로서 마침내 번뇌의 습기까지도 끊을 수 있습니다.

보편적으로 자상을 인식하면 본질에 위배됩니다. 자상에 집착하면 번뇌의 미세한 습기들이 남아 있기에 공성의 본질을 확실히 체득할 필요가 있습니다. 일반적으로 생멸하는 대상들을 이치적으로 따져보았을 때 실제 생멸은 없습니다. 그 성품 그 자체로 성립되는가를 본다면 희론은 적멸할 수 있습니다. 대상에 대한 이것과 저것이 고유한 형태로 남아 있다면 아직 희론이 남아 있는 것입니다.

공성의 본질을 캐다

공성은 아무것도 존재하지 않음이 아닙니다. 대상들이 서로 의지하여 성립하기에 공한 것입니다. 아무것도 얻을 바가 없음 역시도 공성의 정의가 아닙니다. 공성을 논리적으로 이해하기 위하여 논증으로서 공성에 접근합니다. 대상 그 자체가 마치 존재하는 것처럼 인식하며 살아온 이들에게 공성의 이해는 쉽지 않을 수 있습니다. 우리가 인식한 대로 존재하지 않음을 알기 위해 논리적으로 다가가야 합니다. 이것과 저것은 모두 이름으로 존재하는 대상일 뿐입니다.

용수 보살께서는 붓다의 궁극적인 견해를 밝혔습니다. 『중론』에서는 중도의 견해로서 실상을 규명했을 때 얻을 바가 없는 것이 아니라 상호 의존하는 존재들의 확인을 구할 수 있다고 하였습니다. 공성의 본질은 모든 희론이 적멸하여 집착의 대상이 완전히 멸한 상태입니다. 실체를 규명하여 아무것도 얻을 바가 없음을 알고 상호 의존으로 존재한다는 속제와 승의를 알아야 합니다.

외부의 대상이 견분과 상분의 측면에서 존재한다는 것이 또 다른 집착의 대상이 될 수 있기에 자립 논증에서는 실제 고유하다고 주장하였습니다. 따라서 실체가 없는 전체가 있고 뭔가 특별한 본체가 있다고 하는 것, 즉 자상이 있다고 한 것입니다. 이에 대하여 용수 보살은 『중론』으로서 논박하셨습니다.

붓다께서 법을 설하여 보이신 이제(二諦)에 의지하여 대상의 공을 발견해봅시다. 인식하는 존재 방식에 대하여 실상의 모습이 어떠한가를 두 가지로 구분한 것이 진제와 속제입니다. 존재를 파악해봤을 때 드러나는 것이 진제입니다. 원인과 결과에 대하여 영향력을 미치고 받음은 두 가지가 상호 보완적이라는 것을 증명합니다. 모든 대상은 오직 상호 의지합니다. 이는 다시 말해 상호 의존하지 않는 것은 없다고 할 수 있습니다. 따라서 이름뿐이라는 결론에 이르게 됩니다. 사유를 통해서 가능한 논리적 귀류를 얻어낸 것입니다. 속제란 현현한 대상에 대하여 분석하거나 면면히 따지지 않고 보편적으로 얻는 세간의 진리입니다. 다음의 게송을 거듭 새겨보시기를 바랍니다.

의존하며 연관되어 일어나는 어떤 것,
그것은 공성을 말하네.
그것은 의존하여 붙인 것이니
그 자체가 중도라네.

(2012년 10월, 인도 다람살라)

02   어떤 부분이
진짜 나의 몸일까요?

연기의 원인

불교 이외의 다른 종교에서는 영혼 혹은 자아(아트만)를 인정합니다. 오온(색과 식, 즉 몸과 마음)과 따로 존재하는 별개의 독립된 존재라고 봅니다. 불교는 업의 종자 저장고인 자아와 구별해 오온과 별개로 존재하는 실체가 존재하지 않는다는 입장입니다. 불교의 식(識)은 대상을 밝히고 요량합니다. 불교는 전생에서 후생으로의 흐름이 바로 식의 흐름인 것으로 무상한 변화의 성질을 지닌다고 말합니다. 불교의 12연기 가운데 노사(늙음과 죽음)는 오온의 흐름이 모두 끊긴 상태입니다. 육신과 의식이 분리될 때가 바로 죽음입니다. 미세한 시간의 흐름은 찰나적으로 변화하는 인식 속에서 가능합니다.

연기의 원인에는 두 가지가 있습니다. 원인 자체가 결과물의 본질과 동일한가 혹은 제공자일 뿐인가의 경우입니다. 한 예로 흙으로 항아리를 빚을 때 흙은 항아리의 근거가 되는 원인이며 항아리를 만드는 사람은 항아리를 완성하도록 하는 원인이 됩니다. 인류의 근원을 거슬러 올라가보면 우주 대폭발에 이르듯이 인간의 심식 역시 태초를 규명할 수 없습니다. 태초의 시작을 규명하게 되면 식과 다른 무엇(불상응한 것)으로부터 발생한다는 오류를 성립시키게 됩니다.

오늘날 심식은 뉴런에 의해 형성된 것이라고 주장해왔던 과학자들도

뇌 중심 이론에서 마음 중심 이론으로 변화하는 추세입니다. 현재 의식과 깊은 수면 의식 혹은 혼절 의식으로 구분되는 식은 거친 식과 미세한 식으로 다시 구분됩니다. 이것이 현대 과학과 불교가 조우하는 접합점이 됐습니다. 기존에는 심장이 멈춤으로 인해 피의 순환이 그치고 최후에는 뇌가 활동을 정지함으로써 죽음에 이르는 것으로 정의해왔습니다. 그러나 불교에서는 심장이 멈춘 이후에도 죽음을 결론 짓기 어려운 심식의 활동 사례가 발생되고 있어 과학자들의 기존 이론을 뒤집어 새로운 연구 주제를 제공했습니다. 인간의 생각은 빛보다도 빠릅니다. 뇌신경 세포는 인간의 몸 전체와 연결돼 있고 심식은 '안이비설신'과 여섯 번째 '의식'으로 이뤄졌습니다. 용수 보살의 『중론』 입장에서는 여섯 가지 식을 논합니다.

생을 받는 이유, 집착

명과 색을 합쳐 오온이라고 이름 합니다. 욕계와 색계의 중생들이 이 오온을 지닙니다. 한 예로 안식(眼識)이 생하기 위해서는 눈(증상현)과 색(형상)이 소현이 되고, 등무간연(等無間緣, 이전 의식)이 존재하는 세 가지 조건에 의해 가능합니다. 붓다께서 12연기를 설하신 이유는 괴로운 인간의 몸에서 오온이 어떻게 발생하는지 규명하기 위해서입니다. 어떠한 원인과 조건으로 고제가 발생하는가, 원인과 조건을 역으로 거슬러 올라갈 때 근본 무명을 멸할 수 있습니다. 무명으로써 업의 행을 쌓고 이를 식에 저장함으로 인해 생을 받습니다. 애취를 통해 유(有)가 생김을 강조합니다. 실질적인 생(生)을 받게 되는 강력한 요소인 애취는 집착의 다른 이름입니다. 애는 감정에 대한 집착이고 취는 '색성향미촉법'이 지닌 집착입니다. 이 집착이 다음 생을 받게 하는 원인력이 됩니다.

　내 몸에서 어떤 부분이 진짜 나의 몸일까요? 『중론』의 22품에서는 "우리가 존귀하게 여기는 여래조차도 공하다."고 합니다. 무자성에 대한 습을 계속 들여서 확신이 커짐으로써 지관 수행이 뒷받침될 때 견도에 들어설 수 있습니다. 원인과 조건이라는 것은 대상에 의지하고 있다는 것을 전제로 합니다. 즉 본래 있는 것은 존재하지 않는다는 것입니다. 아집과 아소집 또한 존재하지 않습니다. 거친 무아의 지견을 통해 가장 미세한 무아의 지견을 보기 어렵습니다. 아와 아소에 대한 집착이 다하면 근치(12연기 가운데 애취)가 멸합니다. 나의 행복과 행복을 가져다주는 탐착의 대상이 바로 애취입니다. 무아 지견을 깨달을 때 나에 대한 집착도 사라집니다. 그 대상이 되는 애취 또한 사라집니다. 윤회에서 가져오는 가장 작은 집착이 바로 취입니다. 업과 번뇌가 다한 것이 바로 해탈입니다.

연기의 다른 말, 공성

어리석음의 적수가 되는 것은 연기를 그대로 보는 지견입니다. 업과 번뇌, 분별이라는 희론(무명)은 공성을 깨달은 지견으로써 사라집니다. 귀류 논증에 의하면 근본적인 번뇌 무명은 법아집이라고 말합니다. 『사백송』에 의하면 "의지하여 생긴 것이 그 자체로서 성립시킬 자력을 지니고 있지 않다."고 논합니다. 나는 저절로 형성될 만한 실체를 의미하는데 자성 즉 스스로 형성될 만한 어떠한 존재가 없다는 의미입니다. 업과 번뇌의 원인이 되는 무명을 끊은 것이 진정한 해탈입니다. 무명을 없애는 것은 전도된 지견, 제법이 실체가 있다고 여기는 실집(희론)과 반대되는 공성을 깨닫는 것입니다.

법성의 자리에서는 공의 근간이 되는 제법이 공성으로 인식됩니다. 실제 존재하는 법이 없음을 압니다. 열반과 상응하는 법성인 것입니다. 적정의 적멸의 법성에 들었을 때는 제법의 대상들이 희론으로 드러날 수 없습니다. 모두 일미(一味)입니다.

용수 보살은 중관학의 귀류 논증에 근거한 논을 저술했습니다. 중관에서는 일반적으로 모든 법이 무자성이라고 보았습니다. 근본적으로 붓다의 반야경에 기반한 것입니다. 공의 도리를 용수 보살은 붓다가 설한 바 그대로 인정했습니다. 그러나 이에 대해 자립 논증 학파에서는 귀류 논증이 단견에 빠질 우려가 있다고 보았습니다. 용수 보살은 공성의 필요성을 알지 못해서 나온 주장이라고 그 주장을 파했습니다. 『보적경』과 반야경 이만송에도 이와 관련한 말씀이 있습니다. 공성이 대상을 공하게 하는 것이 아니라 실상 자체가 공하다고 설합니다.

유의법은 본래 원인과 조건에 의해 성립된 무상입니다. 대상을 인식하는 나 자신이 진실함을 알아야 합니다. 나와 외부의 대상에 대한 실집으로 번뇌가 생길 때 우리가 원치 않는 고통의 결과를 경험합니다. 악업을 짓는 것은 번뇌에 의한 것이며 번뇌는 무지에 의한 것임을 알아야 합니다. 고통의 근본 뿌리는 전도된 지견인 '무지'입니다. 우리는 왜 무상을 알아야 할까요? 집착으로 허물을 만들기 때문입니다. 무명을 생하게 하는 진실한 것이 존재

하지 않는다는 바른 지견이 있을 때만 이 허물을 없앨 수 있습니다.

공성은 제법의 존재 방식입니다. 공성은 연하여 발생하는 연기의 다른 말입니다. 중관의 입장에서 속제와 진제는 따로 규명되는 것이 아닙니다. 실체가 없는 무자성이기에 상변과 단변에서 벗어나므로 중관입니다. 명언(속제)에 의존하지 않고 승의(진리)를 보일 수 없고 승의를 깨닫지 않고 열반을 얻지 못합니다.

의존하여 연관되어 일어나는 것, 그것이 공성이네.
그것은 의존하여 붙인 것이니 그 자체가 중도라네.
고로 연기 아닌 어떤 법도 존재하지 않네.
고로 공하지 않은 어떠한 법도 존재하지 않네.

이 게송을 일상에서 자주 사유한다면 서서히 공성의 실상을 지견할 수 있을 것입니다. 찰나의 변화성을 여실히 알았으니 이 삶에 어찌 소홀할 수 있겠습니까?

(2010년 10월, 인도 다람살라)

03 무아는
연기입니다

나를 구하는 법

붓다의 반야부 경전은 크게 현관 공성 차제(現觀空性次第)와 은밀 차제(隱密
次第)로 구분이 됩니다. 그 가운데 용수 보살께서는 현관 공성을 근거로 공
성과 연기를 여섯 가지의 방식으로 논하였습니다. 이는 총카파 대사를 통
해 티베트로 전승되었으며, 공성과 연기가 결코 다르지 않은 하나임을 체득
하신 이후 붓다의 법을 찬탄하는 법을 저술한 것이 이번 법문의 주제인 『연
기찬탄문』입니다. 『사백론』에 의하면, "연기에 의심을 지닌 이들을 대상으로
먼저 공성을 설하라."라고 하였습니다. 반야부의 핵심이 되는 『반야심경』은
대승 불교권에서 통칭되는 반야의 정수입니다. 먼저 미륵 보살의 『현관장엄

론』 귀의문과 용수 보살의 『중론』 찬탄문으로서 붓다와 불법에 귀의를 올립시다.

법(다르마, 췌)은 '지니다', '건지다'의 의미를 지닙니다. 원인과 조건으로 인해 결과가 달라지는 도리야말로 불교의 원칙입니다. 고통으로부터 건진다는 것은 감각으로부터 연유되며 의식이 없다면 감각은 느낄 수조차 없습니다. 이로써 감각은 의식과 깊은 연관을 갖고 있음을 알 수 있습니다. 또한 법은 '고쳐서 변하게 한다'는 의미 역시 지닙니다. 이는 다스림으로써 회복할 수 있는 원인을 생하게 할 수 있다는 뜻입니다. 종교에서 진리로서의 법이란 그 방향에서 긍정적이어야 하며 행복과 희망을 목적으로 합니다. 불교, 자이나교, 수론 학파만이 조물주와 창조주를 인정하지 않습니다만 모든 종교가 추구하고자 하는 바는 일관됩니다.

불교에서는 아집을 반드시 끊어야 한다고 하기 때문에 무아를 강조합니다. 존재하는 모든 것은 각각 원인과 조건의 의해 생겨났으며, 행복과 불행을 겪는 '나'의 존재는 몸에 의지한 것일 뿐입니다. 모든 감정의 기복에서 구원자는 '나' 자신입니다. 모두가 마음의 다스림 여하에 달려 있습니다. 오온은 짐과 같고 인간(보특가라)은 그 짐을 든 이입니다.

불법에서는 마음을 다스려 고통에서 벗어나야 한다고 설합니다. 고통을 야기하는 원인은 무지(無智)에 기인하며 그 단계도 여러 가지입니다. 붓다는 초전법륜에서 네 가지 고귀한 진리를 통해 고통의 정의와 원인 그리고 끊고 수습해야 할 것을 밝혔습니다. 무명(無明)으로 인한 행(行)이 식(識)에 쌓이게 되면서 12연기는 돌고 돌며 서로 인과를 낳습니다.

무지는 '나'가 없음에도 '나'가 있다고 여기는 집착에서 비롯된 것입니다. 바른 견해를 지닐 때에만 그릇된 무지를 끊을 수 있습니다. 예를 들어 알파벳을 모르는 이가 있다고 했을 때 맹목적인 기도만으로 간절히 원하는 알파벳을 체득할 수는 없습니다. 경험과 교육만이 무지에서 벗어나게 하는 방안입니다. 이와 같이 무지를 벗어나는 데 적절한 방편이 필요하듯, 불교의 아집을 벗어나는 데도 보편적인 인무아의 측면에서 오온과 '나'가 의지하지만 따로 함을 아는 것이 중요합니다. 마침내 무명을 끊게 되면, 무명으로 인한 행이 끊겨 업이 식에 쌓임이 더 이상 없게 되고, 마침내 고통에서 완전히 벗어나게 되기에 괴로움을 멸하게 하는 진리라고 하였습니다.

네 가지 학파

조건과 원인으로 인해 연기하는 것을 인과법이라고 합니다. 그러나 방편에서 대승과 소승으로 분류됩니다. 경지에서는 크고 작음이 없으나 무한한 공덕의 사신을 성취해 모든 중생을 돕겠다고 발심하고 행하는 것이 대승입니다. 소승의 수행법만을 바탕으로 할 때 대승의 수행법에 들 수 없기에 소승을 제외한 대승은 있을 수 없습니다. 교리에서도 설일체유부·경량부·유식 그리고 중관 학파로 분류되는 것 역시 각각 정의하는 연기법에서 차이를 보입니다.

　　연기법의 견해에서 인과 연기법은 네 학파 모두 동일하지만 중관 학파에서 크게 차별된 관점을 보입니다. '의지해서 생겨나 의지해서 붙여진 것일 뿐'이라는 점에서 그러합니다. 찰나 변화하는 것만이 인과가 아닌 항시하는

것조차 포함하는 것이 중관 학파의 견해입니다. 여기서 '의지해 있음'과 '의지해서 비롯된 것일 뿐'의 차이를 잘 이해해야 합니다. 모든 존재하는 것의 본질은 우리가 보는 바와 같이 있는 것이 아님을 알아야 합니다.

연기는 세 가지로 분류됩니다. 인과 연기법과 각 부분에 의지한 부분 연기법 그리고 우리의 분석과 의식으로 인해 이름 붙여진 것일 뿐인 연기법입니다. 견해에서도 미세함과 거칢으로 구분되기에 무아 역시도 거친 무아와 미세한 무아로 구분되고 무지 역시 그러합니다. 오로지 분별로써 이름 붙여진 연기법은 가장 미세한 무아의 사상을 일컬으며 가장 미세한 공성을 의미합니다.

붓다께서는 스스로 분별로써 이름 붙여진 연기법을 보시고 위없는 지혜를 증득하신 후 근기에 따라 설법하셨습니다. 무지에는 미혹해 무지한 것과 전도된 견해로써 그릇됨으로 비롯된 무지 두 형태가 있습니다. 그릇된 분석으로 전도된 확신을 지니는 것을 일컬어 '지혜 번뇌'라고 합니다.

중관에서는 외경을 인정하지 않는 유식과 달리 외경을 인정합니다. 의식으로 대상을 볼 때 대상을 진실로 존재한다고 여기고 그것을 인식하는 의식조차 진실로서 존재한다고 여기는데 이를 법집이라고 합니다. 따라서 인식하는 대상이 그와 같이 보이지만 그 대상이 그와 같이 있지 않고 진실로 존재하는 대상이 아님이 바로 법무아입니다. 실상의 진리를 파헤쳐봤을 때 진리가 본래 있다고 여기는 것이 허물이며 연기일 뿐이지 이름 붙여져 존재하는 것으로서 진실로 존재하는 것이 아니며 실체는 공하다는 것입니다. 진실로 여기는 그 자체가 맞는 것이라면 진실로써 분석해보았을 때 실상이 분명해져야 함에도 불구하고 오히려 불분명해지는 것은 우리가 여기는 대상 자체가 실체가 없음을 증명합니다.

의지하여 존재하므로

무아는 즉 연기입니다. 용수 보살의 『중론』에 의하면 붓다의 종자가 '연기법'이라고 하였습니다. 미세한 연기의 진리로써 해탈로 향할 수 있습니다. 조건에 의지해 생겨난 것은 실제 생겨난 것이 아닙니다. 모든 존재하는 것들의 자체에 자성이 없는 이유입니다. 원인과 조건으로 과가 생겨나는 것에 본래 자성이 없기에 우리가 보는 그 자체와 같이 존재하지 않습니다. 우리 의식에 비춰지는 것처럼 존재하는 것이 아닙니다. 나를 기준으로 한 선과 악에 집착하는 것도 그릇된 분별에서 비롯된 것임을 알아야 합니다.

　중생의 근기와 서원에 따라 많은 성자들이 진리를 설했지만 연기법을 설하신 분은 오직 석가모니 붓다입니다. 근기에 따라 받아들이고 건지며 끊어야 할 바를 잘 알아 연기로써 해탈과 열반에 이를 수 있습니다. 인과의 연기와 의지해 이름 붙여졌을 뿐인 연기를 바로 알 때 양 극단에 치우치지 않습니다. 한 예로 우리가 과거와 미래를 거론할 때 현재를 거론하지 않고는 불가능하며, 현재 역시 시간적으로 다시 과거와 현재로 구분되고 지금의 현재는 상호 의지 하에 존재함과 동시에 지속적으로 변화하여 독립적으로 존재할 수 없습니다. 행위와 관계된 예를 들어도 다를 바가 없습니다. 행위의 주체인 행위자가 동작을 통해 작용을 일으키는 것 역시 상호 의지 하에 작용하는 연기입니다.

의지하여 존재하기 때문에 자성은 성립되지 않습니다. 의지해서 존재하기에 연기를 비로소 공성이라고 하였습니다. 의지해서 존재하기에 비로소 중도입니다. 분석과 관찰로써 본래 자성에서 찾을 수 없는 자체가 아닌 의지해서 붙여진 것이기에 찾을 수 없는 자성임을 제대로 알아야 합니다. 우리는 절대 자성을 손가락으로 가리킬 수 없습니다.

본질이 있다면 본래 고유의 성질 역시 인과에 의지하지 않고 독립적으로 있어야 합니다. 순간 변화하는 도리는 사물에서조차 인과법으로서 일상에서 벌어지고 있습니다. 씨앗에 물과 토양이 있어야만 싹을 틔우는 것이야말로 지고지순한 인과의 도리입니다. 과에 의지하여 원인이 있으며, 원인 역시도 결과가 있기에 원인이라고 칭할 수 있습니다. 따라서 공성 이외에 다른 법은 없습니다. 연기이기에 자성은 공합니다.

불호 보살(붓다팔리타)의 『불호론』 22장에 이르기를, "자성으로 존재한다면 모든 진여 그 자체를 말할 수 있어 상호 의존을 거론할 필요가 없네. 자성으로서 존재한다면 상호 의존하지 않게 되네."라고 하였습니다. 연기는 실제 일상에서 벌어지는 모순 없는 진리입니다. 그렇기에 자성에서 벗어나라고 사자후로써 거듭 현명한 이들에게 설하신 바를 그 누가 반박할 수 있겠습니까?

(2011년 6월, 인도 다람살라)

04 '나'는 손으로 가리킬 수 없습니다

행복의 인연법

불법이란 교리에서는 연기법을, 행위에서는 비폭력을 의미합니다. 연기법은 두 가지로 나눕니다. 인과 연기와 의존해서 이름 붙여진 연기가 그것입니다. 인과 연기는 불교의 4대 학파가 모두 인정하는 것이며, 의존하여 이름 붙여진 연기법은 중관 학파 중에서도 귀류 논증에서만 인정하고 있습니다. 비폭력이란 자신의 가능한 범위 내에서 타인에게 도움을 주는 것입니다.

　다른 중생에게 피해를 끼친 원인으로 자신에게 고통이 옵니다. 이것이 인연법에 의한 연기법입니다. 이를 근거로 비폭력을 실천할 수 있습니다. 고제의 세 가지의 괴로움 가운데 복덕이 아닌 행위에 의해서 우리는 삼악도에 태어나게 됩니다. 복덕이 아닌 업을 짓지 않음으로써 삼선취에 태어나게 됩니다. 타인에게 도움을 주면 줄수록 삼선취에 태어날 확률은 높아지는 것입니다. 용수 보살은 『보만론』에서, "삼선취와 해탈 그리고 열반을 규명하기 위해서는 인과 연기법을 통한 삼단 논법으로 가능하다."고 논하였습니다.

어느 하나에도 의존하지 않고 그 자체에서 비롯된 것은 없습니다. 내가 바라는 모든 행복은 조건과 원인으로 비롯되는 것입니다. 내가 원하는 행복은 그 대상이 있어서 발생하는 것이 아닙니다. 내가 보고 느끼고 여기는 것과 다르게 실체는 본래 그러하지 않음을 앎으로써 시나브로 해탈에 이를 수 있습니다. 샨타라크시타의 제자 카말라실라의 저서 『중관수습차제론』에서 이르기를, "인과 연기법을 통해 삼선취를 알며, 의존하여 이름 붙여진 것임을 알아 해탈에 이를 수 있다."고 하셨습니다.

현재 지구상의 사람들은 고통과 폭력을 근저의 두려움으로 안고 살아가고 있습니다. 실례로 미국의 911 테러 이후 미국인들은 공포를 기본으로 마음에 품게 됐으며, 정부 내 규범도 더욱 강화됐습니다. 더불어 아프가니스탄 국민 역시도 큰 공포를 가지고 삶을 꾸려가고 있습니다. 따라서 지구상의 혼란을 초래하는 폭력을 금하는 것은 다음 생을 위한 것만이 아닌 이 생에서 추구해야 할 최상의 가치가 되었습니다.

우리가 진정으로 행복을 원한다면 행복의 인연법에 좀 더 큰 비중을 두어야 합니다. 마음의 혼란을 초래하는 탐욕, 자만, 질투 등은 사랑과 자애의 마음을 낼수록 점차 줄여나갈 수 있습니다. 사회의 규범을 준수하기 이전에 자신 스스로가 지니는 올바른 규범을 지킴으로써 사회에서 말하는 도덕을 성립할 수 있습니다.

삼독 번뇌를 소멸토록 하소서
지혜의 광명을 발하게 하소서
보살의 위의에 입문토록 하소서

삼독의 번뇌는 공성을 깨우친 지혜로써만 멸할 수 있습니다. 우리가 해탈을 위해 노력하면 할수록 삼선취는 자연스럽게 이루어집니다. 공성과 지혜를 함께 수행할 때 비로소 보살에 입문할 수 있습니다.

원인을 알아야 답을 얻는 법

해탈과 열반을 이루기 위해서는 반드시 인간의 몸에서 시작돼야 합니다. 삼선취 가운데 인간의 몸을 온전히 갖춰야 합니다. 아리야데바는 『사백론』에서, "복덕이 아닌 것을 먼저 끊고, 나를 끊은 후에 일체를 끊도록 하라."고 논하셨습니다. 복덕이 아닌 것을 끊는 것은 타인을 해치는 것을 끊는 것으로 열 가지의 불선행을 금함으로써 삼선취의 몸을 이루는 것입니다. 이는 불교와 이슬람 그리고 기독교의 공통 사항입니다. 이어서 '나'를 끊는 것은 불교의 독자적인 가르침입니다. 이는 해탈을 의미합니다. 의존하여 이름 붙여진 연기일 뿐임을 알아 오온에서 완전히 벗어났을 때 완전한 해탈을 이룹니다. 이때는 번뇌장(煩惱障)을 끊는 순간입니다.
　아집으로 인해 우리가 지어왔던 번뇌장뿐만 아니라 공성을 깨우친 지혜를 바탕으로 소지장까지 끊는 것을 일체 종지, 즉 부처의 경지라고 합니

다. 소지장을 끊기 위해서는 방편이 필요합니다. 그러나 반드시 복덕 자량이 뒷받침되어야 합니다. 이 모든 것을 비로소 아는 이가 참으로 지혜로운 자입니다.

붓다의 법 가운데 연기법을 보면, 몸의 질병조차 오로지 병의 원인이 되는 것만을 치료하는 것이 아니라 병을 앓고 있는 환자의 마음과 그 외부의 여러 조건, 즉 마음과 환경 그리고 경제적인 여건과 같은 것이 함께 조화를 이룰 때에만 쾌차가 빠르다고 하였습니다.

일생을 경제를 전공한 사업가들이 그토록 돈에만 열중했음에도 불구하고 왜 파산하는 것일까요? 이유는 오로지 현재의 손익만을 추구하기 때문입니다. 보다 장기적인 넓은 시야를 갖추지 못했기 때문입니다. 인과 연기법을 바로 알면 우리가 누리고 있는 건강과 경제의 어려움이 왜 발생했는지 어렵지 않게 해답을 구할 수 있습니다.

우리는 자신과 무관한 사람에게 분노하지 않습니다. 우리는 스스로의 손가락으로 칭할 수 있는 대상을 향해 혐오감을 드러냅니다. 일전에 미국에서 만난 마음 치료학자 아론 벡이 저에게 이런 말을 했습니다. "많은 사람들이 어느 특정 대상에게 세부적으로 화를 내는 성향을 보이지만 실제로는 그 세분화가 서로 아무런 연관이 없는 혐오감이었다."는 것입니다. 자신이 바라는 대로 되지 않을 때 분노하고 타인을 혐오합니다. 재미난 것은 자비심 역시 바라는 마음이라는 것입니다. 모든 중생을 대상으로 하여 고통에서 벗어나기를 발원하는 것입니다.

의존해서 이름 붙여 '나'라고 하니

무자성은 법계입니다. 모든 존재하는 것은 진제와 속제에 포함됩니다. 우리가 분석과 관찰 없이 일상에서 타인과 도움을 주고받는 것을 '속제'라고 합니다. 아리야데바의 『사백론』을 주석한 월칭 보살의 게송을 보면, "의존하여 존재하는 것이기에 본래 존재하는 것이 있지 않으므로 무아이다." 즉 자신과 '나'는 차이가 있습니다. '무아'는 '자성으로 공하다'는 것이며, 나는 자성으로 공하기 때문에 무아가 아닌 광범위한 범위로서 모든 존재하는 것이 자성으로 있다는 자체를 끊었을 때 무아라고 정의합니다. 분석과 관찰을 통해서 우리는 그 어느 것도 규명할 수 없음을 알 수 있습니다. 이것이 바로 '진제'입니다.

나무와 흙 그리고 동물과 어우러진 대상을 우리는 '산'이라고 칭합니다. 일반적으로 우리는 '산을 탄다'고 말합니다. 그러나 깊이 분석해 보면 '이것이 산이다'라고 하는 실체는 없습니다. 다른 예로, 현재 '나'는 있고, 법문을 듣고 있습니다. 그러나 '나'를 분석했을 때, 대부분의 사람들은 '나'라는 생각이 '나'라고 여기는 경우와, '나'라는 생각을 일으키는 의식이 '나'라고 여기는 경우, 경부 유가사에서 이르는 아뢰야식에서 일으키는 '나'라고 여기는 경우 그리고 중관학파의 입장에서 대상이 자성으로서 있어서 '나'를 말하는 주장이 있습니다. 실체적으로 규명했을 때는 '나'라고 하는 보특가라는 손으로 가리킬 수 없습니다. 깊은 수면에 취한 제6식의 '나' 역시도 그러하며, 기절한 '나' 역시도 이와 같습니다.

『중론』 제2장에서 가고 옴을 분석한 행을 보면, 원소가 독립적으로 원

래 있는 것이 아니고 극한 티끌조차도 전후좌우 방향에 의지해서 있음을 알게 됩니다. 어느 순간의 시간을 이야기하고자 할 때도 '이것이다'라고 잘라 분석할 수 있는 규명할 대상이 없습니다. 이러한 모든 것이 서로 의존해서 이름 붙여진 까닭입니다.

그렇다면 '나'는 없는가? 몸과 생각하는 나가 있으나 규명할 '나'가 없는 것입니다. 이 모든 것이 서로 의존해서 이름 붙여진 것일 뿐입니다. 무명에 의한 훈습 때문에 자체적으로 있고 실재한다고 여겨온 것입니다.

티베트에서 정의하는 '원인'이란 이로움을 주는 것이며, '결과'는 이로움의 행위의 대상입니다. 원인이 과에 의지하고 과 또한 원인에 의해 존재합니다. 중관학파의 많은 가르침 가운데 월칭 보살께서 이르시기를, "대상을 인지하는 의식조차도 대상에 의한 것이며 이 대상 또한 의식되기 때문에 대상이 된다."고 하였습니다. 유식 학파에서 자증분을 통해 이르기를, "이 의식이 대상으로서 자증분이 있으며, 이 자증분으로서 이 대상이다.'라고 이름 붙일 수 있다고 하였습니다." 우리가 누리는 과거와 현재 그리고 미래는 속제의 관점이며 실체라고 할 수 있는 고유함은 없습니다. 순간 그것을 볼 때 느껴지는 실체는 없습니다.

『중론』 제20장에서 실유론자들이 논박하기를, "모든 자성이 공하다면 그 어떤 존재하는 것도 있을 수 없다. 그렇기에 이것이 세간이자 출세간이다. 보이는 모든 것을 부정한 용수 보살은 미친 것이 아닌가?"라고 하였습니다. 이에 용수 보살이 답하기를, "자성으로서 공하기에 행위와 행위자 그리고 그 행위자의 행위가 있다. 실유론자가 말하는 자성으로 있음은 존재를 불허하지만 자성으로 공하기에 세간과 출세간은 모두 있을 수 있다. 실유론자는 붓다가 설한 공성의 목적과 뜻에 무지하여 그리 논하였다."라고 반박하였습니다.

공성의 지혜를 깨우쳤다면 속제의 논의 단계를 뛰어넘어야 합니다. "진실로는 있지만 자성은 있다."와 같은 관점은 오류를 만들어낼 뿐입니다. 희론을 여읜다는 것은 실상을 안다는 것입니다. 그 실상이 바로 공성입니다. 의존하여 비롯되었기에 공성입니다. 어떤 존재하는 것의 실체가 느끼고 생각하는 것처럼 존재하는 것이 아닌 공함을 알아 단견을 끊고, 의지하여 존재하기에 중도이며, 이로써 상견을 끊습니다.

토끼는 뿔이 없습니다. 절대적으로 없는 것과 의지해서 존재하지 않는 그 자체에서 비롯된 것이 없음을, 즉 단견을 끊음을 비유합니다. 황소는 뿔이 있습니다. 의지해서 존재하는 바로서 상견을 끊음을 비유합니다. 일반 선서의 법이 중도임을 『중관』 33송을 통해 이른 것입니다. 거울에 비춰진 나의 모습이 마치 수면에 담긴 해와 달과 같다고 여겨야 합니다. 의존하여 비롯된 바를 깨달아 무아를 증득하십시오.

(2013년 10월, 인도 다람살라)

05 나의 몸이
나의 마음입니다

법이란 무엇인가?

티베트 어로 법이란, '변화를 준다'는 뜻입니다. 다시 말해 우리 마음의 변화를 의미합니다. 산스크리트 어의 다르마(dharma)는 '잡다', 두려움의 고통에서 '구제한다'라는 의미를 가지고 있습니다. 인도 인류사를 보면 3천년 이전에 종교를 신앙으로서 인간세에 구현하고자 할 때는 지금과 같은 이성 체계를 갖고 있지 못했습니다. 눈앞의 현상에만 인지가 머물러 극복의 한계에 직면하면서 초월적인 자연과 신에 의지하게 되었고 비로소 종교가 생겨났습니다. 인도 최초의 종교 가운데 하나인 수론학의 상키야 학파와 2600년 전에 붓다의 가르침인 불교와 자이나 학파를 비롯한 수많은 외도와 철학 사상뿐만 아니라 외부의 신앙들이 유입돼 인도는 전 세계의 모든 종교를 집결시켜놓은 종교와 철학의 나라가 되었습니다.

오늘날 종교를 실천하는 데서 염려되는 부분은 자신의 종교에 지나치게 집착하는 이들입니다. 그들은 궁극적으로 자신의 종교에서 무엇을 핵심으로 하는지 바르게 인지하지 못했기 때문입니다.

'나'를 묻다

오늘 우리는 일상에서 저절로 일어나는 '나라는 생각'에 대해 이야기 나눠보고자 합니다. 현존하는 철학과 사상의 근본 질문입니다. 불교를 제외한 종교에서는 '나'에 대해 불멸하는 독립적인 것으로 인정합니다. 우리의 몸이 '나'일까요? 우리의 마음이 '나'일까요? 몸과 마음을 소유하고 있는 것이 '나'일까요? '나'라는 것은 당연히 태어나면서 생겨난 것이라고 여기고 있습니다. 청년이 나이가 들어 노인이 되는 변화를 겪고 있음에도 불구하고 우리는 변함이 없는 '나'로 고정화시킵니다. 인간이 죽음을 맞이해 장작개비의 불꽃이 모두 사라진 때에야 '나'는 없어진다고 여기기도 합니다.

붓다의 말씀 가운데, '나'라고 하는 독립적이고 실체적이라는 인식으로 집착을 일으켜 분노와 원한을 불러온다는 구절이 있습니다. 나만이 귀중하다고 하는 생각은 아집에 기인한 것으로 모든 허물의 근원이 되는 거름입니다. 잘못된 지견의 시작은 바로 '나'라고 하는 애착으로부터임을 잘 헤아려야 합니다.

분명히 해야 할 것은 '나'는 존재한다는 것입니다. 실제 예를 들어 비행기의 엔진을 보면 여러 가지 부품으로 조립되어 있습니다. 여러 다양한 크기의 정반으로 합체되어 있습니다. 그것이 다른 형태의 오온(변화를 구성하는 다섯 요소)이며, '나'도 이와 같은 오온의 화합으로서 존재합니다.

'나'를 찾다

몸과 마음의 미세함에서 더욱 미세한 영역에 이르고자 하는 정진이 수행입니다. 거친 의식은 우리의 일상에 노출된 표면적인 흐름입니다. 불교에서 말하는 '무아(無我)'는 이러한 미세함으로 다가가 '나'의 본래 모습을 찾도록 합니다. 그렇다고 해서 기독교의 창조주와 아트만(자아)을 인정하는 타종교를 신봉하는 종교인들을 비난하지 않습니다. 그들의 신앙과 믿음 안에서 아집의 허물을 줄여갈 수 있는 해답을 구한다면 말입니다.

거친 이생의 몸은 시작을 규명할 수 있습니다. 그러나 의식과 같이 계속적으로 변화하는 것은 그 시작을 규명하기가 쉽지 않습니다. 우리가 지닌 다양한 마음의 변화, 그 역시도 원인과 조건에 의지합니다. 외부의 대상들 중에 쉬운 예로 산과 나무 그리고 돌과 같은 것만 보아도 변화를 접할 수 있습니다. 이러한 변화를 '상응인'이라고 합니다.

인간의 의식은 뇌에 의지하고 있으면서 동시에 신경 조직과 밀접한 연관을 가지고 있습니다. 몸이 건강하다고 하더라도 걱정이 있으면 몸 역시도 안 좋아집니다. 우리가 휴식을 취하려고 침대에 누워 있다 하더라도 질투와

분노가 일어나고 있다면 그것은 진정한 휴식이 될 수 없습니다. 마음의 휴식이 몸의 평안함으로 이어집니다.

좋은 사람들과 있으면 시간이 참 빠르다고 느껴지지요. 그것은 마음이 편안한 대상에 의지해 있기 때문입니다. 진정한 휴식이란 마음에 있는 것입니다. 몸이 불행하다고 하더라도 마음이 평온하다면 몸의 불행을 조복할 수 있습니다.

물이 흐르듯 꽃이 피듯

의식은 지속적으로 흐릅니다. 이와 달리 근본 식은 미세하게 끊기는 성질을 가지고 있습니다. 그렇기에 의식의 근친인은 그 이전 의식이라고 할 수 있습니다. 따라서 의식의 태초를 규명할 수 없는 것이며, '나'라는 것은 몸과 마음에 의지해서 성립된 것이 됩니다. '의지한 나'의 태초를 규명할 수 없다는 것이 불교의 입장입니다.

불교에서의 '나'는 시작과 마지막이 존재하지 않습니다. 시작이란 '무명'이며 이로 인해 고통의 연기가 일어납니다. 사실 바른 인식이 지닌 명료한 자성은 바름과 바르지 않음을 구분하지 않습니다. 원인과 조건에 의해 전도된 정견과 반대된 바를 인식할 수 있습니다. 특정을 지닌 원인과 조건을 지닌 인식들에 의해 바른 견해를 가질 수 있습니다. 허물은 객진과 같습니다. 무여열반 이후에도 의식의 흐름은 끊기지 않습니다.

삼보에 대한 귀의를 통해 불자는 동기를 바르게 합니다. 따라서 허물과 악업을 발생시키지 않습니다. 오늘 우리가 법을 설하고 들음이 법다운 법으로 거듭나기 위해서는 발심의 동기를 일으킴으로부터입니다. 발심(發心)이란 일체 중생을 위해 불지(佛智)를 이루겠다는 서원입니다. 불지는 결코 우연히 생겨나지 않습니다. 순차적으로 깨달음이 증대된 수행의 열매입니다.

우리가 지닌 현재의 마음이 긍정적으로 완전한 힘이 된 바를 불지라고 할 수 있습니다. 일반적으로 우리가 예경하는 삼보는 수승한 보리에 귀의하는 것입니다. 이것이 바로 대승 불교입니다. 따라서 깨달음을 이루고저 수행하는 이들은 '바로 내가 붓다를 성취하겠다'고 하는 서원을 일으키는 것입니다.

'나'는 어디에 있는가? 나의 몸이 나의 마음이라는 사유의 꼬투리를 잡아 들여다보십시오. 붓다의 말씀인 '무아'를 화두에 두었다면 영원한 안락과 행복에 이르기 위한 중생을 위하는 기도를 하십시오. 복덕 자량과 지혜 자량을 동시에 쌓을 수 있을 것입니다. 보리를 이룰 때까지 귀의해야 합니다. 깨달음을 이룰 때까지 보시를 비롯한 여섯 바라밀의 자량으로 궁극에는 성불하기를 서원합니다.

불교의 프리즘으로 세상을 품자

붓다의 제자들 가운데서도 여러 가지 생각과 근기가 있었습니다. 때문에 삼승(三乘)과 사종(四種)이 있었습니다. 수행은 각자의 기질에 맞춰 이뤄져야 합니다. 그렇기에 지구상의 다양한 종교 역시도 인정되어야 합니다. 저는 개

인적으로 불자입니다. 그러나 반드시 불교가 옳아서 불교만을 믿어야 한다고 생각하지 않습니다. 다양한 철학과 색색의 종교를 통해 근본적인 사랑과 자비의 본질을 봅니다.

불교에는 고유한 연기 사상이 있습니다. 여전히 외도는 상일주재의 아트만을 인정하며 원인과 조건에 의해 이루어지는 인과를 인정하고 있습니다. 이는 경험하는 주체인 '나'에 대해 '무아'로 정의하는 불교와는 구별됩니다. 용수 보살께서 말씀하신 바와 같이 '연기'는 붓다의 말씀 가운데 핵심입니다. 다른 종교와 차별되는 불교의 사상입니다.

『중관학』에서는 '일체법이 진실된 실체가 없다.'는 견해를 보입니다. 가립된 원인과 조건에 의한 것으로 논합니다. 인과에 입각한 연기 사상을 이해하고 그에 근간을 둔다면 상위의 연기 사상을 이해할 수 있습니다. 이를 앎으로써 선취에 날 수 있는 원인과 조건을 구족할 수 있습니다. 의지해서 존재하는 연기 사상을 바르게 이해하십시오. 이로써 법집을 멸하고 해탈의 문을 열 수 있습니다. 원인과 조건으로서 선취에 날 때에 궁극의 해탈을 이룰 수 있습니다.

자비의 대상은 모든 생명체를 그 대상으로 합니다. '나'를 바로 알기에 모두 가능합니다. 사람만으로 그 대상을 국한시키지 마십시오. 행복을 원하는 모두에게 사랑의 마음을 내십시오. 이타의 수승한 마음은 고통을 지우는 지혜로운 지우개가 될 수 있습니다.

(2011년 12월, 인도 다람살라)

불교는 나와
마주하게 합니다

청정하고 지극한 동기를 세우십시오.

분석과 통찰의 시대를 살아가는 오늘날 불교는 막중한 책임과 과제를 지니고 있습니다. 불자와 비불자를 떠나 우리 아시아인에게 불교는 동질한 문화적 민족성의 공감대를 부여합니다.

　사랑과 자애 그리고 인욕은 일반적인 종교의 가르침입니다. 하찮은 벌레조차도 상대의 도움을 필요로 합니다. 어머니와 자식 간의 자애를 보면 삶의 구도가 지니고 있는 기본 지침이 이해될 것입니다. 우리가 지닌 사랑의 마음은 원래 인간이 지닌 것일 뿐만 아니라 반드시 어우러져야 하는 지침입니다.

하나의 귀의처에 나의 몸과 마음을 모두 바쳐 믿고 따르는 신앙 활동은 나에 대한 아집을 좀 더 줄이는 데 도움이 됩니다. 지구상에 현존하는 다양한 믿음의 형태 가운데 창조주를 따르는 종교에서는 자신을 내려놓음에서 불교보다 유연함을 확인할 수 있습니다.

반면 불교는 투철하게 나와 마주하게 합니다. 본연의 모습 즉 상일주재하고 항상하는 고정된 대상을 분석하고 해체합니다. 반드시 결과에 합당한 원인과 조건에 의지하여 비롯되는 관점을 지닙니다. 지구상의 생명체를 담는 그릇과 같은 세간은 무상합니다. 비로소 연기 즉 상호 의존하여 존재하는 것입니다. 그 목표는 열반의 적정으로 하고 있습니다.

고통의 근원, 무명

인과 연기가 있습니다. 선한 원인으로서 선한 과보를 받는 원리입니다. 행복의 씨앗을 심고 그로 인한 과실을 얻는 것과 같습니다. 우리가 이렇게 인간의 몸을 받아 삼선도에 났으니 궁극의 해탈인 열반으로 향하는 정진의 길에 충실해야 할 것입니다. 우리가 원하지 않는 고통이 과연 무엇이며 어떠한 원인으로부터 비롯되었는가를 사성제를 통해 묻습니다. 고통은 12연기의 근원인 무명으로부터 기인합니다. 무명은 업과에 무지한 무명과 진여에 무지한 무명으로 구분됩니다.

업과에 무지한 무명은 연기법으로 환멸시킬 수 있습니다. 진여에 무지한 무명이란 존재하는 것들이 자성으로 존재한다고 여기는 것입니다. 내가 보고 들어 생각하는 것들이 그와 같이 존재한다고 여기기 때문에 진여에 무지하게 되는 것입니다. 확실한 것은 내가 보는 바와 같이 존재하지 않고 상호 의존하여 존재하며 단지 이름이 붙여진 것일 뿐이라고 이해하고 거듭 확신을 얻는다면 '나'뿐만이 아닌 일체가 자성으로 존재한다는 견해를 줄여갈 수 있다는 것입니다. 진여에 무명하기에 우리는 윤회하고 있음을 알아야 할 것입니다.

공성의 견해란 인과의 연기법에서 원인이 결과를 낳을 뿐만 아니라 결과가 존재하기에 원인이 상호 존재한다는 것입니다. 용수 보살은, "만일 존재하는 것이 자성으로서 존재한다면 원인과 결과는 결코 성립될 수 없다."고 하셨습니다. 자성으로서 존재한다면 자유롭게 독립적인 것으로 반드시 다른 것에 의존할 수 없게 됩니다. 어떠한 활동과 작용도 일어날 수 없습니다.

원인이 결과를 낳으며 결과 또한 원인에 의존해 존재합니다. 총카파 대사께서는 "서로 상호해 존재하니 매우 희유하다."고 말씀하신 바 있습니다. 이로써 모든 연기법을 보시고 또한 보이신 석가모니 붓다를 찬탄하셨습니다. 원인과 조건의 연기법으로 열 가지 불선업(살생, 도둑질, 음행, 거짓말, 이간질, 험담, 잡담, 탐심, 시기심, 그릇된 견해)을 짓지 않으니 다음 생에 삼선도에 나는 것입니다. 따라서 바르게 생각하는 힘을 얻습니다. 이 힘이 바로 무명을 깨우친 지혜입니다. 복덕이 아닌 것을 먼저 끊으십시오. 이후에는 '나'라고 여김을 끊으니 비로소 번뇌장이 소멸됩니다. 이어서 존재하는 모든 것을 끊으니 소지장 역시 끊어지게 됩니다.

최고의 스승

인간의 몸을 얻은 이생에 이익이 되는 길은 무엇일까요? 일체 종지에 이르도록 하는 존귀한 법의 수승한 차제인 하사도(下士道)와 중사도(中士道) 그리고 상사도(上士道)의 법을 빌려 깨달음에 이르도록 서원을 세워봅니다. 오늘부터 이행할 보리도의 차제는 역대 스승들께서 이미 걸어가신 길입니다. 삼선취에 나거나 열반에 이르거나 일체종지를 얻음에 보리도의 차제에는 본질에 그릇됨이 없으며 그 수순에도 차별이 없어야 할 것입니다. 더불어 바른 바탕을 근거해야 할 것입니다.

우리는 석가모니 붓다의 법에 근거를 둡니다. 사성제의 법인가, 반야부의 법인가, 삼성을 말하는 무분별지의 법인가를 헤아려봐야 합니다. '나'라

고 집착함을 멸함에 마음의 진여를 깨우치기 위함입니다. 멸제를 논하기 위해서는 반드시 반야부의 견해가 필요합니다. 더욱이 금강승 수행자는 반야부를 깨우쳐야 합니다. 법을 논함에 '현관 공성'과 '은희 차제'로 구분합니다. 보리도 차제에서 가장 기본은 스승에 의지함이며 궁극에는 지관쌍수로 나아가는 것입니다.

『장엄경론』에 준하여 계행으로써 자신을 점검하십시오. 따라서 적정에 이르면 비로소 지혜로 들어갈 수 있습니다. 스승 또한 법맥에서도 풍족해야 하며 수행으로 자신의 경험을 충분히 쌓아 제자를 가르침에 항시 자비심을 내어 즐겁게 행해야 합니다.

여러분은 불교를 바르게 믿고 행함에 길잡이가 되는 스승이 있습니까? 제자 본인 스스로가 자신의 스승을 점검할 수 있어야 합니다. 높은 법상에 앉아 있다고 하여 훌륭한 스승이라고 여기지 말아야 할 것이며, 생계를 잇기 위한 목적으로 법을 설하는 곳에 포섭되지 않아야 할 것입니다.

날란다 승원의 법통을 잇는 티베트 불교 수행자라면 마음의 평등심으로 바른 법을 취사 선택할 수 있는 지혜를 키워야 합니다. 수행하고자 하는 의지가 있다면 충분히 가능한 일입니다. 붓다의 법인 불요의와 요의를 구분하여 받아들임에도 신중해야 합니다. 또한 진제와 속제의 가르침을 긴밀히 분석해야 합니다. 불교를 수행하고자 하는 것은 궁극적으로 마음을 고요히 하여 다스림으로써 바른 법을 수행하기 위함임을 기억해야 할 것입니다. 바른 법을 구함에 스승에 의지하기에 제자는 항시 공경의 마음을 내야 합니다.

수행은 생각을 바꾸는 것

수행에 들어서며 깨달음을 성취하기 위해서는 참회와 공덕이 병행되어야 합니다. 여기서 우리는 칠지작법을 이야기합니다. 정례지(頂禮支), 공양지(供養支), 참회지(懺悔支), 수희지(隨喜支), 권청법지(勸請法支), 소청주세지(所請住世支), 회향지(回向支)가 바로 그것입니다. 각각의 지는 간단한 게송으로 이루어져 있습니다. 법계의 스승들께 절을 올리며 예경을 올리고, 향과 꽃 등의 공양을 올립니다. 이어서 탐·진·치 삼독에 대한 참회를 하고, 시방에 계신 스승의 공덕에 수희하며 동참하고자 합니다. 깨달음을 이루신 붓다에게 법을 청함에 항상 중생과 같이하기를 권청하여, 이 수행 기도의 공덕으로 쌓은 복덕을 중생에게 회향할 것을 다짐합니다.

먼저 자신이 머무는 방에 모신 삼보를 청정히 하는 것으로 시작합니다. 그리고 그 면전에 차분히 가부좌를 틀고 앉아 지극한 마음으로 중생을 위하는 삼귀의와 사무량심을 상기하십시오. 모든 존재하는 것들이 자성으로부터 공하며 공성 그 자체에서 여덟 마리의 사자 위에 모셔진 연꽃과 달의 방석 위에 붓다께서 계심을 관해봅니다. "옴 쑴바 와. 모든 중생이 깨달음을 얻기를."

스승에게 의지함에 있어서 분석하는 명상으로 서서히 마음을 길들여갑니다. 수행이란 몸과 말의 행동을 바꾸는 것이 아니라 자신이 생각하는 바를 바꾸는 것에 주안점을 두는 것입니다. 법이란 마음을 바꾸어나가는 것입니다. 한순간에 바뀌는 것이 아니기에 서서히 그리고 꾸준히 물을 들여야 합니다.

(2012년 11월, 인도 다람살라)

07 희론을 거두십시오.
그 자리가 열반입니다

열반의 문으로 가는 열쇠

지금 여기 황금 법상에 달라이 라마라는 이름을 지닌 한 노인이 앉아 있습니다. 여러분에게 달라이 라마는 어떤 존재로 인식되고 있습니까? 저는 석가모니 붓다의 가르침을 따르는 한 마리의 고양이와 같다고 비유하고 싶군요.

생사윤회와 열반은 마음에서부터 관찰해야 한다고 7대 달라이 라마께서 말씀하신 바 있습니다. 자성이 있다고 하는 차단해야 할 바를 여러분은 강한 '법집'으로 움켜쥐며 살아가고 있음을 스스로 아시는지요?

과연 중생이라는 대상과 법신이라는 대상에도 차이가 있을까요? 바깥 경계와 마음의 작용들이 마치 원래 그러하게 존재해왔다고 여겨왔기에, 단지 이름과 소리로 붙여진 것일 뿐 독자적인 성립이 없다고 인정하기란 쉽지 않을 것입니다.

"공(空)은 일체의 견함을 떠남이라." 용수 보살은 『중론』에서 이와 같이 말씀하셨습니다. '아(我)'와 '아소(我所)'의 공함을 깨달아 무아를 통달하는 지혜를 논하였습니다. 열반의 문으로 들어가는 오직 하나의 열쇠는 무아를 보는 것입니다. 무자성이기 때문에 공이며 그 성상이 일체 전도하여 해탈입니다.

『입중론』에서, "무아를 깨달을 때 항상하는 생각이 없어진다."고 하였습니다. 모든 보살이 바라밀다 수행을 행할 때에는 일체 법의 본체의 자상이 없는 무의법을 봐야 합니다. 이를 일컬어 '열반'이라고 하며 다시 말해 '승의제'라고 합니다.

전도된 의미로 범행을 닦는 것은 의미가 없습니다. 본래의 고유한 상이 없다는 무상의 화두를 논제로 삼는 것이 그것입니다. 『현구론』에서, "사물의 현상은 무명의 혼미함으로 일어난다."고 하였으니 이 말씀을 깊이 새겨야 할 것입니다.

맹신하지 말고 바른 견해로 살펴야

부디 삿된 것을 멀리하십시오. 제법의 무자성이란 모든 사물이 자성이 없다는 의미이니 무명을 가진 이가 마치 자성이 있는 것처럼 말하는 것은 도리에 어긋난 경우입니다. 내외의 모든 법이 자성으로 이루어졌다고 집착함이 바로 무명입니다. 무명으로 제법을 탐착하니 생사윤회의 씨앗이 됩니다. 무명이란 생사 윤회의 근본이자 악한 인연의 원인입니다. 법아집과 인아집 모두 무명입니다. 이 안에 두 가지 인과의 도리가 있으니 인과 연으로 생한 일체 공한 사물을 봐야 합니다.

구름과 같은 희론을 거두십시오. 비로소 그 자리가 열반입니다. 바깥 대상으로부터 내 마음에 작용하는 것이 아닌 환과 같은 것임을 인식할 수 있어야 합니다. 결코 자성으로 성립할 수 있는 것이 아님을 아십시오.

이 지구상의 많은 종교들이 지닌 근본 의제는 곤경에 처한 이들의 의지처입니다. 사랑과 자비 그리고 스스로의 만족 등은 오로지 이타를 위하는 종교의 사명입니다. 종교의 교리와 사상의 다양성 속에서 가장 핵심으로 삼는 것은 타인에게 해를 끼치지 않는 '비폭력'입니다. 교리 불교로 해석되는 부파 불교도 근본 취지는 대승과 같습니다. 나와 남을 구분 지어 다름을 배척하는 것은 그릇된 것입니다.

총카파 대사께서는, "어떤 이의 귀에 닿더라도 모두를 적정케 하리다.

앞뒤의 모순에서 벗어나 모든 사상을 섭렵하고 근거와 타당성을 뒷받침해야 할 것이다. 삼선도와 해탈을 이루게 하니 환희심이 늘어난다."라고 말씀하신 바 있습니다.

　가르침 속에 다양한 사상과 교리가 있습니다. 중관 학파의 귀류 논증과 각각의 차이 나는 교리와 사상을 유념하며 그 타당성을 확인할 수 있는 근기를 키워가야 합니다. 청변 보살이 불호 보살의 주장을 반박하신 바가 그러하며, 월칭 보살께서 청변 보살을 다시 반박하신 바 또한 그러합니다. 지성의 힘으로써 이치를 아는 지혜로 바른 사상을 바른 견해로 살펴보십시오.

　사상과 견해의 타당성을 입증하기 위해서는 현재 내가 옳다고 믿어 따르는 교리를 맹신하지 않도록 주의해야 합니다. '진정한 말씀'이라는 확신은 신앙의 고착화를 초래할 수 있습니다. 닝마와 카규 그리고 사캬의 가르침에도 각각의 차이가 있습니다. 구별을 지어보면 각각의 차별된 교리가 그러합니다. 내가 믿고 따름에 오직 이것만이 옳다고 여기기 전에 이치에 합당함을 바른 견해로 살펴야 할 것입니다.

남미 아르헨티나 법회에서 한 과학자를 만났습니다. 그 과학자는, "본인이 전념하는 과학의 분야에 대해 집착을 갖지 않도록 스스로를 돌아본다." 는 인상 깊은 말을 하였습니다. 과학자는 가능성의 실마리를 항시 열어놓아야 새로운 세계를 볼 수 있기 때문이라고 했습니다. 불교 내 학파에서도 이와 같은 안목을 지녀야 한다고 봅니다.

총카파 대사는 겔룩파로서 황모를 상징체로 합니다. 우리가 오늘『람림』을 주제로 하여 배움을 구하더라도, 카규의 마하무드라 수행법 혹은 닝마의 대원만 수행법 역시 두루 알아야 합니다. 정진하는 이의 근기는 매우 신중히 살펴져야 하는 까닭입니다. 배우고자 하는 의지로써 스스로의 경계에 한계를 짓지 않는 것으로 수행의 단계를 향상시켜야 할 것입니다.

티베트 불교의 역사에서 한 시기에는 닝마가 주류였으며 현재는 겔룩이 주류가 되고 있습니다. 이에 비추어 현명한 불교도라면 어느 한 부분에만 치우침 없이 두루 섭렵하는 관대한 수행자가 돼야 합니다. 우리는 화합의 시대를 살아가고 있습니다. 불교도가 그 화합의 선봉자가 될 수 있다면 불법이 온 누리에 상생하게 될 것입니다.

연기의 공

저는 열아홉 살에 '공성(空性)'에 대한 흥미를 느꼈습니다. 그리고 서른이 되어서 어렴풋이 '공성이란 무엇인가'에 대한 정의를 확립하게 되었습니다. 저는 붓다의 성스러운 근본 지혜를 담은 용수의『중론』18품, 24품과 24품을

요약한 22품을 즐겨 봅니다. 생사 열반을 규명하는 이치에 대해 간략하게 논한 품입니다. 우리의 행위와 주체의 인과 작용들이 그 대상으로부터 자성이 없음을 말하고 있습니다.

진제와 속제는 서로 모순이 됩니다. 존재하는 것을 두고 '있다'고 한다면 반드시 '없다'와 모순이 되는 것과 같습니다. 붓다께서는 진제에 머무심에도 불구하고 어찌하여 속제를 볼 수 있으셨던 것일까요? 붓다는 오로지 선정에만 머무시는 분이라고 여기시나요? 붓다께서 승의제의 선정에 머무심에 중생의 오온을 직접 보신 것이 아니라 속제의 모든 현상은 중생을 통하여 보셨습니다. 『중관』에서 이르기를, "모든 경계의 없음을 관찰하라."고 하였습니다. 공성을 닦기 위해서는 일체 분별을 닦아야 합니다. 공성을 수행하는 이라면 무아의 경을 향해 정진해야 할 것입니다.

오온의 형상들이 마치 대상에서 본연히 존재하는 것과 같이 느껴지지만 모든 것은 내가 여겨온 바와 같이 그 자체로 비롯된 것은 없습니다. 따라서 일체는 공성을 본질로 합니다. 오로지 내가 이름 붙인 것일 뿐이라는 것을 아는 순간 공성을 본 것과 같습니다.

왜 이것은 연기이기 때문에 공인가? 왜 이것은 공하기에 연기하는가? 모든 행위가 원인과 결과를 낳음의 인과에 대해서 틈틈이 사유하십시오. 마음에 와닿는 글귀가 있다면 항시 간추려서 소지하며 틈틈이 사유하는 것도 좋은 습관입니다.

연기의 공으로써 보특가라의 자성이 안주하지 않음을 보십시오. 연기의 법을 근거로 자성의 유무를 규명하고자 할 때 하나 혹은 다수 그리고 사변의 벗어남에 대해 논리로써 결론을 내릴 수 있습니다. 상호 의존의 존재성을 도출하기 때문입니다. 일체 법이 모두 이와 같음을 알아야 하니, 마치 신기루의 물을 실제로 마실 수 없음을 알아야 하는 바와 같습니다. 나의 것이 없음을 알았으니 어찌 내가 있을 수 있겠습니까?

(2013년 2월, 인도 문곳)

08 나와 같거나
다르다는 편견을
버리십시오

나무 수레가 부분의 집합체로 온전히 존재하듯이
'나' 또한 오온의 가립에 의해 존재하네.
자력으로도 자성으로도 존재하는 실체가 아니라네.
─『입중론』 중에서

우리의 몸과 마음에 의지하지 않고 실체로서 존재하는 '나'가 있다면,
주인과 노예의 관계는 따로 분리된 독립된 관계여야 합니다. 불교는 인무아
로서 독립된 '나'를 철저히 부정합니다. 붓다께서는 인아이건 무아이건 일체
고통의 원인이 되는 아집을 멸하게 하기 위해 무상법륜인 '무아(無我)'를 설
하셨습니다. '무아'는 실질적으로 드러나는 공성의 차제입니다.

근기에 맞는 각각의 가르침

불법은 파키스탄의 탁실라와 인도의 날란다 승원에서 그 화려한 꽃을 피웠습니다. 날란다 승원에서 배출한 17대 논사 가운데 용수 보살은 공성의 견해를 다룬 다수의 논서를 남겼으며, 은희 차제라고 하여 드러나지 않게 미륵 보살과 무착 보살을 통해 광대한 실천과 계보의 수행 체제가 담긴 법통을 이어갔습니다. 티베트 불교의 교학과 실천은 모두 논리와 검증에 의해서 확립된 것입니다. 법칭 보살(다르마키르티)과 그의 스승 진나 보살(디그나가)께서는 날란다 승원의 법통을 이어 불교의 인명 논리학을 근도과의 차제로서 성립하셨습니다.

이렇게 불교는 지혜를 뒷받침으로 해서 검증된 바를 믿어야 합니다. 이 또한 근기와 성향이 다양해 대기 설법으로 펼쳐졌으니 단순히 붓다의 말씀이라고 무조건 받아들이지 않도록 항시 주의해야 합니다. 붓다의 최종 삼전법륜을 대표하는 것이 바로 『해심밀경』입니다. 다시 말해 불멸의 법문이라고 합니다. 무자성을 받아들일 수 없는 근기를 염려하여 단견에 빠지지 않도록 하기 위해 변계소집성과 의타기성 그리고 원성실성으로 구분하였습니다. 중생이 지닌 지적 수준의 차별성을 존중하여 교학의 입장에서 지혜를 구별한 것입니다.

모든 인류는 각기의 근기가 있습니다. 근기에 따라 존재함을 인정하여 모두가 이로울 수 있도록 해야 합니다. 환자의 증상에 따라 의사가 약을 처방하듯이 종교도 이와 같습니다. 불교적 지식으로 헤아린 논리와 철학들이 아무리 절대적이라고 자긍하여도 많은 영역에서 부합되지 않는 것은 바로 이러한 이유 때문입니다. 아무리 최고라고 하더라도 도움이 되지 않는 이가 있음을 인정하고 종교로 그들을 나누지 않으며 존중하도록 해야 합니다.

나와 같거나 다르다는 편견을 버리십시오. 실질적으로 내 것이라는 집착, 미움에 기인한 것이라면 시작부터 잘못된 것입니다. 이치와 논리로써 합리를 구하세요. 대승의 날란다 법통이 아무리 훌륭하다고 하더라도, 아무리 금강승 수행이 탁월하다고 하더라도 왜 수승하고 뛰어난지를 이치와 논리로 분석하여 이유를 밝혀야 합니다.

확신은 논리적 검증에서 비롯되어야 합니다. 그렇지 않고 언변이 뛰어난 이가 있어 그의 화술에 끌려다니게 된다면 법도 비법도 구분하지 못한 채 귀중한 인간의 몸을 헛되이 쓰게 되고 말 것입니다. 단순히 이해하는 것에 그치지 말고 거듭거듭 사유하여 확신을 일으키세요. 이를 바탕으로 체험하고 체득하여 자신의 삶의 중심 기둥으로 세워야 합니다. 이치로써 자타의 교의가 지닌 장단점을 파악하고, 외도와 내도의 차별성을 구별하며, 현교와 밀교를 차별하지 않고서는 붓다의 진정한 가르침에 들어갈 수 없습니다.

종교는 근기와 성향에 따라 믿고 따르는 것이지 우월하거나 유일한 것이 따로 있는 것이 아닙니다. 각 종교의 관계자들과의 만남에서 우리는 서로가 지닌 문제점과 오류 그리고 모순을 잘 알고 있으면서도 대화를 열어갑니다. 이러한 이념적 충돌을 떠나 우리는 종교의 역할과 더 많은 이들이 행복할 수 있는 방안을 공통으로 탐구하고 토론하기 위해 존중을 기반으로 원탁에 둘러앉습니다. 우리 불자 역시도 붓다의 가르침을 동일한 하나의 목소리라고 고착화시키지 말고 이치적으로 구별하여 따라야 할 것입니다. 이타를 이루는 몸이 되도록 권고하신 붓다의 가르침은 한량없는 복덕임을 가

의심은 이치로 밝혀야

붓다의 법은 사유를 통해서 성취를 이어가는 것입니다. 듣고 배우며, 끊임없이 치밀하게 사유하여 얻은 확신을 담아 나아가는 것입니다. 총체적인 사유와 분석은 매우 중요하기 때문에 거듭해 강조해도 부족함이 없습니다.

21세기를 살아가는 우리는 그에 걸맞은 불교도가 되어야 합니다. 그에 부합된 '신심'은 날란다 승원의 법통을 계승하고자 하는 21세기 불자의 본보기가 될 것입니다. 치열한 사유와 치밀한 분석으로 붓다의 말씀에 대한 확신을 얻으세요. 날란다 출신의 스승들이 매우 명확하게 논서를 통해 다양한 각도로 논한 것은 외도와의 논쟁을 통해 이뤄진 성과입니다. 그 대표적인 예가 인명 논리학입니다. 티베트 불교의 법통은 이렇게 논박, 교리의 답변 그리고 논쟁의 타파를 통해 완성되었습니다.

자신의 입장을 무조건 나열하는 것도 옳지 않습니다. 철저한 논리적 검증으로 외도의 모순을 나열하여 명확하게 진리를 구하세요. 의심이 일어나면 주저하지 말고 이치적으로 밝혀보세요. 사람에 의지하지 말고 사람의 말에 의지하며, 단지 말에 의지하지 말고 말의 의미에 의지하며, 말이 추론한 의미에 의지하지 말고 말의 명확한 의미에 의지해야 하며, 단지 이해한 바에 의지하지 말고 체험한 바에 의지해야 하니 그 내용이 요의인가 불요의인가를 물어야 합니다.

붓다의 가르침에 대한 총체적인 이해를 통해 얻어진 확신으로 다른 경서에서 생긴 의심과 의문 또한 바르게 끊어 해결할 수 있습니다. 『사백송』에서, "선취를 이룬 증상생 혹은 해탈을 이룬 것에 거짓이 없다면 연기의 이치로써 진실되다고 파악된다면 그 가르침은 우리가 받아들일 수 있다."고 하였습니다.

업(業)을 정의하는 것은 일반적인 지각으로 인지하기 어렵습니다. 우리가 현재 인식할 수 없는 다양한 과보를 미리 알 수 없기에 해탈을 이루는 가르침이 먼저 이치적으로 타당한가 그 근거를 살펴야 합니다. 산스크리트 논장이 300부가 넘는 것은 행복을 이루는 방법이 그만큼 다양하기 때문입니다. 이생에 원만히 구족을 이루고 나아가 삼세의 해탈과 자신뿐만이 아닌 타인의 행복을 함께 구현하는 성불을 위함입니다.

70억 인구의 행복 성취는 세속적인 윤리와 이타심에 의해서 가능합니다. 나와 가족 그리고 사회에서 국가로 이어지는 깊은 연관성을 두고 보더라도, 한 나라의 평화와 주변 국가와의 안정이 모두 서로 긴밀하게 연결되어 있음을 알 수 있습니다. 우리 자신의 행복을 위해 사회와 국가는 반드시 행복의 기반을 다지기 위해 항상 분발해야 합니다. 다시 말해, 나의 행복은 타인의 행복과 긴밀하게 연관을 맺고 있습니다.

『입보리행론』에서, "우리의 한 몸 가운데 수족이 괴로우면, 내 몸과 마음 전체가 고통스럽듯이 타인의 아픔은 나에게 영향을 주지 않을 수 없다."고 하였습니다. 우리 불교도는 종교와 비종교를 차별하지 말고, 이생과 내생을 인정하거나 하지 않거나 편을 나누지 않으며, 현대의 과학자들과 보다 근본적 측면의 마음 분석을 통해 보다 정직한 삶을 살 수 있도록 증명된 대

안을 제시해야 합니다.

일시적 행복을 이루게 하는 원인이 있고, 궁극적 행복을 이루는 원인이 있어 그 둘 중에 하나를 선택하라고 한다면 무엇을 고르시겠습니까? 지혜로운 분별로써 행복을 성취하는 원인의 복전을 가꾸세요. 용수 보살께서는 연기에도 두 가지가 있다고 하셨습니다. 설일체유부와 경량부 그리고 유식과 중관에서도 모두 인정하는 부분입니다. 이생의 행복을 통해 성취를 구현하고 진여 연기 사상을 통해 일체의 종지를 이루는 인과성의 연기법과, 눈앞의 인과에 몰두하여 결국 모든 악행으로 이어지는 가립성 연기법이 그것입니다.

세간에서 얻어지는 지식의 대부분은 물질적 행복을 추구하고 있습니다. 인과와 진여에 대한 실상에 무지하여 결국 윤회를 초래합니다. 이생에 인간의 몸을 받음을 귀한 보물을 지닌 것과 같이 여기세요. 궁극의 행복을 찾아 길 위에 선 여러분께서 삶의 의미를 값지게 헤아리기를 바랍니다.

(2013년 10월, 멕시코)

09 분별의 흐름을
깬 것이 공입니다

반야경, 멸성제를 설하다

부처님께서 영취산에서 설하신 반야경의 정수인 『반야심경』을 봉독하는
것은 대승의 법통을 이음을 의미합니다. 반야경은 제법이 공성이고 무자성
임을 설합니다. 무자성이라는 것은 부처님의 모든 위력들 또한 무자성임을
말합니다. '아제아제 바라아제 바라승아제 모지사바하' 마지막 진언 또한 저
편의 피안으로 가자고 하는, 본인의 자리에 안주하지 않아야 함을 강조합니
다. 이 또한 공을 강조하는 핵심으로 아무것도 존재하지 않음에서 출발하
는 게 아니라 존재의 유(有)에서 시작해 더 높은 단계로 전진합니다.

지금 우리가 현재 머무는 곳에서 피안으로 향함은 부처님의 초전법륜

에서 찾을 수 있습니다. 사성제의 두 번째인 집성제는 우리가 겪는 고통이 무엇인지 규명하고 그 인연을 설명합니다. 도성제와 멸성제는 피안으로 향하는 방법을 제안하고 있지요. 다양한 과정을 통한 고통의 적멸이 바로 멸제이며 이를 열반적정이라고 합니다. 이를 위한 구체적인 방법이 바로 도성제입니다

현재 일어난 범부의 상태를 바꾸어나가는 과정을 통해 궁극의 열반으로 갈 수 있다고 할 때 무자성 공이란 아무것도 존재하지 않는 것이라고 오해하지 않아야 합니다. 고집멸도는 각자 존재합니다. 보리라고 하는 주체로 존재하며 과정 또한 존재합니다. 이를 설명한 것이 바로 사성제이며 그 실상은 무자성입니다.

부처님께서 무상정등각을 얻고 성불하신 후 얼마 되지 않아 초전법륜하신 내용이 사성제이며 이것이 불교의 근본입니다. 반야경은 사성제 가운데 멸성제를 이야기합니다. 멸성제는 우리가 지닌 부정적 요소들이 모두 버려진 상태로서, 티베트 불교에서는 멸이라는 것이 반드시 이뤄질 수 있는 가능한 것으로 봅니다.

집성제의 뿌리는 무명으로 12연기의 첫 번째입니다. 무명은 무지로 어떤 것을 알지 못하는 상태이며 진리를 전도된 인식으로 지니는 것입니다. 무지는 일체 정법을 잘못 인식하고 있는 것으로 해석할 수 있습니다. 전도된 인식은 윤회를 하는 근본 원인이 됩니다. 제법의 실상을 바로 알 때 무지는 사라집니다. 실상이 무엇인지 설명하고 분석해서 실상의 진리를 알았을 때에만 비로소 고통에서 벗어날 수 있습니다.

무명은 실상에서 벗어난 것으로 부처님은 반야경에서 멸성제를 반드시

이룰 수 있음을 자세히 설명합니다. 나아가 『해심밀경』과 『대방광여래경』에서 우리의 마음이 본래부터 청정하기 때문에 멸제는 가능하다고 말씀하십니다. 일체와 우리 마음이 청정하고 광명하다는 이치입니다.

부처님의 초전법륜의 해설서인 용수 보살의 저서 『보리심석』은 본래 인간의 마음은 청정하며 밀교와 상통하는 것으로 인간 마음의 허물을 없애는 것을 관건으로 합니다. 그 가운데서도 가장 미세한 의식 상태를 현현시키는 것이 밀교의 수행 방식입니다.

우리가 어떤 법을 설하고 들을 때 근기는 매우 중요합니다. 설법자와 법을 듣는 이 모두 절실한 신심을 가지고 부처님의 불법을 유지하고 받들겠다는 마음으로 법을 설하고 제자 역시 신심으로 수행해야 합니다. 그 중심에는 지혜가 있어야 합니다. 앞서 이야기한 멸성제 즉 번뇌 허물에서 벗어난 열반을 이루기 위해서 불교 수행을 합니다. 비폭력으로 선취에 들 수 있지만 반드시 지혜가 있어야만 열반에 이를 수 있습니다

무명을 없애기 위한 방편이 바로 수행입니다. 수행하며 일어나는 지혜에는 사해(思解)에 의해 일어나는 지혜가 있어야 하며 그 이전에는 문해(聞解)가 일어나야 합니다. 수습해서 일어나는 지혜를 수해(修解)라고 하는데 우리가 공성을 사유함에 대한 확신을 스스로 이끌기 위함입니다. 많이 듣고 공부하는 문(聞)을 시작으로 사(思)·수(修)의 과정은 반드시 인과의 관계로 성립합니다. 지금 이 자리는 우리가 성불하기 위해 거쳐야 하는 과정이며 이 자리에서 법을 듣기 위해 모인 동기를 세우십시오.

바른 보리심

티베트의 전통을 지닌 다양한 형태의 가르침 방식 가운데 스승이 자신의 경험을 바탕으로 제자에게 가르치며 제자가 스승에게 경험을 즉시 즉시 이야기하고 다음날 바로 점검을 하는 방식이 있습니다. 그것은 몇 달 혹은 몇 년이 걸릴 수 있습니다. 제자에게 특별한 원인과 조건이 없는 상태여서 경지에 이르지 못한다 하더라도 스승의 지도에 의해 어느 정도 성과를 볼 수 있습니다.

부처님의 말씀에는 경장과 논장이 있습니다. 티베트에도 이 맥이 이어져 내려오고 있습니다. 실질적인 맥(구전, 법맥)이 없다 하더라도 경장과 논장으로 법을 충분히 이어받을 수 있다고 봅니다. 부처님의 경장과 논장은 불교 수행에서 교재와 같습니다.

물론 티베트에도 인도 논사들의 논서와 티베트 대장경이 있습니다만 이 둘은 차이가 있습니다. 티베트 논서는 티베트 인들의 문화 상황에 맞춰 쓰인 것이기 때문에 인도 논서와 다릅니다. 인도 논사들의 논서는 다양한 철학들이 넓게 포진해 있는 반면 티베트 논사들의 논서는 대단한 깊이를 지닌 논의여서 인도의 광범위함과 비교됩니다.

논쟁을 할 때 티베트의 경우에는 부처님의 말씀을 인용하는 경우가 많은 것이 가장 큰 차이점입니다. 티베트 논서『삼정론』2장에 보면 처음에 사성제를 말씀하십니다. 대승에서는 붓다의 사성제와『해심밀경』의 공의 이치를 이야기하고 사성제를 이어서 규명해갑니다. 자신의 견해와 논사들의 견해가 부딪혀 논파되어 밝혀지는 것이 특징입니다. 이것이 바로 용수 보살의 저서 『보리심석』입니다. 제가 설법하는 입장에서 최선을 다해 용수 보살의 논을 전할 것입니다. 금강살타(持金剛)에 귀의하며 시작되는 『보리심석』을 봅시다.

중관, 붓다의 궁극적 견해

"일체 자성과 분리된 5온 12처 18계의 능취와 소취를 끊음은 법무아와 같으니 자신의 마음은 무시 이래 생함이 없는 공이 자성이네."

윤회에서 벗어나 일체 종지를 이룬 몸을 남성의 몸으로 이야기하고 있습니다. 그러나 월칭 보살의 저서 『밀교현』에 의하면 밀교에서는 성불함에 3아승지겁의 시간이 필요 없으며 여성 또한 성불이 가능하다고 이릅니다.

수행 보살 청신사와 청신녀는 무상 요가를 통해 남녀 모두 성불할 수 있습니다. 거친 의식과 미세한 의식으로 구분하는 무상 요가는 거친 의식을 통해 공성을 수습해 집착의 근원인 무명을 멸합니다. 시간적으로 3아승지겁 없이 성과를 이룰 수 있다고 보며 이치적으로 가능하다고 규명합니다. 남녀 성별을 떠난 정광의 청정 상태가 존재하고 무명을 없애나가면서 마지막 정각명의 상태에서 무지개 몸이 되어 남녀의 몸으로 구분될 필요가 없습니다. 바깥의 거친 몸은 남녀를 구분하지만 청정한 마음의 섬세함은 성별을 구분할 수 없습니다. 이로써 밀교에서는 여성 성불이 가능한 것입니다.

"세존과 대보살들께서 대보리심의 마음을 일깨우신 것과 같이 나 또한 자유롭지 못한 중생을 자유롭게 하고, 해탈하지 못한 중생을 해탈케 하며,

숨 쉬지 못하는 이들을 숨 쉬게 하고, 완전한 열반에 이르지 못한 이들을 완전한 열반에 이르게 하기 위해, 지금 이 시간 이후로 보리의 정수를 얻을 때까지 대보리심을 일으키리라."라는 용수 보살의 저술 동기로 말미암아 일체자성과 공의 자성을 붓다께서 경장에서 밝힌 바 차례로 이야기합니다. 부처님의 가르침이 외도의 가르침과 다름을 의미하는 매우 중요한 부분입니다. 궁극적인 붓다의 견해가 바로 중관임을 확실히 드러내고 있는 부분입니다. 다양한 근기에 맞춰 다양한 무아를 말씀해온 붓다가 궁극의 열반으로 이끌고 있습니다.

속제의 보리심과 진제의 보리심을 구분한 것은 공을 깨달은 지혜를 강조하기 위함입니다. 우리가 제법을 보았을 때 각각의 모습으로 현현해 우리 눈에 비춰지지만 선정에서는 이 모든 법이 공성의 무자성이며 한 맛[一味]입니다. 희론을 적멸한 이것이 바로 승의 보리심입니다. 무자성한 일체법을 깨달았더라도 반드시 속제의 보리심을 구하고자 하는 마음이 밑받침된 상태에서 지혜를 이행할 때 진정한 승의 보리심이 됩니다. 이 두 가지가 불교 수행에서의 핵심이며 밀교 수행의 뿌리가 됩니다.

산스크리트 계열이 가장 포괄적으로 번성한 곳이 인도의 날란다 승원입니다. 남걀 사원 대법당에 모셔진 분들은 모두 날란다 출신의 대성직자입니다. 중국의 대승 불교 역시 날란다의 법통을 중심으로 합니다. 날란다의 대학자 샨타라크시타가 티베트로 건너오셔서 불교의 초석을 다지고 그의 제자 카말라실라가 그 뒤를 이어 불법을 홍포했으며 인도의 대성취자 아티샤가 불교의 중흥에 힘썼습니다.

샨타라크시타는 중관과 인명학의 대가였습니다. 그의 영향으로 티베트에서 중관과 인명학이 동시에 전해졌습니다. 그는 불교의 이상이라고 생각되는 무분별지가 단순히 아무것도 생각하지 않는다는 의미가 아니라 "일체법은 무자성이다."라는 명확한 공성의 지를 수습함으로써 점차 달성할 수 있는 것이라고 보았습니다.

현교와 밀교를 두루 갖춘 티베트 불교

불교에서 대승과 소승의 근간이 되는 요소가 5온 12처 18계입니다. 이것은 대소승의 공통점입니다. 그러나 속제와 진제의 2제를 다룰 때 차이가 납니다. 또한 궁극의 목표나 결과물의 과정인 도에 대해서도 구별됩니다. 최종의 과에서는 더 큰 차이가 나는데 그 예가 대승의 10지 개념입니다. 처음에 이러한 과를 가져다주는 원인이 어떤 식으로 쌓였는가에 따라 결과물도 다양한 것입니다. 이런 이류로 도와 과의 차이는 현저합니다.

　팔리 전통에서는 37보리분법과 3아승지겁을 통해 부처님께서 보드가야에서 성도하셨다고 이릅니다. 부처님의 성불 이전 단계는 중생이었다고 붓다에 이르는 과정을 설명합니다. 그러나 대승의 견해는 다릅니다. 『현관장엄론』은 자성신, 화신, 보신, 법신을 다룹니다. 대승에서는 부처님께서 도솔천의 보살로 계시다가 인간계에 내려와 보살의 과정을 거친 것을 부처의 행장으로 봅니다. 보신에서 나툰 색신으로서 일반 중생이 뵌 부처님의 모습인 것입니다.

　소지장과 번뇌장을 모두 끊은 최승의 자리에서 보신이 나옵니다. 자성이 청정한 마음자리가 존재하기 때문에 자성 청정 열반이 존재한다고 볼 수 있습니다. 객진을 대치법으로 모두 없앴을 때 자성의 청정함이 드러나는데 비로소 이때 자성 청정의 열반이 가능합니다. 자성신에는 자성 청정신과 객진 청정신이 있습니다. 허물을 대치한 것이 객진 청정신이고 객진이 청정히 되어 드러난 것이 자성 청정신이며 이것이 드러나 지혜 법신이 되면 그 이전에 발심과 원력으로 인해 이타행하는 보신과 그로 화현한 색신이 부처님의 몸으로 드러나는 것입니다.

중생들이 실제 뵌 부처의 모습은 화신입니다. 보신은 중생 가운데 근기가 되고 업이 어느 정도 청정한 가운데 보이는 모습입니다. 지혜의 법신을 이룰 수 있다는 것과 객진을 반드시 없앨 수 있다는 이치뿐만 아니라 밀교의 궁극적인 정광명의 가장 미세한 의식이 드러났을 때 거친 의식은 모두 사라집니다. 밀교에서는 그러한 정광명의 상태에 계속 머무른다면 궁극의 성불은 가능하다고 말합니다.

『보성론』에서는 사대와 오대의 요소들에 의해 이것들이 생멸한다고 이르는데 사라질 때는 지에서 물·불·바람·공으로 사라지지만 발생할 때는 공에서 풍·화·수·지로, 미세함에서 거칢으로 발생합니다. 밀교에서는 지수화풍식 중에서 거친 의식들이 무너지고 마지막에 미세한 의식이 존재하게 되는데 미세한 의식은 4가지의 공화 상태가 된다고 일컬으며 이에 관해 무상 요가에서 가장 자세하게 다루고 있습니다. 소멸하고 발생하는 일체의 모든 것의 불교적 설명을 하고 있습니다.

대승비불설에 대한 밀교의 입장

대승과 소승의 이러한 엇갈린 견해 때문에 대승비불설까지 나오게 됩니다. 용수 보살은 대승이 불설임을 이치적으로 파헤칩니다. 뿐만 아니라 인도의 많은 논사들도 대승의 불설을 논합니다. 소승의 팔리 전통 입장에서는 대승이 비불설임을 주장하는 근간으로 대승은 인도에서 만들어낸 것이라고 주장하고 별해탈계보다 보살계를 더 높은 계로 인정하고 있기 때문에 이 부분을 의심해 대승이 비불설이라고 합니다. 대승의 현교뿐만 아니라 밀교는 외도의 가르침이라고까지 주장했습니다. 현교·밀교·대승의 가르침이 불설이 아님은 중국뿐만 아니라 한국에서도 나오는 주장입니다.

밀교 연구는 더욱 심도 있게 접근합니다. 공성을 깨달은 지혜를 이야기하는 상황에서 본존 관상을 하도록 합니다. 공성을 깨달은 지혜가 소지장을 끊기 위해서는 보리심이 바탕이 돼야 합니다. 의식에서 안이비설신의 오감이 감지하는 의식이 존재함에 대해서는 논란이 없습니다. 의식이라는 것은 오감에 대해 좋고 나쁘다는 간택을 의미합니다. 실질적으로 과학자들은 오감을 논하지만 의식은 잘 다루지 않다가 근래에 와서야 대상 분별에 대한 의식을 다루고 있습니다. 거친 의식의 현재 의식이나 수면 의식 가운데 미세한 의식이 포함되어 있음을 부정할 수는 없을 것입니다.

우리의 의식이라는 것이 하나의 흐름에 있음을 우리는 알고 있습니다. 모양과 색을 지니고 있지 않아 바깥 물건처럼 분명하지는 않습니다. 남인도의 간덴사 큰스님께서 21일간 몸이 부패되지 않은 기이한 일(툭담)이 있었는데 이로 말미암아 목숨이 끊긴 육체적 죽음 이후에도 사후 의식이 여전히

육체에 머물고 있음을 증명했습니다. 10일 경과 후에 전자파 기계 장치가 연결됐을 때 미세한 전자파동이 일어났습니다. 실질적으로 몸에 의식을 지닌 상태에서 뇌 활동을 멈춘 죽은 몸이지만 뇌 파동이 확인됐고 그것은 과학자들이 설명할 수 없는 실제 상황이었습니다. 이것은 미세한 의식의 존재 가능성을 긍정하게 합니다. 삼보의 밀교 가르침 가운데 최상의 무상 요가의 가르침을 수집하고 경험적으로 검증하고 증득했을 때 밀교의 가르침을 비로소 사실적으로 받아들일 수 있습니다.

티베트에는 이러한 밀교 가르침이 모두 존재하는데 밀교 수행자라 하더라도 깊은 사유의 과정으로 붓다의 말씀을 열쇠로 삼아 실천해 나아가야 합니다. 이러한 대승의 밀교 금강승에 대해서도 수행자들은 깊이 참구할 필요가 있습니다.

대승 경론의 핵심은 중관과 인명

인명학이 없으면 궁극의 해탈을 이룰 수 없습니다. 실질적으로 사성제를 깊이 있게 이야기하는 것은 오히려 대승이 더 자세하다고 말할 수 있습니다. 소승의 37각지인 보리분법을 이치적으로 규명한 것이 대승입니다. 용수 보살이 밀교의 가르침에 다양한 주석서를 저술하셨는데 학자들은 용수의 동명이인까지 거론합니다.

불교의 기둥은 중관 철학과 인명입니다. 용수 보살의 『해심밀경』이 불요의인가 요의인가를 논할 경우 부처님께서 하신 말씀을 글자 그대로 받아들일 수 있는 요의임을 월칭 보살은 불요의로 취급했습니다. 이것은 이분들이 다양한 중생의 근기에 맞춰 설하셨다는 시각으로 접근해야 합니다. 궁극의 이치라고 하는 부처님의 말씀 규명은 금을 다루듯 하나하나 분석해야 할 것입니다.

사캬파는 바른 교법에 의해서 바른 논이 존재하고 그로써 바른 스승이 나오며 이로써 바른 체득이 있다고 주장했습니다. 스승의 가르침은 용수와 무착을 비롯한 대학자의 설명을 통해 궁극적으로 바른 신심을 얻을 수 있는 것입니다.

총카파 대사는 "많은 세월 동안 부처님의 말씀을 문사수(聞思修)로 공부하고, 공성을 깨달음에 의해서 부처님에 대한 남다른 확신을 지니게 됐다."고 말씀하셨습니다. 그것을 가리고 따지는 용수와 무착 보살이 부처님의 말씀을 실질적으로 수행하고 경험으로 깨달아 확신을 얻어 밀교의 저술이 가능했으며 대승의 불설을 증명했습니다.

나는 용수 보살보다 뛰어나지 못합니다. 오늘날은 컴퓨터가 널리 보급돼 있어 용수 보살에 대해 더 자세히 말해줍니다. 더 뛰어나고 수승하게 깨달았을 때에야 용수 보살을 확실히 해부할 수 있을 것입니다.

금강승의 열쇠, 속제 보리심

일체 자성과 분리되는 것은 외도의 견해를 파하는 것입니다. 설일체유부와 경량부의 견해를 차단하는 것은 5온 12처 18계이며, 능취와 소취를 끊는

법무아 인은 유식의 견해를 끊습니다. 이는 일체가 법무아 견해로서 중관의 견해를 이야기하고 있다는 것입니다. 이러한 견해의 차별을 이야기하면서 대보리심의 마음을 일깨우신 바와 같이 악도에 떨어진 중생의 육체적인 고통을 구제한다는 의미입니다. 해탈치 못한 중생을 해탈케 하는 것은 행보에 떨어진 중생을 구제하며, 숨 쉬지 못하는 이를 숨 쉬게 하는 것은 성문연각에서 적정의 단견에 떨어진 이들을 보리도로 이끈다는 것입니다.

보살을 성취했다고 하더라도 아직은 거친 의식이 남아 있습니다. 이로부터 구제해 금강승으로 이끌어 깨달음의 정수를 이룰 때까지 대보리심을 일으키는 것이 속제의 보리심입니다. 승의는 궁극의 진여입니다. 속제의 보리심을 바탕으로 서원의 본체인 보리심을 일깨우게 됩니다.

"보리심의 실제 주인이신 구족지 금강에게 정례를 드리며 보리심 수행은 윤회를 부수니 그러한 보리심을 내가 말하노라. 부처님의 보리심은 나와 오온들을 구분하는 분별로 가려 있지 않으니 항시 공의 성품을 지니고 있네."

승해 보리심은 궁극의 진여를 깨달은 지혜로 속제 보리심에 기반합니다. 진제 보리심이 바탕이 됐을 때 보살지의 초지를 성취합니다. 충만한 자비의 마음으로 보리심을 수행해야 하는 이유는 자비의 주존이신 삼세 부처님께서 성불을 위해 보리심을 수행하셨기 때문입니다. 이로써 소지장과 일체장을 끊어 일체 종지를 얻을 수 있습니다. 진제 보리심을 바탕으로 하지 않으면 소지장을 끊는 대치법은 성립되지 않습니다.

밀교에서는 자성신을 법성신으로 정의합니다. 이것은 원래부터 갖춰진 몸이라는 의미이며 닝마에서는 본초불이라고 말합니다. 선정 상태의 지혜에서는 희론이 모두 적멸합니다. 덧붙여서 외도들은 상일주재의 아트만을 주장합니다. 실유론자들이 집착하는 분별로부터 버려져 있으며 유식에서 마음의 짓이라고 하는 분별을 여의었다는 것입니다. 마치 물에 물을 섞은 듯 분리되지 않는 상태입니다. 밀교에서는 본래의 보생신을 자성신으로 설명합니다.

　법신과 보신 그리고 색신인 화신과 보신이 본래 청정한 정광명입니다. 소승에서는 이것을 인정하지 않고 있습니다. 현교 입장에서 궁극의 사실을 입증하기가 힘듭니다. 지혜 법신에서 보신이 나오고 화신이 나투어 부처는 다양한 몸이 되는데 밀교에서 이것이 이치적으로 밝혀집니다.

나

외도들은 예전부터 지금까지 나라는 것이 오온과 달리 존재한다고 주장했습니다. 불교의 측면에서 보면 외도들은 나를 정의할 때 오온과 무관하게 존재한다고 주장해온 것입니다. 외도들은 유아기의 몸과 성인의 몸이 동일하다고 인정하지 않으면서도 변화하고 늙어가는 몸과 상관없이 나는 항상 존재한다고 사유합니다. 나의 몸을 의지함이 없는 단독적인 개념으로 여깁니다. 나라고 하는 것을 변화하는 다양한 모습이 아닌 하나로 여기며 상일하고 유일하게 주재하는 나를 믿습니다.

　중관은 외도들이 이야기하는 상일주재의 나를 논파합니다. 이치로써 따졌을 때 어떤 것이 분명히 존재하는데 오온과 분리돼 존재하는 것이라면 그것이 어디인가를 묻습니다. 아트만의 실체를 얻지 못하기 때문입니다. 오온인 몸과 마음은 존재합니다. 그러나 이것은 아트만의 실체가 아닙니다. 의지하는 바탕과 의지하는 자는 실체가 없습니다. 그것은 우리의 실체가 몸에 의지하지 않고서는 나를 규명하기가 어렵다는 것입니다. 나는 몸과 마음을 떠나 실체를 발견할 수 없기 때문에 몸과 마음에 의지해 이름 붙여진 것일 뿐입니다. 몸과 마음에 의지한 나의 변화성이 증명됩니다.

'나'가 존재하지 않는다면 오온에 의지한 행위자도 존재하지 않으니 결국 무상합니다. 향유하는 주체 대상이 있어야만 세상에서 따지게 된다는 것입니다. 영원 불멸의 무상하지 않은 대상이 어떤 작용을 한다는 것이 이치적으로 맞지 않다는 것입니다. 원인에 의해 결과는 발생합니다. 우리가 실질적으로 현상계를 봤을 때 원인이 결과로 차제적으로 발생해 그 원인 역시 점층적인 변화를 거칩니다. 현상계에서 무상하지 않은 사물은 없습니다.

원인에 의한 모든 것은 무상합니다. 항상 찰라 생멸 변화하기 때문입니다. 생성과 소멸 가운데 소멸은 2가지입니다. 거친 무상과 미세한 무상이 그것입니다. 이것은 실질적으로 모두가 이해할 수 있는 것입니다. 예를 들어 인간의 몸의 변화 가운데 흰머리가 생겼다면 그것은 거친 무상으로 10년은 1년의 변화에 의해 이루어지고 1년은 12개월로 이루어짐을 알아야 합니다. 찰라멸은 어떤 대상이 존재함과 동시에 사라지는 것입니다. 오온에 의지한 나라는 것 자체도 무상합니다.

붓다의 가피가 남긴 『보리심석』에서는 나라는 생각이 있고 이 상태에서 바깥의 사물을 보며 펼쳐지는 다양한 행복과 불행의 두 감정을 노래합니다. 정신적인 행불행의 존재는 사실입니다. 여기서 법이 정신적 행복과 불행을 조절하는 역할을 합니다.

법이란 마음의 고통을 줄이는 방법을 지니고 있으며, 일반적인 사람들은 종교 활동으로 어느 정도 마음의 위안을 삼습니다. 그러나 창조주는 사랑 그 자체입니다. 불교에서는 창조주를 인정하지 않습니다. 우리가 원치 않는 불행과 원하는 행복이라는 것은 모두 원인과 조건으로 이뤄집니다. 이러한 창조주를 인정하지 않는 불교와 기타 종교는 창조주를 인정하지 않는 측면에서는 같을 수 있지만, 행위의 주체자인 나 역시 원인과 조건의 산물이라고 사유하는 측면에서는 세분하게 차별화됩니다. 때문에 불교의 인과설에 대한 확실한 이해가 필요합니다. 원치 않는 고통을 없애는 것은 고통의 결과물을 가져다주는 원인과 조건을 확실히 알 때 가능합니다. 선한 결과와 부정적인 결과는 그 원인을 바로 보아야 하며 이것을 이야기하는 것이 바로 사성제입니다.

고통을 없애기 위해 집성제를 알 때 궁극의 멸성제를 이룰 수 있습니다. 사성제는 긍정적 결과물의 인과와 부정적인 결과물의 인과를 설명합니다. 샨티데바(적천) 보살의 저서 『입보리행론』에는 원치 않는 고통과 원하는 고통의 상반된 결과를 설한 부분이 있습니다. 그러한 원인을 인식하고 있지만 무시하거나 알면서도 치료하지 않으려 합니다. 정신적인 고통의 근본은 번뇌에 있습니다. 번뇌에는 질투, 원한, 자만이 있는데 이들이 일어날 때 자신뿐만 아니라 타인에게도 영향을 줍니다. 사람뿐만 아니라 생명체가 아닌 환경과 물건에 대해 번뇌를 일으키기도 합니다.

처음에 나라는 생각이 있고 대상에 대해서 긍정적인 생각을 가지면 우리 역시 긍정적으로 바라보며 행복을 느끼지만, 부정적인 생각은 불안을 초

래합니다. 이러한 모든 대상에 대해 설사 그 사람이 경쟁하는 대상이라 하더라도 그의 장점을 보고 수희찬탄한다면 나의 마음은 편안해질 것입니다. 이러한 번뇌의 마음은 우리 자신에게 고통을 가져다주는 직접적인 원인이 됩니다. 우리에게 실질적인 문제를 일으키는 것이 번뇌라는 사실에는 큰 관심을 가지지 않습니다.

업의 근본인 번뇌를 집중적으로 생각해볼 필요가 있습니다. 부처님은 마음을 다스리면 행복하다고 했습니다. 마음의 평화를 깨는 것이 바로 번뇌입니다. 그 해결책이 자비와 사랑입니다. 이러한 가르침에 대해서는 외도들 역시 관심이 큽니다. 탐내고 성내며 어리석은 마음이 일어남을 잘못으로 보고 이를 다스리는 방법을 사유하도록 합니다. 욕계의 욕망을 허물로 보고 보다 수승한 계에 도달하는 공덕을 명상함으로써 욕계의 번뇌를 누르는 선정을 닦는 방법을 외도에서도 다룹니다.

고통의 뿌리 역시 원인과 결과에서 발생합니다. 탐심과 진심이 생기는 원인을 바로 알아야 합니다. 번뇌는 바로 나라는 아집과 아견을 바탕으로 일어납니다. 무아는 이러한 어리석음을 깨줍니다. 제법이 무자성이라고 하는 반야경의 사상은 무자성의 지견을 이야기합니다. 무아를 깨달은 지견을 통해 아집아견을 없앨 수 있습니다.

고통의 근본은 번뇌이고 그로 인해 아집이 생깁니다. 나만 소중하다는 이기심이 지구상의 모든 문제를 불러일으킵니다. 꿈에서도 나라는 생각이 있습니다. 나라는 실체가 없음에도 말입니다. 이것이 우리에게 유익하지 않고 해롭다면 우리는 아견에 반대되는 생각인 무아와 아집의 반대 생각인 보리심을 가져야 합니다. 이것을 심도 있게 다룬 것이 용수 보살의 『보리심석』입니다. 뿐만 아니라 무아의 지혜를 증장시키고 이타심을 키워나간다면 일시적인 행복이 아닌 지속적인 행복이 찾아올 것입니다. 두려움 없는 행복은 몸과 마음을 평안하게 합니다.

『보리심석』은 무아의 지견을 이야기합니다. 부처님의 경장에서는 우리의 몸과 마음이 오온에 의지해 존재한다고 말씀하십니다. 이것이 인무아입니다. 경량부에서 이야기하는 인무아는 몸과 마음을 좌지우지하는 주체로서 독립적인 실체로서의 아가 존재하지 않는다는 것입니다. 설일체유부와 경량부에서는 인무아를 향유하는 존재자의 실체가 존재하지 않으므로 점차적으로 수행하면 아의 집착을 소멸할 수 있다고 합니다. 유식 학파와 중관에서 인무아와 함께 거론되는 것이 법무아입니다. 아의 집착을 없앨 때는 인무아이지만 반대로 향유하는 주체 대상이 아직 남아 있으므로 법아의 집착은 끊어집니다. 물론 인무아를 수행했을 때 법에 대한 집착도 줄어듭니다. 나와 관련한 집착이겠지요.

나는 능취와 소취의 견해로써 해체됩니다. 반면 설일체유부와 경량부에서는 법아가 실제로 없음을 증명하지 못하고 법아에 실체가 있다고 논합니다. 우리의 마음 의식은 쪼개보면 찰나 생멸로 모여 있기 때문에 모두가 실체를 가지고 있다고 할 수 있습니다. 오온을 비롯한 다양한 법의 인식은 실재 존재하지 않지만 우리는 존재한다고 인식하고 있습니다. 신기루나 환과 같다는 설명에 대해서는 경량부와 유식에서 다양하게 설명하고 있습니다. 여기서는 부처님께서 그 각각의 근기에 맞게 다양한 법을 설합니다.

색이라는 것은 4대 요소의 성질을 가지고 있습니다. 어떤 형상이건 간에 지수화풍의 4대 요소를 지닙니다. 인간은 지수화풍의 미세한 성질을 가지고 있습니다. 그것이 바깥의 어떠한 대상이건 간에 서로 각각의 요소들이 조합돼 하나의 대상으로 형성됩니다.

유식 학파에서는 인무아 즉 설일체와 경량부에서 이야기하는 것 이상으로 법무아를 이야기하고 있습니다. 능취와 소취가 다르지 않고 이들이 공하다는 것입니다. 소취는 실질적인 능취와 식에서의 훈습 종자에 의해 발현되는 것뿐이라는 것입니다. 그러나 우리는 실질적으로 이러한 대상들이 바깥 경계로서 분리돼 그 자체로 성립한다고 인식합니다. 유식에서는 그것이 잘못된 지견이며 바깥 대상으로 인식되는 소취는 능취의 훈습 종자의 발현일 뿐이라고 말합니다.

한 대상에 대해서 사람들이 다르게 인식할 때 공통적으로 느끼는 것이 있다고 생각하지만 실제로는 그 대상을 인식하는 의식 즉 훈습 종자는 다르게 발현됩니다. 그런 이유로 외부 대상의 한 양상에 대해 서로 다른 인식이 생겨납니다. 한 여성을 누군가는 어머니로 인식하지만 짐승들에게는 먹이로 인식되고 남성에게는 이성으로 인식됩니다. 이 모두는 각자에게 진실한 인식입니다. 어떠한 대상이 우리에게 인식되는 것은 따로 밖에 존재하는 것이 아니라 각기 마음 속의 훈습 종자가 발현되어 다르게 인식되는 것입니다. 어떠한 매력적인 외부 대상이 있다 하더라도 타인에게는 다르게 느껴질 수 있습니다. 좋게 보이는 대상이라면 타인에게도 좋은 대상이어야 할 것입니다.

우리는 바깥의 경계로서 색을 비롯한 것이 의식과 상관없이 바깥에 있다고 생각합니다. 그러나 외경은 인식하는 의식의 현현일 뿐이지 바깥에 존재하지 않습니다. 유식에서의 이러한 견해에 반박해 외부의 경계가 실체가 없다면 작용은 왜 일어나는가 물을 수 있습니다. 동일한 것으로 작용하는 것은 꿈속에서의 해학과 같습니다. 꿈에서 깨어난 상태의 작용에는 차이가 없습니다. 꿈속에서와 현실의 작용은 차이가 없습니다. 능취와 소취의 실체로서 의식에 나타난 어떤 것이 별개로 존재하는 것은 아무것도 없습니다. 따라서 사물의 실체는 외경의 모든 양상에 존재하지 않습니다. 결국 본질은 다르지 않습니다. 각각의 의식이 존재하는 한 다양한 훈습 종자가 있을 뿐입니다. 범부의 마음이 미혹하여 환영과 신기루, 건달바의 마을 등이 보이는 것입니다. 이러한 인식 작용은 의식상에서만 존재합니다.

아집을 없애기 위해 5온 18계 등을 보입니다. 이러한 일체 모든 법은 자성을 가지고 있다고 부처님께서 설하셨습니다. 그것은 아집으로부터 벗어나도록 하기 위함입니다. 이것은 중생의 근기에 따른 필요에 의해 말씀하신 것입니다. 인아를 이루는 것이 5온 12처 18계입니다. 아를 안립시키는 근거이지요. 이러한 인아는 실질적으로 가유(假有)이고 5온을 비롯한 인아를 안립시키는 근거는 실유(實有)입니다. 실유론자들이 주장하는 인아는 5온을 통해서 존재합니다. 유식파에 머무르며 큰 선연(善緣)이 있는 이들은 2취공을 끊음으로써 일체를 끊습니다.

의식의 자성이 무엇인지 이제 진여를 말하겠습니다. 부처님께서 삼계는 오직 마음뿐이며, 『능가경』에서는 '외경은 마음의 현현일 뿐'이라고 말씀하셨습니다. 이를 월칭 보살은 다르게 해석합니다. 부처님께서 "마음이 주된 것이다."라는 것을 강조하기 위해 설한 것이라는 것입니다. 중관의 입장에서는 이러한 모든 것이 부처님께서 보이고자 하는 궁극의 견해를 위한 필요에 의한 것이라고 주장합니다. 어리석은 자들의 두려움을 끊기 위한 진여의 방

편임을 바로 알아야 합니다. 『십지경』에 드러나는 유식의 견해 역시 글자 그대로 인정하기 어렵습니다.

유식에서 논하는 삼성설과 중관의 자립 논증과 귀류 논증에서 다루는 삼성설의 해석도 각기 차별되어 다르게 나타납니다. 중관 학파에서의 삼성은 모두 무자성입니다. 유식에서는 의타기성과 변계소집성은 성립되지 않고 원성실성만이 성립됩니다. 무자성에 대한 가르침에 대해서 단견에 빠질 위험이 있기 때문에 이로부터 벗어나기 위해 삼전 법륜을 굴리니 『해심밀경』이 그 중 하나이지만 중관에서는 인정하지 않습니다.

서로 모순되는 여러 가지의 가르침들은 중생이 지닌 관행과 근기에 따른 것이며 이로써 성문, 연각, 보살승 등이 나타나게 됩니다. 이는 중생 각각이 지닌 의식 수준의 차이에 따라서 다양한 것입니다. 또 다른 경장에서는 궁극에는 보살승으로서 오직 일승뿐이라고 주장하기도 합니다. 이 모두 대

기 설법인 까닭입니다.

　『해심밀경』에서 이야기하는 요의, 불요의를 구분하는 방법과 대승 경장 『십지경』의 분류 방법이 각각 다르기 때문에 그것을 취사하는 구별을 위해서라도 다른 경과의 비교가 있어야 할 것입니다. 이는 끝이 없습니다. 그렇기 때문에 오직 이치로써만 분류가 가능합니다.

　대승의 견해에서는 불요의에 대해서 구체적으로 따지고 있음에 주목할 필요가 있습니다. 대승을 좋아하는 이들에게 법이 무아임은 같습니다. 이는 제법이 모두 무아이며 마음은 무시 이래 난 적이 없습니다. 『무상 요가 탄트라』에 의하면 외부의 대상이 실체가 없고 무자성의 법성임을 이야기하지만 마음을 제어하는 것뿐만 아니라 이 마음의 법성을 수행하는 것이 주된 중심입니다. 외부의 대상이 무자성인 바와 같이 인간의 마음은 객체와 주체 모두가 일미가 됩니다.

보리란 허공 같은 것

유가행자는 자신의 마음을 다스려서 경계에 이른 청정한 마음이 자증분의 대상이라고 합니다. 마음의 특별한 실체가 있다는 것은 훈습 종자의 발현이라고 봅니다. 이는 창조주를 인정하는 외도의 수론 학파의 영향을 받은 것입니다. 마음의 경계가 현상에 불과하기에 마지막에는 식만이 남게 되므로 부처님과 가까이 된다는 것이 유식의 견해입니다.

중관에서는 성천 보살의 400송에 나온 이치와 같이 지나간 것은 존재하지 않고 미래의 것은 얻음이 없다고 봅니다. 현재의 의식이라는 것이 어디에 있는가? 유식에서는 현재의 나를 안립하는 근거가 되는 실제가 바로 식이라고 주장하기 때문에 과연 이것이 현재 의식이라고 명확히 해야 할 것입니다.

『보리심석』의 32번째 게송의 경우에는 정확히 해석하고 있지 않습니다. 『대승장엄경론』에 의하면 어떤 조건과 만났을 때 인식과 그에 대한 작용이 일어난다고 말합니다. 아뢰야식은 진실이 아니면서 진실인 듯하여 윤회의 동력이 됩니다.

의식에 의해서 의식 대상을 알 수 있으므로 인식 대상 없이 의식은 없습니다. 중관의 입장에서 마음이 진실로 성립되고 자성이 있다면 자체에서 의지하지 않고 성립돼야 합니다. 인식하는 대상과 주체는 상호 의존적으로 안립되는 것입니다. 의지해서 존재하기 때문에 자성은 없습니다. 그렇기에 마음은 이름에 지나지 않으니 이름과 달리 존재하는 것은 있을 수 없습니다. 결국은 언어 또한 무자성인 것입니다 마음은 환의 본성입니다. 예를 들어 안식은 경계가 되는 근과 경에 의해 일어납니다. 일반적으로 생각할 때 우리의 마음과 몸이라는 말에 따라서 실체인 양 느껴지지만 실상은 이것이라고 규명하려 할 때 결코 실체는 얻을 수 없습니다. 마음을 비롯한 모든 제법은 의존에 의해 존재하니 본래 자성은 있을 수 없습니다. 일체의 희론이 적멸한 무분별의 지혜가 생기기 이전에는 대상이 마치 진실인 양 여겨집니다. 어떤 이에게 분별이 일어난다면 공은 어디에 있을까요? 이는 승의 보리심과 관련이 있습니다. 의지해서 공이라고 이름 붙인 것뿐이지 공 또한 실재하지 않습니다. 보리라는 말은 희론의 적멸을 의미합니다. 없던 것을 새롭게 만든 것이 아니라 모든 허물이 벗겨져 본래가 드러난 것을 의미합니다. 집착하는 의식 또한 적멸했다고 할 수 있습니다.

보리란 성품이 없고 생함이 없으며 존재한 적이 없어 허공과 같습니다. 공성을 깨달은 승의의 보리심은 분별로는 알 수 없습니다. 깨달음의 정수에 머무시는 붓다는 언제나 공이 허공과 닮았음을 아십니다. 붓다라는 말 속에도 청정하다, 그치다라는 의미가 있습니다. 앞선 보리와 같은 맥락으로 집착의 근거가 모두 적멸한 상태입니다.

희론의 적멸이 바로 공성입니다. 이런 공성을 깨달은 지혜라고 하는 것은 어리석음과 대치합니다. 반야경에서 제법이 무자성이라는 궁극의 실상을 말씀합니다. 선과 불선의 분별의 흐름을 깬 것이 공입니다. 마음에 의식의 대상이 없는 머무름은 허공의 성품입니다. 인무아에 대한 무아의 사상역시 외부의 대상에 대한 집착들을 완전히 없애기 어렵기 때문입니다. 중관의 자립 논증에서는 자상을 인정하고 있습니다. 이러한 자상을 귀류 논증에서는 언어에서조차 받아들일 수 없다는 견해입니다.

우리가 진실이라고 집착하는 것은 모두 배제되어야 합니다. 공의 사자 후에 모든 실유론자들은 두려움에 떨었습니다. 실체가 있는 타력을 부정함에도 불구하고 그들은 외부 조건에 의해 결과물이 발생한다고 믿어왔기 때문입니다. 부처님의 초전법륜 이후 부처의 궁극적인 목적은 일체 종지를 이루고 이를 위해 승의 보리심을 내야 한다는 것입니다. 무자성은 제법의 법성입니다. 사탕의 달콤함이나 불의 뜨거움도 모두 공입니다.

(2009년 9월, 인도 다람살라)

10 분별이 문제를
일으킵니다

오늘 설법할 주제는 반야경의 핵심을 축약한 『금강경』입니다. 『금강경』은 티베트뿐만 아니라 중국, 일본, 베트남 등에서도 널리 독송되는 경전입니다. 그러나 방대한 500권 반야경은 티베트 어로 번역되지 못했습니다.

반야경의 수많은 해설서와 주석서 가운데는 미륵 보살이 지으신 『현관장엄론』이 있습니다. 현관의 차제를 70가지 의미로 분석해, 공성의 바탕 가운데 5온 18계 16처 5위 등을 논한 것입니다. 그 외에도 무착 보살의 주석서와 날란다의 수많은 선지식의 주석서가 있습니다.

불행의 탈출구, 자애심

개인적인 경험에 기인해 우리는 행복과 불행이라는 두 가지 감정을 가지고 있습니다. 이는 비단 인간뿐만 아니라 생명을 지닌 모든 것에 동일하게 존재하는데, 이는 '나'라는 의식이 있기 때문입니다. '나'는 행복과 불행이라는 각각의 감정을 만듭니다. 오근에 의지한 행복의 감정이 있는가 하면 육체적인 감각에 의지하지 않은 행복도 있습니다. 타인에 대한 경쟁심, 자신에 대한 특별한 질투심과 아만 같은 것은 바깥의 아름다운 대상에 대한 지나친 탐착과 혐오하는 마음을 통해 표출됩니다.

인간의 행, 불행의 가치와 강도가 더 크다고 보는 것은 인간이 지닌 이성적 힘인 사고력이 크고 강하기 때문입니다. 우리는 마음을 불행히 만드는 그 원인을 먼저 알아차려야 합니다. 질투, 자만, 아만이 마음의 평화를 깨 불행을 파생시킵니다. 우리에게 지나친 질투나 의심이 존재하기 때문에 큰 공포와 두려움을 지니게 됩니다. 우리 마음의 불행을 만드는 조건이 무엇인지 인식하는 것이 중요합니다. 그 방법이 바로 자애심, 사랑의 마음입니다.

헤아릴 수 없는 태초

오늘날 우리에게 불행을 가져오는 원인이 무엇인지 분석할 필요가 있습니다. 종교는 불과 3000년 전부터 그 존재를 드러냈습니다. 마음의 문제를 해결하고자 하는 데서 종교적 철학이 생겨났습니다. '나'라는 것이 무엇인가?

이러한 '나'라는 것이 태초 시작이 있는가? 이런 '나'의 마지막이 있는가? 이렇게 '나'에 대한 질문의 해답을 구하고자 했습니다.

몸과 마음에 의지해 가립된 존재에게 '나'라고 이름을 붙입니다. '나'의 생물학적 시작인 부모에 의한 수정체로 거슬러 올라 그 흐름을 보면 수천만 억 년 전의 지구의 생성 시기까지 도달할 수 있습니다. 빅뱅(우주 대폭발) 그 이전, 우주 물질 존재의 가립에 도달해도, 그 근원으로 또 다시 거슬러 올라가야만 합니다. 이렇듯 태초는 헤아릴 수 없습니다.

무착 보살은 "지금 현재의 대상들이 변화하는 무상한 결과물이라면 그 원인 역시도 무상하다."고 논했습니다. 우리 인간의 의식인 '나'라는 가립하는 것과 상응하는 것을 통해 현재 의식이 존재하고 이를 거슬러 올라가 보면 시간과 공간적으로 자타가 서로 인과의 관계를 이루어 말미암은 구유인(俱有因)이 될지언정 본질의 근본 원인은 될 수 없다는 것입니다.

전도된 지견은 끊길 수 있습니다. 이는 대치법이 존재하기 때문입니다. 부정적인 것은 긍정적인 것으로서 끊기지만 본래 존재하는 청정은 적수가 될 만한 조건과 원인들이 존재하지 않기 때문에 그 의식들은 계속 유지 존속됩니다. 번뇌나 전도된 지견은 대치법에 의해 소멸될 수 있으나 고유의 청정함은 유지 존속되며 자아는 가립하기 때문에 나라고 하는 존재는 결과적으로 마지막 또한 없습니다.

염리심으로 해탈을 구하라

반야경의 주된 내용은 두 가지로 함축됩니다. 방편의 보리심과 그 뜻을 드러내 밝힘으로써 심온한 공성과 보리심이 그것입니다. 선취에 태어나 해탈을 구하는 바가 바로 번뇌로부터 벗어나 성불의 지혜가 도달한 자리입니다. 일체 종지는 보리심이 선행되어야 하며 해탈을 구하는 마음인 염리심(厭離心)으로 조력의 양 날개를 삼아야 합니다. 윤회에서의 고통을 원치 않는 마음을 염리심이라고 합니다. 붓다는 이러한 고통을 수반하는 번뇌와 윤회의 고통을 알아야 한다고 사성제에서 처음 밝히셨습니다.

염리심이 강하게 일어났을 때 그 고통을 인식하고 해탈하고자 하는 마음이 일어난다면 타인들도 나와 다르지 않음을 알기에 그들을 함께 해탈로 이끌어야겠다는 마음이 바로 보리심입니다. 이 보리심은 일체 종지를 이루기 이전에 선행되는 마음입니다. 이후의 육바라밀과 지관쌍수의 수행 역시 보리심을 바탕으로 한 보살의 학처입니다.

붓다의 법은 광대한 보리심과 심대한 지혜를 다룹니다. 공성의 지혜란 공성을 인식하고 이해를 통해 확신에 이르러야만 지혜를 이루기에 불교 수행자는 공성을 제대로 알아야 합니다. 실상의 본질이라는 것이 무엇인지 알 때 궁극의 원하는 바를 알 수 있습니다.

무상이 곧 변화

우리의 경험을 바탕으로 보리심과 공의 지혜가 중요한 이유를 생각해봅시다.

아름다운 대상을 보고 탐착하는 마음과 미워하는 대상을 향해서 분노하는 마음에 각기 본래 그러한 성질이 있을까요? 있다면 모든 이가 그 대상에 대해 한 가지 생각을 일으켜야 마땅할 것입니다. 그러나 좋아하고 싫어하는 감정이 각기 다르게 일어나는 것은 '나'라는 것이 있다는 것을 증명합니다.

대상 그 자체에 대한 반응이 각각 존재한다는 것은 대상 그 자체에 특성이 있는 것이 아니라 그와 맞물려서 감정이 발생한다는 뜻입니다. 대상은 절대 나를 떠나서 존재하지 않습니다. 나에 대한 집착은 번뇌의 부정적인 마음을 만들어냅니다.

불교의 무아 사상은 보편적으로 존재하는 '나'라는 것이 없다는 것이 아닙니다. 보편적인 무아 사상은 남과 타인이라는 나와 반대되는 개념으로 볼 때는 모르는 소리가 됩니다. 보편적으로 나에 대해 상대적인 남은 존재합니다. 남을 떠올려 의식하는 대로 현현하는 실체로서 존재하지 않음을 알아야 합니다. 그것이 불교의 무아입니다.

반야경은 보리심과 공성(무아)의 지견을 통해 나라고 하는 독립된 실질적인 존재성을 바로 해석합니다. 이 두 가지를 병행할 때 우리가 말하는 모든 부정적인 마음을 지워갈 수 있습니다. 우리 자신에 대한 실상에 무지하고 바깥의 실상에 대해서도 역시 무지하기 때문에 분별하면서 문제가 야기됩니다.

나에 대한 무지와 제법에 대한 무지의 실상에 대해 바로 안다면 그로 인

219

한 문제들은 줄여나갈 수 있습니다. 나를 비롯한 제법의 실상은 무엇인가 하면 고정된 실재가 존재치 않고 문자적 언어적으로 이름만 존재한다는 것입니다. 모든 법에 실체 없음을 안다면 진실은 분명하고 명쾌하게 드러납니다.

금강은 모순 없는 완결

반야 바라밀은 지혜를 수반한 신심을 근본으로 합니다. 바라밀이라는 것은 피안에 도달함을 의미합니다. 도피안은 두 가지로 해석할 수 있습니다. 어떠한 결과물로서 도달하는 곳으로서의 피안과 그 피안의 이득이라고 하는 길(道)의 입장이 있습니다.

다양한 배움의 문을 통해서 비량(非量)을 인식하고 지속을 통해 지혜가 일어나면 문(聞), 사(思), 수(修) 가운데 사해(思解)를 이룰 수 있습니다. 이미 아는 사실의 하나에 의하여 미루어 아는 것을 인식하고 지혜를 가져오는 것을 사해라고 합니다. 사유를 통한 지혜와 확신이 들면 굳건한 견해의 다짐을 지니게 됩니다. 이러한 습관의 과정을 수해(修解)라고 합니다. 이러한 일련의 조건이 가능케 되는 씨앗이 바로 지혜입니다.

지혜를 통해 보리심과 자비심은 더욱 굳건해집니다. 평범한 범부의 마음이 더 수승하고 심오한 마음으로 가기 위해서는 지혜가 무엇보다 중요합니다. 범부를 통해 진리를 보게 된다면 그를 바로 성자라고 부를 수 있을 것입니다.

우리 마음속의 몽매한 장애들의 습기인 번뇌장(煩惱障)과 소지장(所知

障)을 모두 부수는 것이 공성의 지혜이기에 이를 능단(能斷)에 비유합니다. 반야는 지혜로서 진제의 보리심으로 속제의 보리심이 뒷받침된 승의 보리심입니다. 진제의 보리심이 바로 지혜 반야 바라밀입니다.

붓다, 무자성의 실상을 몸소 일깨우다

붓다께서 사문의 비구 모습을 하고 일반적인 비구승의 일상을 보인 이유는, 정념에 머무는 삼매 수행과 문사(聞思)의 듣고 배우는 수행에서 배움과 실제 수행이 사문이 해야 할 바임을 행장으로서 일깨우기 위함입니다. 당시 많은 비구들이 세존의 발에 정례했고 그 대중 가운데 수보리가 있었습니다.

보살승에 바르게 머물기 위한 해답으로 붓다는 보살의 18주처를 설합니다. 카말라실라의 주석서는 머무는 가운데 역경을 없애고 자량을 쌓아가는 길로서 보살의 18주처를 상세히 다루고 있습니다. 자량도(資糧道)에서는 주로 배우고 깊이 생각하며 지성적으로 공성을 이해합니다. 가행도(加行道)의 단계에서는 공성을 점진적으로 더 깊고 세밀하며 명료하게 사유하며 비로소 성도의 단계인 견도(見道)와 수도(修道)에 들어서면서 10가지 보살의 지위를 수행합니다. 멸진정을 성취한 아라한과인 무학도에 이름을 열반의 경지라고 합니다.

붓다는 진리의 답으로 보리심의 방편과 공 사상의 두 진리를 설하셨습니다. 궁극적으로 우리의 마음이 성숙해 무주처 열반을 이룰 때 이러한 진리로써 이롭게 한다는 것입니다. 바로 지금 붓다께서 경에서 말씀하시는 바와 같이 여러분도 보리심과 공성 수행을 통해 부촉하시기를 발원합니다.

보리를 어찌 구하는가?

허공과 같은 중생을 모두 불지에 이끌겠다는 마음으로 스스로 무상정등각의 보리를 이루겠다는 마음을 내십시오. 보살은 중생에게 보이는 몸으로서 색신을 구합니다. 이 또한 구족함이 없는 것은 이름만으로 존재함을 바르게 알아야 합니다.

밤에 바라보는 별무리가 낮에는 빛나지 않다가 태양이 없을 때 존재를 드러내듯이 무명의 습기에 젖어 있을 때는 그 무명의 암흑으로 인해 모든 것이 실체가 있는 것으로 보입니다. 진제를 깨달아 선정의 지혜가 떠오를 때 희론은 적멸합니다.

저쪽 편에 존재하는 실체가 없음을 바로 알지 못하는 것은 눈에 병이 난 것과 같습니다. 그렇다면 '대상이 아예 존재하지 않는 것인가?' 하고 속제의 입장에서 존재 여부를 분별하듯이, 등불을 밝히기 위해서는 바람의 방해 없이 심지와 기름이 조건에 의지해야 밝혀지듯이, 장애로 인해 희비를 간택할 뿐 실체는 없습니다.

신기루와 같은 환영은 정확한 판단을 내리기 힘든 상황을 만듭니다. 텔레비전이 환영임을 알고 보는 것과 같이, 환상과 환영의 대상에 어떻게 신심을 내는가 물을 수 있는데, 이는 잘못된 이해로 인한 지견임을 알아야 합니다.

지혜를 증대하기 위해서는 무아의 지견인 신심과 자비심이 뒷받침되어야 합니다. 이슬은 무상이며 물거품은 고통을 본질로 합니다. 꿈, 번개, 구름이 세 가지는 과거, 현재, 미래의 삼세를 비유합니다. 과거는 이미 지나가 존재하지 않으며 번개는 찰나적으로 존재합니다. 구름은 스스로 어디로 갈 것인지 확정된 바 없이 흘러가는 것입니다.

(2010년 8월, 인도 다람살라)

제4부

깨달음의 길

01

지관 수행이
깨달음의 길입니다

21세기에 들어 불교는 지성으로 붓다의 말씀에만 의존하는 데서 벗어나 새로운 시도와 접목을 도모하고 있습니다. 현대 과학과 불교의 만남이 가장 두드러진 예입니다. 붓다께서는 "나의 말을 금을 연마하듯 여겨야 한다."고 당부하셨습니다. 이치에 어긋남이 없는 바른 사상을 받아들이도록 권고하신 것입니다.

지구상의 다양한 종교를 분류해보면 철학적인 종교와 토착적인 종교가 있습니다. 철학적인 종교에도 창조주를 인정하는 종교와 인정하지 않는 종교가 있습니다. 그 가운데 불교는 상일주재(常一主宰, 아트만)를 인정하지 않는 종교입니다. "제법이 무자성이다."라는 것이 붓다의 근본적인 말씀의 핵심입니다. 저는 불교만이 우월하다고 말하지 않습니다. 이는 개개인의 근기에 맞춰야 할 다양한 선택의 문제이기 때문입니다.

인류에게 많은 도움을 주고 있는 지구상의 다양한 종교 수행자들에게 각자 신앙하는 종교의 가르침을 바로 따르는 것은 매우 중요합니다. 타종교 간의 분쟁으로 번져나가거나 갈등을 양상시키는 것은 집착 때문입니다. 이는 타 종교에 피해를 입히는 결과를 초래합니다. 제가 알고 있는 한 이슬람 수행자는, "알라신에 대한 지극한 존경과 사랑이 있다면 알라의 창조물 가운데 하나인 인간 역시도 사랑해야 한다."는 말을 한 적이 있습니다. 모든 종교에서는 자비와 적을 향한 인욕 그리고 욕심을 내지 않고 자족하며 기만하지 않을 것을 강조합니다. 그럼에도 불구하고 종교인들은 실질적인 가르침을 가볍게 여기고 시시각각 분쟁을 일으키고 있습니다. 종교의 목적이 분쟁과 갈등을 해소하는 것임에도 불구하고 역행하고 있는 현실입니다.

선한 삶과 신앙 생활

도덕과 선행의 삶을 신앙과 연관짓는 것에 대해 생각해봅시다. 도덕적인 삶을 살기 위해 신앙이 필요하다고 여기는 것은 좁은 생각입니다. 지구상에 현존하는 다양한 종교 가운데 다수를 주도하는 종교의 이념이 인류 전체를 통섭하고 있지 않은 현실에 비추어보십시오. 다만 신앙을 통해 우리는 개개인의 도덕과 선행을 발전시킬 수는 있습니다. 불교에서는 일상에서 짓는 선한 업을 통해 내생에는 선취를 이루거나 해탈을 이루는 종교적 성취를 제안합니다.

현생에서 필요한 것을 이루기 위해, 선한 도덕적 삶을 이루기 위해, 종교와 관계없이 행복을 영위하기 위해서는 어떠한 방식으로 삶을 살아야 할까요? 의사는 항시 환자에게 '휴식'을 당부합니다. 내 안의 탐진과 분노가 쉬지 못한다면 진정한 '휴식'은 있을 수 없습니다. 아무 일도 하지 않는 것이 휴식이 아니라 마음을 쉬는 것이 진정한 휴식입니다. 이생의 행복이란 마음가짐과 깊은 연관이 있습니다. 마음의 평화가 안정화되면 실제로 인간의 면역 체계에도 영향을 줍니다. 이생의 행복을 논하는 것은 마음의 행복을 논하는 것의 다른 이름입니다. 일상에서 구현하는 행복은 돈과 같은 외부 조건이 아닙니다. 종교를 떠나 세속적인 일상에서의 도덕적 실천으로서 행복을 구현하는 방법을 이야기하는 것이 더욱 현실적입니다.

　　붓다의 네 가지 몸에 관한 개념(법신-보신(미세한 색신)-화신(중생의 근기에

맞춰 나툼)-지혜 법신)을 근거로 『보성론』의 여래장품에서 이르기를, "현재 범부의 마음 상태에 드리워진 번뇌의 허물과 붓다를 성취할 수 있도록 하는 여래의 성품인 본성청정은 서로 상응하기에 마침내 법신을 구현할 수 있다." 라고 하였습니다. 객진의 허물이 모두 제거되었을 때 객진 청정신과 자신 청정신을 구족하며 마침내 궁극의 깨달음을 이루게 됩니다. 붓다의 생을 요약한 것이 삼학(계정혜)입니다. 붓다께서 몸소 보이신 출가의 모습과 실천은 계학, 6년 고행은 정학, 이를 말미암아 이루신 보리의 정각이 혜학입니다. 붓다의 이러한 행장은 수행자의 본보기가 됩니다.

무명은 어떻게 없애는가

현상계의 존재 방식, 즉 전도된 실상은 반대되는 바른 견해를 통해 전환시킬 수 있습니다. 이는 이해하는 것만으로는 끊을 수 없습니다. 반드시 체득, 즉 진여를 실질적으로 보는 것이 필요합니다. 이에 필요한 것이 일념의 삼매입니다. 이것은 정념(바른 기억)과 정지(알아차림)를 통해 가능해집니다.

이를 일상에서 점차적으로 심화시키면 삶 전체에서 영위할 수 있게 됩니다. 세밀한 집중력으로 덕성을 계발하고 이를 증장시키는 수행력을 통해 인식의 경계를 넘어 보다 심층적으로 다가갈 때 우리는 이를 깨달음으로 향하는 구도행이라고 정의합니다. 대상을 진여로 삼아 우리가 원하는 만큼의 삼매를 이룬다면 그에 해당하는 성취를 이룰 수 있습니다. 정지와 정념은 어떻게 가능한가? 이는 불방일로써 진행됩니다. 이 불방일은 계학을 통해 진전시킬 수 있습니다.

해탈 여부의 관건은 전적으로 나 스스로의 문제입니다. 붓다의 세 가지 법륜에는 초전(사성제), 중전(무상 법륜으로서 반야부로서 인과를 다룸), 삼전(유식의 견해를 중점으로 한 『해심밀경』이 삼전 법륜의 하나, 의식을 주요로 다룸)이 있습니다. 허물은 우연하고 일시적인 객진이기 때문에 대치법을 통해 완전히 번뇌를 끊을 수 있습니다. 반야경에서는 직접적으로는 공성 차제를, 숨은 의미로는 현관 차제를 설합니다. 미륵 보살의 『현관장엄론』에서는 반야바라밀의 비전으로 강조되고 있습니다. 요의와 불요의를 시작으로 선정을 이루는 과정은 제8장에서 지관을 다루고 있습니다. 티베트의 논장으로 번역된 본으로는 원측 스님의 『해심밀경소』가 있습니다.

미륵 보살의 저서 『중변분별론』과 무착 보살의 『유가사지론』에서도 지관 수행을 다루고 있습니다. 티베트의 뛰어난 학자분들의 저술서를 비롯해 카규의 마하무드라(지관을 이뤄가는 과정), 닝마의 족첸 수행에서도 주요하게 다루고 있습니다. 뿐만 아니라 지관의 대상이 되는 공성의 견해는 비슷하지만 이루어가는 과정에서 차이를 보이는 다른 저서도 많이 있습니다. 심지어는 무상 요가의 탄트라에서도 지관 수행을 주제로 다루기도 합니다. 총카파 대사는 "내가 알고 있는 일부 경서에 만족하지 말고 모든 경서를 폭넓게 배우고 익히도록 하라."고 당부하셨습니다. 우리는 최상승 수행의 바탕이 되는 바를 머릿돌로 삼아 순차적으로 공부해나가야겠습니다.

이는 불교에만 있는 고유한 것이 아닙니다. 외도에서도 수행으로 삼고 있습니다. 중요한 것은 지관 수행 없이는 도의 과를 이룰 수 없다는 것입니다. 외도의 지관은 무아의 지견 없이 세간에 초점을 두는 반면, 불교에서의

지관은 소승과 대승에 공통되며 현교와 밀교에서도 공통됩니다.

지관은 일념의 마음 상태에서 몸과 마음에 경안이 일어나는 깨달음의 상태이며 분석을 통해 진면목을 일깨운 상태입니다. 월칭 보살은, "해탈을 원하는 자의 귀의처는 삼보이다."라고 말씀하셨습니다. 불교의 해탈은 번뇌를 완전하게 끊은 공덕이 완전히 발현된 상태를 말합니다. 아집에 속박되어 있어 우리는 해탈을 이루지 못하고 있습니다. 아집에서 벗어나기 위해서는 무아의 지견이 반드시 요구됩니다. 이러한 무아의 법을 설하신 분이 붓다이며 이를 수행하는 이가 승가입니다.

무아의 지견을 깨닫기 위해서는 출세간의 관(觀)이 필요합니다. 그리고 그에 앞서 지(止) 수행을 해야 합니다. 해탈을 위해서는 번뇌를 끊어야 하기에 이에 대치되는 무아 수행을 해야 합니다. 단순히 해탈을 위한 수행은 소승의 수행이 됩니다. 궁극의 이타(일체종지)를 이루기 위해 지관(止觀)을 수행하는 것은 대승의 보리심을 근간으로 삼습니다. 정광명을 현현하기 위해 수행하는 것이 밀교의 지관 수행입니다. 동기에 따라 희구심에 의해서 수행하는가, 개인의 해탈이 목적인가, 보리심을 목적으로 하는가에 따라 소승, 대승, 그리고 밀교의 지관 수행으로 구분됩니다.

지혜와 공

선취에 나기 위해서는 인과법을 통한 지혜로서, 일체종지를 이루기 위해서는 보리심을 바탕으로 한 공 사상이 절대 요구됩니다. 해탈을 구하는 마음을 염리심(출리심)이라고 합니다. 염리심 역시 공성에 대한 바른 지견 없이는 낼 수 없습니다. 단순한 공성의 지견이 소지장을 대치할 수 없습니다. 반드시 보리심 수행을 근간으로 삼아야 합니다. 보리심을 희구하는 동기를 낼 때만 소지장을 대치하여 최종의 성불에 이를 수 있습니다. 더불어 인아집과 법아집 그리고 신견과 같은 지성적인 번뇌를 대치하는 데에도 자비심과 자애심의 방편이 요구됩니다.

보리심의 근본이 자비심입니다. 자비심은 어떻게 일어나는가? 출리심이 일어나야만 가능합니다. 붓다께서 처음 "고통을 알라."고 설하셨을 때, 이 고통은 '행고(이 몸 상태)'를 의미합니다. 따라서 행고에 대해서 하나의 고로 인식하고 이로써 벗어나고자 하는 출리심이 생겨야만 괴고(일상에서 느끼는 변화성을 느끼는 부분)와 행고를 인식할 수 있습니다. 이를 다룬 것이 『람림』의 중사도(中士道)입니다.

선지식께서 말씀하시기를 "초석이 견고할수록 서까래를 얹을 때 보다 튼튼하다."고 하셨습니다. 자신의 행고를 고로 알고 이를 제대로 인식했을 때에만 타인의 행고가 멸하기를 발원할 수 있습니다. 이로써 무주처의 열반에 드는 것이 상사도(上士道)의 단계입니다. 보리심을 일깨우는 과정에서 원보리심의 발심 의식을 하고 열렬한 마음을 내어 보살계를 받아 지녀 여섯 가지 바라밀행으로 행도할 수 있습니다. 바라밀행의 마지막이 선정 그리고 지혜입니다. 이 선정 지혜 수행의 근간이 되는 것이 바로 '지관 수행'입니다.

대소승에서 일컫는 세간과 출세간의 공덕이 되는 근간이 지관 수행입니다. 『해심밀경』에서는 "분석해서 알아보고 확신을 지니는 일상에서의 마음처럼, 우리가 어떠한 수행을 하건 간에 한 대상에 집중하거나 분석하는 것은 공덕을 이루는 근원이 된다."고 일깨우고 있습니다.

선업에 장애가 되는 우리의 몸과 마음의 상태에 대해 생각해봅시다. 생물학적으로 마음의 욕심과 분노는 본능으로 해석됩니다. 이러한 마음을 없애기란 쉽지 않습니다. 지 수행을 부지런히 행할 때 이러한 속박에서 벗어날 수 있습니다. 일념의 삼매 상태를 이루면 몸과 마음에 경안이 일어나고 수행에 적합한 몸과 마음의 상태가 됩니다. 한 예로 일념의 삼매에 들었을 때 지의 상태에 들면 집중에 관한 피로함을 일으키지 않습니다. 조잡한 악취란 몸과 말에서 일어나며 지 수행은 이를 정화시킵니다. 이로 말미암아 상의 결박에서 벗어나게 하는 것이 관 수행입니다. 이는 공의 성취를 의미합니다.

마음의 아홉 가지 머무름

마음의 상속은 습기를 의미합니다. 불상응행으로서 조건이 생기면 현행되는 '종자 습기'와, 잠재력의 힘을 지닌 '잠재 습기'로 다시 분류할 수 있습니다. '아제아제 바라아제 바라승아제'를 해석하면 '가자. 가자. 저 피안을 넘어서 가자. 보리에 안주하자.'는 의미로 수도 5위의 도차제를 의미합니다. 처음에는 자량도로써 대승에 입문하여 이때는 지관 수행을 필요로 하지 않지만, 두 번째의 가행도에서는 지관 수행을 필요로 합니다. 이는 문사수(聞思修) 가운데 수를 체득한 경지입니다. 이어서 세 번째의 '가자'는 견도의 경지로서 성인의 경지에 오르는 수행의 단계입니다. 마음에도 아홉 가지 자세

(구주심)가 있습니다. 우리가 선한 수행을 이루기 위해서는 여덟 번째와 아홉 번째 마음의 단계에 이르러야 가능합니다.

대상을 잊지 않고 바르게 기억하고 있는가는 정념으로써, 바로 알아차리고 있는가는 정지로써 확인할 수 있습니다. 대상에 계속 마음을 두고 있음에도 불구하고 미세한 혼침(昏沈, 마음을 무겁게 함)과 도거(掉擧, 마음을 산란케 함)는 일어납니다. 그때마다 대치법으로 대상에 지속적으로 마음을 둘 수 있도록 해야 합니다. 이러한 일련의 과정을 거쳐 최종적으로는 저절로 대상에 마음을 둘 수 있는 단계에 이릅니다. 이것이 구주심 가운데 아홉 번째 단계입니다. 이때 몸과 마음에 경안이 일어납니다. 이것에 습이 들면 초선정에 들게 됩니다. 이것이 지의 본질입니다. 몸과 마음에 경안이 일어나 저절로 대상에 마음을 두는 삼매의 상태에서 무아를 분석하고 지혜가 일어나는 것이 관 수행입니다. 앞서 말한 지는 관상이며 관은 관찰지입니다.

지를 성취하면 무아와 윤회의 허물에 대한 산란이 없습니다. 선행을 지음에 부족함이 없는 힘을 얻는 것입니다. 지 수행은 선행을 하는 데 원동력이 됩니다. 하나의 대상에 마음이 오롯이 머무는 것이 가능해집니다.

마음의 변화 역시 지혜와 방편으로써 가능합니다. 분석적인 방법의 수행으로 진실된 뜻을 알고 이로써 확신을 일으킵니다. 이는 더 나아가 믿음으로 구축되며 확대되어 희구심을 일으킵니다. 이는 정진력으로 이어집니다. 일체종지를 이루기 위해서는 이와 같이 점증적으로 분석적인 방법으로 수행에 임해야 합니다. 지혜가 하나의 힘을 가지기 위해서 필요한 것이 바로 지 수행입니다. 그렇기에 '지'와 '관'은 쌍수를 이루어 수행돼야 합니다.

스스로를 구제하는 길

지 수행을 하기 위해서는 자량이 요구됩니다. 지 수행의 예비 수습으로는 가행도가 있습니다. 수년간 지 수행을 하고자 할 때는 '어떠한 처소에 머물러야 하는가' 역시 중요합니다. 일이 많지 않고 소리가 적으며 양명한 곳이어야 합니다. 더불어 수행의 대상에서도 의심을 끊고 확연한 마음 자세를 지녔는가도 중요합니다. 따라서 붓다의 경장과 스승들의 논을 충분히 공부하는 것은 매우 중요합니다.

혼침을 방치해 수행을 했어도 머리가 둔해지는 경우가 실제 있습니다. 도거나 산만으로 흐르는 것을 큰 허물로 알아 마음을 대상에 두는 것에만 집중할 때 초래되는 현상입니다. 혼침이 마음의 대상을 떠나지 않았어도 명석하지 않은 상태에 머물렀기 때문입니다. 수행의 과정에서 일어나는 상태를 완전히 알지 못하면 다양한 허물들이 일어날 수 있습니다.

몸을 어찌 다루어야 하는가를 다룬 '비로칠법'을 보면, 반가부좌로 눈을 완전히 감지 않은 상태에서 코끝을 주시하고 곧은 자세로 오른손을 위로 하고 엄지손가락을 가지런히 붙여 선정인을 취하며 혀를 입천장에 붙이고 턱을 안으로 당기라고 합니다. 일반적으로 눈을 감으면 산만함으로 흐르지 않을 것으로 여기지만 수행의 대상이라는 것은 마음속 의식으로 떠오르는 영상으로 말미암은 것입니다. 눈을 반개(半開)하면 실질적으로 앞에 있는 것으로 마음이 이동할 수 있지만 마음의 영상에 집중하면 눈앞의 것을 인식하지 않게 됩니다. 호흡 역시도 고르게 삼아야 합니다. 반면 칼라차크라 수행시에는 눈을 위로 향하며, 족첸 수행에서는 눈을 먼 시야에 두기도 합니다. 어떤 수행을 하는가에 따라 몸의 자세나 지침에는 차이가 있을 수 있지만 이상이 보편적인 지 수행을 할 때의 자세입니다.

모든 자신의 행에서도 동기에서 지니는 마음 자세가 매우 중요합니다. 불법은 고통에서 벗어나고 두려움에서 벗어난다는 의미를 지니고 있습니다. 구제는 자신의 마음을 다스릴 때 가능합니다. 멸제에서 말하는 법보를, 다시 말하면 자신의 마음을 다스려 스스로 벗어나는 것입니다. 자신은 스스로만이 구제할 수 있습니다. 붓다의 가피로써 해탈이 가능한 것이 아닙니다. 그렇기 때문에 불교에서는 반드시 지혜가 필요하다고 말합니다. 수행에서도 한 가지 대상에 명료하게 머물 수 있는 지가 이때 필요합니다. 더불어 일심으로 관할 수 있어야겠습니다.

지관 수행에서 소연하는 대상에는 조금씩 차이가 있을 수 있습니다. 점수 법기와 돈수 법기, 즉 순서에 따라 순차적으로 진전되는가 혹은 지관 수행시 바로 광명으로 이끄는가의 차이입니다. 이는 수행자의 근기에 따라 주어야 합니다. 『해심밀경』에서는 "모든 불교 수행자가 금강승의 본존 수행을 할 수 있는 것은 아니다."라고 당부하였습니다. 각각의 근기가 모두 차별된 이유입니다. 순차적으로 자신의 몸과 마음을 오직 선으로 이끌기 위해서는 세 가지 나태함을 끊도록 해야 합니다. 지 수행으로써 몸이 가벼워지고 의식이 보다 명료해짐을 알 수 있어야 합니다. 정진을 일으킬 때는 삼매를 구함에 대한 강한 열망을 갖추고 있어야 합니다. 자신이 지를 얻고자 하는 데 강한 성취의 의지를 필요로 합니다.

인무아가 있습니다. 이는 '나'가 자성으로 존재하지 않는 것을 의미합니다. 유식에서는 나의 습으로 인해 생각하는 것일 뿐 대상 그 자체에는 외경이 없다고 말합니다. 외경과 내가 인지하는 의식의 관계성에 대해 진실로 있다고 여기는 것에 대해 본래 그렇지 않다는 중관을 통해서도 보다 심도 있게 나를 관찰할 수 있습니다. 반야부 경전과 논서에서도 의식과 대상에 대한 자비심을 일으키려 하면 할수록 어느새 자연히 나의 의식이 될 수 있는 가능성을 제시합니다.

치심(癡心)을 없애는 것은 연기법 수행으로 대치할 수 있습니다. 윤회를 돌게 하는 12연기법에 의해 5온 18계 12처가 있습니다. 연기란 나는 오직 오온에 의지해 이름 붙여진 것일 뿐임을 알 때 윤회를 대치하게 합니다.

집착과 자만의 마음 의식 자체가 원래 있는 것처럼 여기는 이들을 봅시다. 그들 스스로가 자신은 용기 있는 자라고 여깁니다. 끊임없이 일어나는 지구상의 사건 사고는 이러한 자만심으로 인한 것입니다. 번뇌와 탐욕의 허물을 보는 것은 매우 중요합니다. 이때 부정관 수행이 큰 도움이 됩니다. 그러나 아집을 완전히 끊지 못하면 미세한 탐욕이 남아 있게 됩니다.

분노와 탐착, 치심 그리고 아만심이 현행될 때 이들을 어떤 식으로 대상을 삼아 대치법을 써야 하는가? 이 역시 지 수행에서 하나의 대상이 될 수 있습니다. 지 수행을 행하는 초심자 가운데 유독 산란함으로 치우치는 사람에게 눈을 뜨고 지그시 한 곳의 대상에 집중하라고 권합니다. 그러나 실질적인 지 수행에서는 감각 기관을 끊고 오직 마음 의식의 영상을 소연으로 삼습니다.

한 예로 외부의 꽃을 대상으로 삼을 때 이를 어떻게 대상화하는가? 눈이 꽃을 자세히 보고 마음에 꽃의 형상을 떠올립니다. 눈으로 본 꽃의 특징들을 마음속에 선명히 떠올리면 이 또한 지의 한 대상이 됩니다. 불상을 대

상화할 때는 크기 1인치 정도에 무거운 무게로 그 모습이 무지개 광명으로 비추는 모습으로 형상화합니다. 밀교 수행에서 지 수행은 본존관을 합니다. 본존의 모습을 명료히 떠올려 그 본존을 소연으로 '옴아훔'의 빛이 일어나는 부분을 모습으로 형상화합니다.

지 수행에서 지난 과거와 미래에 관한 생각은 잠시 쉬고 현재 상태의 의식만을 남깁니다. 현재 상태에서 지 수행에서 마음을 대상화하기 위해서는 명과 료의 상태를 유지토록 해야 합니다. 과거와 미래에 대한 분별이 없이 현재만을 보면 '텅 빔'과 같은 현상을 느끼게 됩니다. 이는 분별이 없어진 빈 상태입니다. 이를 지속시켰을 때 비로소 마음의 자성을 알아차리게 됩니다.

연기를 보는 자, 붓다를 보리

지속적인 수행을 하다 보면 바른 수행을 하고 있는가에 대한 '정지'의 상태가 됩니다. 이는 현재의 거친 의식이 점차 정광명의 순수 의식으로 향하는 것입니다. 이에 대해 총카파 대사는, "우리가 지닌 기와 혈맥(차크라)을 통해 정광명을 드러낼 수 있다."고 말씀하셨습니다. 정광명이 드러난 상태에서 마음이 공성을 깨닫는 수행이 가능해집니다. 밀교에서 정광명이 일어난 자리를 승의의 광명이라고 칭합니다. 현교에서 승의는 진제를 의미합니다. 반면 밀교에서 승의는 진제를 의미하지 않습니다. 또한 승의는 불교만의 용어가 아닙니다. 총체적 의미를 바로 아는 것이 중요합니다.

『삼종요도』에서는 "연기를 보지 못하면 붓다가 설하신 진여를 알 수 없다."고 하였습니다. 어떤 경과 논이건 간에 한 가지에 집착하게 되면 많은 모순을 낳습니다. 포괄적으로 다양하게 공부하여 깊이 있는 이해에 도달하도록 해야 합니다. 세간인들은 특별한 가르침에 쉽게 솔깃하기도 합니다. 앞선 성취자들께서 검증하시고 일깨우신 바를 넓고 신중히 받아들여야겠습니다.

공성 또한 지의 대상으로 삼을 수 있지만 특별한 지혜의 근기를 지닌 이들과, 확연한 공성의 확신이 있을 때에만이 바른 공수행이 가능해집니다. 이에 대해 티베트의 스승들은 지 수행을 통해 공성을 구하는 경우와 반대로 공성의 견해를 먼저 구하고 지 수행에 임하는 두 가지 수행 방식을 권했습니다.

대상에 마음을 어떻게 집중하는가? 삼매가 지니는 특징은 대상에 마음을 두는데 오롯이 마음이 선명히 머무름을 의미합니다. 이를 방해하는 것이 혼침과 도거입니다. 다른 방향으로 마음이 흘렀을 때 그 대상에서 마음이 떠나지 않도록 잡고 있는 것이 정념, 즉 억념입니다. 여기서 요구되는 것이 살피는 마음인 정지입니다. 지속적인 지 수행을 통해 살피는 마음은 세밀한 알아차림의 상태가 됩니다. 정지의 알아차림이 부족하면 실제 대상을 마음에 두고 수행한다고 하더라도 결국에는 혼침과 도거에 빠지게 됩니다. 마음이 명쾌히 흐르고 있는가를 살피는 것이 정지입니다.

혼침과 도거를 없애는 방법으로서 정지를 일깨우는 방법을 봅시다. 계학으로써 나는 내가 해야 할 바를 알게 됩니다. 정지를 일으키는 원인이 되는 것이 제대로 된 기억입니다. 지속적으로 마음을 살펴보고자 하는 실천이 정진력을 일깨우는 원인이 됩니다. 약간 들떠 있는 도거의 상태는 여러 가지 바깥 경계로 말미암아 마음을 산란해지게 합니다. 반면 혼침이란 매우 가라앉아 있는 상태입니다. 혼침과 도거의 균형을 맞춰주는 수행이 바로 정지입니다.

지를 성취하기 위해서는 스승의 가르침을 따라 배우는 문력을 기반으로 삼아야 합니다. 이후에는 들은 그대로 실천함으로써 사유력을 키워야 합니다. 기억의 힘을 키우고 정진의 힘을 키우면 완전한 집중력으로 대상을 마음에 두게 됩니다.

삼매의 수행법을 바로 알아 수행한다면 구주심이 자연스럽게 순차적으로 일어납니다. 『해심밀경』에서는, "정념과 정지를 지속적으로 의지했으나 노력 없이 삼매에 들었다면 이는 지에 들었다고 할 수 없다."고 하였습니다. 몸의 느낌이 확실한 경안의 상태에서 지속되면 마음도 따라 경안이 일어나 기운의 변화를 가져옵니다. 분별하는 의식이 지닌 흔들림을 조종하는 기운(에너지)이 일어나면 초선정의 경지에 이르렀다고 할 수 있습니다.

지 수행의 목적은 무엇인가? 삼매력을 배양하기 위함입니다. 이는 관을 이루는 버팀목이 됩니다. 윤회의 근본을 뿌리 뽑지 못한 것을 세간의 관이라고 하고 무아의 지견을 깨닫는 관을 출세간의 관이라고 합니다. 욕계(오근의 감각에 의해 대상이 있고 오욕을 키움), 색계(욕계의 상계로서 욕계의 허물을 끊음으로써 이름), 무색계(색계의 상계로서 최종 유정천에 이름)인 삼계의 단계를 밟아 직접적인 선정을 닦습니다. 하계의 허물로써 상계의 공덕을 관찰하는 삼매를 통해 미세한 상위 단계에 도달하는 것입니다.

성취된 지를 공성을 통해 관으로 이루어가는 것을 지관쌍수라고 합니다. 오욕에서 벗어나기 위해서는 지관 수행이 반드시 필요합니다. 밀교 수행에서도 지관 수행은 필수 불가결합니다. 불교 내의 대소승과 현밀교를 막론하고 지관 수행은 모든 수행의 핵심입니다.

(2011년 10월, 인도 다람살라)

02 그대는
보살입니까?

목적 없는 행위는 의미가 없네

스스로 수행하면서 세간에 집착하지 마십시오. 신심과 자비심은 거듭 사유함으로써 증장되는 마음의 힘입니다. 선업은 결코 저절로 생기지 않습니다. 오히려 깊고 두터운 번뇌의 근원인 무지만이 시작을 알 수 없는 이래의 뿌리로 뻗어 있을 뿐입니다.

　오늘날 외부의 물질이 지닌 해악을 바르게 알고 공공의 이익을 위해 물질을 활용하기란 쉽지 않습니다. 삼보에 의지하는 것만으로도 악이 멸한다면 일찍이 세상은 평안을 누렸을 것입니다. 우리가 현재 지닌 개개인의 모습만 보더라도 실질적인 선한 마음의 변화를 추구하기가 쉽지 않아 보입니다.

확실한 것은 외부의 강압된 힘은 결코 근본적인 내면을 변화시킬 수 없다는 것입니다.

반야심경의 한역본에는 '오온개공(五蘊皆空)'으로 역경된 것이 티베트본에는 '오온조차도'라고 되어 있습니다. "나에 대한 가설의 바탕이 실체를 찾았을 때는 그조차도 무자성하다."는 것이 산스크리트 본의 뜻입니다.

불교에서는 실상의 현실을 바로 알아 변화를 분석하며 받아들이라고 일깨웁니다. 생각의 변화를 가져오는 미세한 의식을 헤아리라고 합니다. 실상은 상호 의존적입니다. 행복을 예로 들면 그 자체로 존재하는 것 같고, 그행복을 느끼는 자신이 주체적이라고 여깁니다. 그러나 그 주체가 어디에 있는가를 헤아려보면 실체를 절대 규명할 수 없습니다. '나'는 원인과 조건에 의해 이름 붙여진 것일 뿐 독립적이지 않은 것이 실상의 '나'입니다. 즉 불교는 연기의 사상인 것입니다.

급속한 물질적 발전의 시기인 21세기를 살아가고 있는 동안에도 우리는 여전히 가난의 고통을 가지고 있습니다. 물질적인 번영과 동시에 내면의 평화도 그와 균형을 맞춰야 하지만 실상은 그렇지 않습니다. 현대에 들어 신경과학 분야에서는 전반적인 이러한 상황이 마음과 연관을 가지고 있다는 것에 주목하게 됐습니다. 보편성에 입각한 도덕과 정의에 새로운 관심을 가지고 이타심과 연민 즉 사랑을 다시 정의하는 데 이르렀습니다.

행복을 구하는 마음은 합당한 근거가 있는 동기입니다. 행복을 원하고 고통을 원치 않음에는 특별한 논리가 필요하지 않습니다. 해탈을 구하고자 하는 진정한 마음이 일어났을 때 비로소 대승 보살의 자량도에 입문하게 됩니다.

두려움 없는 나의 완성은 오직 선업뿐

지난날 즐겨왔던 향락 가운데
지금 나에게 남은 것은 무엇인가
저승 사자에게 붙잡혔을 때
오직 공덕만이 스스로를 지켜줄 것인데
나는 이 역시도 쌓지 못하였네

처음 붓다께서 네 가지 성스러운 진리를 설하신 것은 근본 바탕을 일깨우기 위함이었습니다. 붓다는 자생이 아닌 범부의 상태에서 도의 과정을 거쳐 성불을 이룬 분입니다. 스스로 붓다가 되는 길을 보이신 것입니다. 성불의 과정은 '아제아제 바라아제 바라승아제'와 같은 차제에 순응합니다. 원인도 결과에 의지한 것입니다. 결과가 존재하기 때문에 원인이 성립됩니다. 행위자와 행위의 대상 역시 같은 이치입니다.

일상에서 선한 마음을 내기가 쉽지 않은 것은 인간의 몸을 받은 이래로 번뇌에 익숙하도록 습을 들였기 때문입니다. 몸이란 업과 번뇌로 인연 지어진 것입니다. 또한 몸은 의식과 연관 지어져 원하는 것을 가까이 하고자 합니다. 더욱이 죽음에 이르러서는 감당키 힘든 번뇌에 휩싸이게 됩니다. 현재부터 습관을 들이지 않으면 임종 직전에 선한 마음을 일으키기란 불가능해지고 맙니다. 오늘을 살아가는 이 시점에서 길들이기 시작해야만 비로소 내생을 준비할 수 있습니다.

우리가 인식을 할 때 그 대상과 그 전의 의식인 등무간연이 연결의 고

리를 만들어 또 하나의 의식을 발생시킵니다. 근치인을 생각할 때 가장 미세한 의식이 전생과 후생을 성립케 합니다. 인간의 몸이 무너지는 것에는 원인과 조건이 존재하지만 미세 의식만은 지속됩니다.

대승의 입문, 보리심을 일깨움

보리심이란 정법의 우유에서 뽑아낸 버터의 정수와 같습니다. 보살은 자신을 소중히 여기는 아집이 적고 타인을 소중히 여기는 이타심이 큽니다. 그러나 상황에 따라 이타심보다 이기심을 수행하는 경우도 있습니다. 진실로 있다고 여기고 내가 진실로 존재한다는 마음이 있을 때 자만과 이기심이 생깁니다. 모든 문제의 근원이 여기에 있습니다. 건강한 몸을 지닌 이라면 오체투지로 참회할 수 있습니다. 진언 또는 스승을 관상함으로써도 참회할 수 있습니다. 무엇보다 탁월한 방법은 보리심을 일으켜 이타적 실천으로 발현하는 것입니다.

　윤회에서 벗어나고자 하는 마음을 내어 정진하는 것이 선행입니다. 깨달음의 씨앗인 선업을 잘 키워 해탈의 나무로 키워갈 때 진정한 행복을 얻습니다. 어둠의 무명을 밝히는 등불의 기름이 바로 보리심입니다. 보리심을 낸 수행자는 길을 잃은 이들의 안내자가 되고 의지처가 되도록 해야 합니다. 용수 보살께서 『보만론』에 "중생이 원하는 모든 것이 되어서 아낌없이 베푸는 자가 되도록 하소서."라고 밝힌 바와 같이 오로지 고통 받는 중생을 위해서 국한됨 없이 포용하는 이가 되십시오.

스승이 묻습니다. "그대는 보살인가?" 보살이 된다는 것은 보리심을 마음에 일깨우는 것입니다. 지혜를 갖추고 용기를 지닌 자만이 보리심을 발현할 수 있습니다. 보살계를 마음에 수지함으로써 스스로 보살행을 할 수 있는 준비가 되었습니다. 이제는 모든 중생을 위해 깨달음을 이루겠다는 다짐을 해야 합니다. 이는 장님이 쓰레기 더미에서 마치 보물을 얻은 것과 같으니, 보리심이 생겨났음을 어찌 기뻐하지 않을 수 있겠습니까?

보리심은 오로지 타인을 이롭게 하고자 하는 마음입니다. 이로써 상호의 믿음과 신뢰는 더욱 굳건해집니다. 윤회의 길에서 헤매다 지친 중생들의 휴식처가 될 수 있는 것이 바로 보리심입니다. 중생이 지닌 오온이 윤회를 이끕니다. 그러나 마음만은 그 오온에서 벗어나고자 합니다. 보리심을 낸 것은 번뇌의 열을 식혀주는 달이 떠오른 것과 같습니다. 주의해서 상처를 살피듯 경계 없이 마음의 상처를 돌보십시오. 마음을 다스리니 고통이 오고 간 곳이 없음을 여실히 보게 되었습니다.

윤회의 길을 떠도는 중생이 안락을 바라는 바와 같이 중생의 여행에 최상의 만족을 주는 길은 보리심입니다. 오늘 이 자리에서 스스로 주체가 되어 보리심을 일깨워 보살계를 수지하고 항시 보리심을 관상함으로써 마음의 허물을 없애는 것을 거듭 사유하십시오.

(2011년 9월, 인도 다람살라)

03
깨달음이란
자신의 바른 생각에
있습니다

행복이란 마음의 평정

인류에게 법(dharma)은 현실에 닥친 어려움을 해결하는 지혜를 줍니다. 오늘날 인도에서 생겨난 수론 학파를 비롯해 불교에서 바라본 외도들과 유대교, 기독교 그리고 이슬람교 등 많이 알려진 종교들을 살펴보면 나름의 훌륭한 수행 체계를 가지고 있습니다. 일관적으로 고통에서 회복해 행복으로 이르는 길을 제안합니다.

현 지구의 70억 인구를 세 등분했을 때 30%는 종교가 삶에 도움이 되지 않는다고 보며, 30%는 종교는 없다는 입장을 가지고 있다고 합니다. 그 나머지만이 종교 활동을 하고 있음을 볼 때 우리는 보다 열린 시각으로 타인을 대해야겠다는 생각을 해봅니다.

여기서 묻습니다. 종교를 지닌 신자임에도 불구하고 과연 종교의 본뜻을 바르게 알아 실천하는 이들은 그 가운데 얼마나 될까요?

정직하게 사랑과 자비를 이행하는 이들은 행복의 참맛을 아는 이들입니다. 그들의 마음이 평정돼 있음을 짧은 대화 혹은 미소로 느낄 수 있습니다. 삼선취를 이루어서 궁극의 경지인 붓다의 열반에 이르는 길 위에 선 수행자의 모습이 보입니다. 몸을 뛰어나게 받았어도 생각하는 것이 그에 어울리게 조화롭지 못하다면 범부입니다. 항시 혼란스럽고 불안하지요. 행복을 구하고자 한다면 먼저 번뇌란 무엇인지 관찰하고 분석하는 것이 중요합니다.

본능적으로 행복을 원함에도 불구하고 현실에서 이루지 못했을 때, 많은 이들이 스스로 목숨을 끊는 극단에 이르기도 합니다. 물질적인 풍요 속에서도 우리는 충만한 행복을 느끼지 못하는 현실에 살고 있습니다. 모두가 물질의 풍요를 얻고자 많은 노력을 하고 있습니다. 재물에 집착하는 것은 순전히 '나'의 욕망에 기인합니다. 그러나 재물은 절대 나를 돌봐주지 않습니다. 기본적으로 정직은 삶을 유연하게 합니다. 몸을 건강하게 하는 것은 약으로는 불가능합니다. 한 생을 즐겁게 보내기 위해서는 몸도 마음도 모두 건강해야 합니다.

사회란 집단의 한 유형입니다. 어울려 공존해야 하는 의지처라고 할 수 있습니다. 근래에는 유독 교육 분야에서 '무언가를 놓치고 있는 것이 아닌가?'라고 느낍니다. 따라서 사람들의 마음에 평온이 많이 깃들기 위한 방법을 연구하는 것이 과학자들과 정신 분석가들의 과제가 되었습니다. 우리가 진정으로 지금의 21세기를 이전과 다르게 삶을 전환시킬 수 있는 기회의 시간으로 삼고자 한다면 당신이 바로 그 선두 주자입니다. 지구의 70억 인구가 모두 주연이 될 수 있습니다.

금강승, 가장 미세한 의식의 수행

의식은 그 이전 의식에 의존해 흐릅니다. 의식의 시작은 말로 표현될 수 없습니다. 불교에서는 네 가지의 이치법으로 논합니다. 불교에서의 '나'는 조물주를 말하는 종교와 다릅니다. 불교에서 '나'는 오온의 가화합에 의해 존재합니다. '나'를 말하는 타당한 근거를 제안하고 있습니다.

한편 무여 열반을 증득함과 동시에 의식의 흐름이 완전히 끊기는 것을 논하는 불교 학파도 있습니다. 그러나 무여를 이루는 것이란 오온을 벗어나는 것과 같기에 용수 보살은 "무여 열반을 증득한다면 현존할 수 없게 된다."고 이를 반박한 바 있습니다.

부처님의 가르침은 계정학 삼장으로 분류됩니다. 붓다의 열반 이후에 유독 파키스탄 탁실라(Taxila, 간다라 지방의 중심지)에서는 붓다의 가르침을 원형 그대로 전승하고자 했으며 이곳에서 실크로드를 따라 붓다의 가르침이 전파됐습니다. 날란다 승원의 17논사는 붓다의 수행과 교리를 더욱 활짝 꽃피웠고, 후에 역사의 흐름을 따라 비크라마실라(Vikramasila)로 전승됐으며, 샨타라크시타를 비롯한 날란다 승원의 논사들이 티베트로 불교를 전하게 됩니다.

티베트에 불교가 들어온 7세기 이후 쇠퇴의 시기를 지나 10세기경에 카담의 아티샤와 카규의 마르파(밀라레파의 스승), 사카의 다르마팔라, 겔룩의 아티샤 등이 티베트 불교의 중흥기를 주도하게 됩니다. 티베트 불교는 순수하게 인도 날란다의 연장선상에 있습니다.

티베트 불교를 연상하면 가장 먼저 떠오르는 금강승 수행은 티베트 불교만의 독자적인 수행법이 아닙니다. 겔룩의 구야삼마자 수행법은 총카파 대사의 남다른 수행법이었습니다. 뿐만 아니라 용수 보살의 저서에도 구야삼마자 수행이 잘 드러나 있습니다. 수행의 단계에서 현교와 밀교를 아우르는 과정에서 금강승은 반드시 수행되어야 합니다. 끊어야 하는 번뇌를 완전히 끊고, 붓다가 지닌 깨달아야 할 바를 증득함을 '장춥'이라고 합니다. 일체종지를 말하는 학파의 입장에서 지혜와 방편은 동일하게 시행되어야 합니다. 가장 미세한 의식을 수행의 길로 삼는 것이 바로 금강승입니다.

지금 내가 지닌 의식을 점차 변화시켜 방편의 결과인 색신과 지혜의 결과인 법신으로 다듬어야 합니다. 색신은 중생을 깨달음으로 이끌기 위해 현현하는 보이는 몸입니다. 법신은 『중론』에서 말하는 희론을 모두 끊어 얻은 바입니다. 지혜와 복덕의 자량은 깊은 공성의 견해와 넓은 차제 그리고 중생을 아끼는 마음에서 생겨납니다.

깨달음으로 가는 길의 방해자

달라이 라마인 저에게도 역시 근심과 번민이 일어납니다. 순간순간 변화의 마음이 일어날 때마다 저의 마음을 평온하게 지속시킬 수 있도록 하는 것은 '공성'을 바로 아는 것입니다. 자성이 없음에 생각이 다가가면 이내 마음이 여여해집니다. 여러분이 느끼는 슬픔을 저도 느낍니다. 인간이 느끼는 감정의 근본은 모두 동일하며 우리 모두는 행복을 원합니다.

『입보리행론』은 약 8세기경에 샨티데바에 의해 저술된 것입니다. 보리심 수행을 하면 공덕이 있음을 첫 장에 밝히고 있습니다. 타 중생을 위함으로써 삼악도에 떨어지지 않는 공덕을 받습니다. 『입보리행론』 7장에 서술된 "보리심의 말을 타고 피안으로 달려감에 어찌 게으르고 나태할 수 있겠는가?"라는 말씀을 깊이 새겨보십시오.

"허공이 존재하고 중생이 존재하는 한 나 또한 중생계에 머물러 오직 중생만을 이롭게 하겠네."

오로지 남을 위하는 마음이 가장 기본이며 중요합니다. 남을 위하는 마음을 통해서 다음 생에도 인간의 몸을 받아 수행할 수 있습니다. 이 몸은 삼선취 중에서 인간의 몸을 받았음에도 짐승과 같은 마음을 지니면 그릇되니 『입보리행론』 1장의 말씀과 같이 여덟 가지 온전한 인간의 조건인 팔유가(八有暇)와 열 가지 바른 시공간의 인연을 얻는 십원만(十圓滿)의 소중함을 바로 알아 마음 또한 삼선취에 이르러야 할 것입니다. 의식을 지혜에 두고 자비는 중생에게 두십시오. 이는 깨달음에 이르는 지름길입니다. 따라서 샨티데바는 보리심의 공덕을 먼저 말씀하셨습니다.

의식은 항시 밝고 명료한 청정한 상태이며 이로써 지속되어야 합니다. 번뇌는 본래 자성이 없습니다. 잠시 번뇌의 먼지가 본래의 선을 가리고 있을 뿐이기에 서서히 소멸되면 마침내 보리를 드러내게 됩니다. 깨달음을 목표로 한다는 것은 의식이 본래 공함을 통해 완성됩니다. 의식 그 자체에는 번뇌가 없기에 가능합니다.

깨달음이라는 것이 막연하고 어렵기만 한가요? 깨달음이란, 해탈이란, 스스로의 바른 생각에 의해 이해되고 구해지는 것입니다. 깨달음에 이르게 하는 주요 조건을 방해하는 것이 바로 업과 번뇌입니다. 전도된 분별 망상들이 희론을 만들어내어 마음을 혼탁하게 합니다. 과연 희론을 어떻게 적멸시킬 수 있을까? 공성만이 희론을 타파할 수 있습니다.

무지는 법집입니다. 공성을 깨우친 지혜가 무지의 뿌리를 뽑아냅니다. 내가 우기고 있는 진실로 존재한다고 여기는 대부분들은 그릇된 것입니다. 지혜는 깨달음을 소연(所緣)으로 하며, 자비는 중생을 소연으로 합니다. 허공과 같은 무한한 중생이 모두 나와 같이 깨달음을 이루기를 바라는 마음, 즉 보리심을 낸다면 당신은 이미 보리의 싹을 틔운 것과 같습니다.

자성이 공한 것은 없는 것이 아니며 찾았으나 결과를 구하지 못한 것도 아닙니다. 실제 존재합니다. 하지만 존재하는 것이 우리가 여기는 것처럼 존재하는 것이 아니라 그 자체로서 존재하며 그 대상에서 존재함이 상호 의존해 서로 다른 조건들에 의지해서 존재하는 것입니다. 다시 말해 자성으로 공함으로써 존재합니다. 『중론』에서는 연기하기에 그것을 공성이라고 했으며 존재하는 것이 공하기에 연기하는 것이라고 하였습니다. 서로 연기하기에 자주적으로 존재하는 것은 결코 있을 수 없습니다. 상호 의존해 존재하기에 이것을 '중도'라고 합니다.

공성은 상호 의존하는 연기입니다. 원인과 조건에 의해 존재하는 것 또한 원인과 조건에 기인합니다. 결과가 있기 때문에 그 결과로 인해서 그 원인의 이름이 원인이 되며 그 결과를 만들어내는 조건들의 이름이 조건이 됩니다. 원인과 조건으로서 결과를 만들어내면 이를 통해서 결과와 원인이 이름 붙여집니다. 과연 '내가 보는 바와 같이 존재하는가?' 되물어보는 시간이 되십시오. 다음 생에 보다 나은 몸을 받는 것은 원인과 조건의 인연 연기법에 의한 것임을 기억하시기 바랍니다.

(2012년 9월, 인도 다람살라)

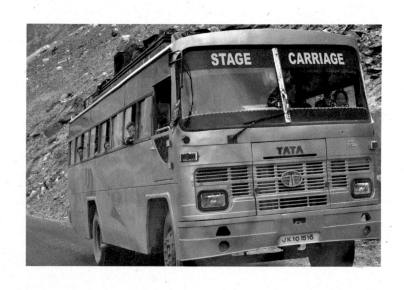

04

분노를 없애는 유일한 해결책은 지혜뿐입니다

화의 무익함

몸과 그림자가 하나이듯
선과 불선에 업보가 따름을 흔들림 없는 확신으로,
죄의 무더기,
그 안의 미세함까지도 모두 멸해,
일체 선한 공덕을 이루기 위하여 게으름 없이 정진하리라.

단 한 번의 성내는 마음으로 지난 공덕을 허물 수 있습니다. 인욕행을
하는 데 어떤 유익함이 있는지 항시 생각하십시오. 화의 무익 또한 생각할

수 있어야 합니다.

월칭 보살께서는 『입중론』에서, 백겁 동안 보시 바라밀을 쌓았더라도 한 번의 화로 모두 사라진다고 하셨습니다. 자신이 화를 일으키는 대상을 향해 화를 내는 것은 자신의 공덕을 모두 지우는 어리석음입니다. 분노는 이렇게 어리석은 짓입니다. 따라서 인욕만큼 뛰어난 수행은 없습니다.

사실 화를 내면 스스로도 매우 괴롭습니다. 잠깐의 인내로 그 힘을 줄일 수는 있겠지만 완전히 분노를 없애는 유일한 해결책은 공성을 깨우친 지혜뿐입니다. 아리야데바께서는 『사백론』에서, 탐진치 삼독 가운데 집착과 성냄은 각각의 성질이 있으나 어리석음은 번뇌에 내재되어 있다고 말씀하셨습니다. 탐진치의 대치가 되는 방편으로 성냄은 자비를 통해 일부 다스릴 수는 있지만 완전하게 뿌리를 뽑는 방법은 공성을 깨우친 지혜뿐이라고 하셨습니다.

『현관장엄론』의 주석서를 보면, 중생의 뜻을 이루신 역대 보살님께 귀의를 올리면서 유식의 대논사이신 세친 보살을 예로 듭니다. 세친 보살의 뛰어난 제자들 중에 한 분이 디그나가입니다. 디그나가는 스승의 논리 또한 논박하였는데, 유식학에서 무아의 반대가 되는 법집, 다시 말해 직접 인식하고 지각하는 논리로서 타당성을 제시한 것으로 유명합니다. 추론은 바른 자각을 도출하는 현명한 앎의 과정입니다. 분노를 사유하여 그 근원이 옳지 않고 자신을 고통스럽게 하는 바에 대해 알아차려서 그 반대가 되는 의식의 작용이 무엇인가를 사유할 줄 알아야겠습니다.

마음에 화가 많이 일어나면 쉽게 잠을 청할 수 없습니다. 한 번의 분노가 일어남으로 인해 마음의 안정이 산산이 부서져버립니다. 평안히 있다가도 갑자기 화가 나면 마음의 요동을 쉽게 가라앉히기 어렵습니다. 심지어 음식의 맛을 감별하기 어렵게 되기도 합니다. 현대 과학자들은 화로 인해 인간의 면역 체계도 혼란을 겪을 수 있다는 연구 결과를 발표하기도 하였습니다.

분노에 당하지 않도록

마음의 평온은 어떤 어려움에 대해 근심하거나 피하려 하지 않고 직면해 해결하겠다는 의지로써 유지할 수 있습니다.

이제는 마주해 바라보십시오. 그 방법이 아무리 어렵더라도 수순을 밟아 그 방법을 구해야 합니다. 만약 해결의 방법을 찾지 못했다면 방법이 없음에 대해 자각해서 스스로 마음을 편안히 하는 것이 최선책입니다. 화가 날 때에는 은혜를 입은 대상인 부모와 가족들에게도 함부로 하게 될 수 있습니다. 실제로 마음이 안정될 때는 환자의 쾌유도 매우 빠릅니다.

일상의 화는 내가 원치 않은 상황이 벌어졌을 때 일어납니다. 화가 나면 밑도 끝도 없는 용기 비슷한 것이 더해져서 더욱 크게 화를 부추깁니다. 이때의 에너지는 매우 부정적인 것입니다. 화는 옳고 그름을 분간하기 어렵게 만들어버립니다. 지구상의 많은 나라간의 정치적인 분쟁이나 작게는 가족 간의 갈등들을 일으키는 원인은 모두 화로 인한 것입니다. 진심(嗔心)을 일으켜 행복하게 사는 이는 아무도 없습니다.

불안을 먹이로 삼아 분노가 늘어나니 결국 '나'를 멸하게 하고 맙니다.

자신과 나의 것으로 여겨온 것에 해를 끼치면 마음이 불편해지고 맙니다. 나를 해롭게 하는 근원은 바로 '분노'임을 알아야 합니다. 나의 스승께서는, "적이 있어 나에게 직접적인 해를 끼치지만 내가 일으킨 분노에 비하면 큰 해가 아니다."라고 말씀하셨습니다.

나에게 해를 끼치는 상대방에게 화가 날 때, 이미 지난 일이라면 화를 낼 필요가 없습니다. 나에게 해를 끼친 것은 이미 지나간 일입니다. 과거의 해로 지금의 내가 반박을 하는 것은 무의미합니다. 과거의 해를 고칠 수 없다면 왜 군이 화를 내어 스스로를 다시 고통받게 합니까? 해결 방법이 전혀 없는데 왜 스스로 번민을 자꾸 일으켜 괴로움을 자청합니까?

고통에도 종류가 많습니다. 현재 나의 고통이 이전의 잘못으로 인한 필연의 결과임을 안다면 화가 날 때 그 마음을 빨리 안정시킬 수 있습니다. 자신의 지난 업은 생각하지 않고 타인의 탓으로 돌리면 분노는 점차 거대해집니다. 또한 자신의 행동은 살피지 않고 모든 것을 업에서 비롯된 것으로 미루어버린다면 이보다 어리석은 짓 또한 없습니다. 그럼에도 불구하고 이 가운데 모든 것이 하나님의 뜻이라고 규정짓는 이가 있다면 어서 깨어나십시오.

고통을 벗어나기 위한 용기

여러분은 타인의 안락에 진심으로 기뻐하고 계신가요? 자신의 방향과 반대로 선 이들에게 악한 말을 하는 일은 삼가십시오. 나와 나의 편의 행복함에 기뻐하면서 나의 반대편에 선 이들을 험담하는 것은 옳지 않습니다. 붓다께서 세속의 여덟 가지 법을 말씀하신 바가 있습니다. 중생은 업과 번뇌에 휩쓸려 마음의 혼미함을 무수히 일으킵니다. 행복이 와도 그것이 행복임을 인정하지 못하거나 행복의 원인을 짓는 것 또한 놓치고 맙니다.

한 예로 새 차를 사면 기분이 무척 좋지요. 그러나 6개월 혹은 1년만 지나도 어느새 내 차가 별로로 보입니다. 그리고 다른 새로운 차를 보게 됩니다. 우리가 원하는 행복들과 원치 않는 고통들은 잘 분별해야 합니다. 고통이란 원치 않는 것을 의미합니다. 그러한 고통에서 스스로가 굳은 의지를 세우면 비로소 출리심과 원리심이 생겨납니다. 마치 환자가 병의 원인을 알아 적당한 약을 구하는 것과 같이 고통을 통해 염리심을 일으킬 수 있습니다.

자신의 생을 값어치 있게 하는 것이 무엇인가 생각해보십시오. 해탈을 바라는 '나'는 겁쟁이가 되어서는 안 됩니다. 내 나이 서른 즈음에 '보리심'은 멀리 있는 무엇이었던 것 같습니다. 그리고 십년 후에야 수행으로서 '보리심'을 일으킬 수 있다는 확신을 스스로 얻었습니다.

바른 수행을 하는 이라면 반드시 고요한 '선정'을 병행할 것을 당부합니다. 저처럼 바쁜 사람은 행하기 힘든 것이 바로 '선정'입니다. 강조하고픈 것은, 익숙해지면 쉽지 않은 일이 없다는 것입니다. 수행 역시도 그러합니다. 잠깐 느끼는 화의 고통들을 참지 못해서 윤회하는 큰 고통을 벗어날 수 없다면 그 얼마나 안타까운 일입니까?

진정한 용기를 일으킨 이는 현재 자신이 겪고 있는 고통뿐만 아니라 붓다의 네 가지 고귀한 진리인 고제를 완전히 알아서 순차적으로 깨달음을 향해 정진하는 이입니다. 번뇌와 싸우는 큰 전투에서는 결코 마음이 흔들리지 않아야 합니다. 여기에서 승리한 자만이 진정한 영웅이라고 할 수 있습니다. "아제아제 바라아제 바라승아제 모지사바하."

(2011년 8월, 인도 다람살라)

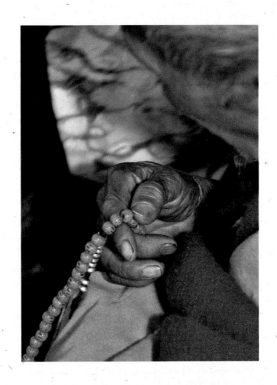

05

인욕이야말로
최고의 복을 짓는
수행법입니다

화 역시 원인과 결과에 따른 것

설일체유부의 설에 따르면 석가모니 붓다는 6년 고행 당시에 이미 자량도를
이루신 후 가행도로써 나아가 깨달음을 증득하셨습니다. 산스크리트 어문
에는 3대 아승지겁 동안 쌓은 공덕의 자량으로 무주처 열반을 성취하셨다
고 나와 있습니다. 현교와 밀교를 아울러 붓다는 네 가지의 신(身)으로 표현
을 합니다만 금강승에서는 붓다의 나툼을 다르게 표현하고 있습니다.

　인도 보드가야에서의 초전 법륜과 영취산에서 두 번째 무아의 반야 법
륜을 굴리시고 마지막 삼전 법륜인 여래장경과 『해심밀경』을 설하심에 있어
현재까지 대승 불전의 비불설 공방이 오가고 있습니다. 붓다께서 삼전 법륜

을 설하신 바는 대승의 법을 수행하는 보다 상근기를 위한 의도임을 새겨야 할 것입니다. 중생에게 보다 넓은 바탕이 되는 법륜인 사성제는 우리 중생이 직면한 '나'의 현안에서 답을 구하는 말씀임을 새겨야 하겠습니다.

우리는 항시 고통을 원하지 않는다고 말하면서도 고통을 일으키는 원인들에 애착합니다. 화를 냄에도 원인과 조건에 의한 것임을 안다면 어찌 화를 일으킬 수 있을까요? 한 예로 몽둥이에 맞아서 화가 일어났을 때는 나를 때린 몽둥이에 화를 내는 것이 옳을까요? 아니면 몽둥이를 휘두른 자에게 화를 내야 할까요? 그러나 몽둥이를 휘두른 자 역시 번뇌에 의한 것이며 내가 맞은 것 또한 과거의 인과이니 때리고 또한 맞음은 상호 의존한 작용임을 알아야 합니다. 인연은 서로가 맞물린 인과의 고리인 것입니다.

여러분은 자신에게 해를 끼치는 원인을 어디서 찾으십니까? 만약 자신이 지옥에 태어나게 되었을 때 그 원인을 찾고자 한다면 내가 아닌 타인으로부터는 결코 찾을 수 없습니다. 나의 업에 의해서 결국 나를 해치게 되는 것입니다.

그렇기 때문에 우리는 인욕을 해야 합니다. 스스로 타인의 번뇌를 나의 공덕으로 삼을 줄 알아야 합니다. 전도한 생각으로 길들여 스스로 인내하도록 하십시오. 만약 나에게 인내의 공덕이 있다면 절대 지옥 고를 겪지 않을 것입니다. 백년을 즐기거나 순간을 즐기거나 종국에는 알몸에 빈손입니다.

나의 적을 스승으로 삼아

일체가 인연입니다. 내가 집착하고 아끼는 무엇에 누가 해를 끼쳤을 때 더욱 화가 나지요. 이유는 나의 것이라는 집착 때문입니다. 지금까지의 나는 나를 위해서 바르게 행한 바가 없는데 어찌 타인을 위해서 행한 일이 있었겠습니까?

이제부터는 복덕을 키우기 위해 집중해보세요. 복덕의 보배가 불에 타지 않도록 집착의 근원을 끊어야 합니다. 사형 선고를 받은 이가 손목을 자르는 것만으로 죽음을 면할 수만 있다면 다행이듯이, 단조롭고 평안한 삶으로 모난 번뇌들을 연마하여 지옥의 고통을 면하게 된다면 이보다 더 큰 기쁨이 어디에 있겠습니까?

타인의 행복을 인정해주세요. 당신이 함께 인정할 때만 느낄 수 있는 나눔의 큰 행복이 있습니다. 자신의 공덕을 스스로 칭찬할 때는 타인이 함께 즐거워해주기를 바라면서도 타인의 공덕을 칭찬하지 않고 오히려 비방하려 하는 것은 어떤 의도입니까? 타인의 행복을 바라면서 시기와 질투가 일어난다면 그것은 보리심을 일으킨 것이 아닙니다. 얻은 것을 지니지 못함에 화를 내던 어제 당신의 모습을 보십시오. 자신이 원하지 않음에도 불구하고 피해를 입었을 때 얼마나 큰 원망과 비방을 해왔는지 다시 한 번 상기시켜보십시오.

우리는 그 어느 때보다 내가 나를 위하고 마음이 편안해지기 위한 방법을 구하는 생활을 하고 있습니다. 내가 쌓아올린 부귀와 명성은 한 순간에 무너지는 모래성과 같음을 기억하세요. 칭찬에 나를 미혹하게 만들지 마십시오. 염리심을 굳건히 함에 타인의 칭찬을 즐기지도 마세요. 인욕보다 뛰

어난 복을 짓는 수행법은 없습니다. 복덕 자량을 쌓는 법으로는 인욕과 인내가 최고입니다. 서로가 서로에게 생겨나게 하고 비로소 생겨난 결과들인 것이기에 결코 방해란 없습니다.

인욕 수행이란 스승으로부터 가르침을 구하는 것이 아닙니다. 불보살을 통해 수행할 수 있는 것 또한 아닙니다. 나에게 피해를 주는 이들이 바로 보살이 되고자 하는 나에게 인욕 수행으로써 기반을 마련해주는 스승입니다.

마치 때에 맞춰 나타나는 걸인이 보시에 방해가 되는 것이 아니며 출가를 하게 해주는 것이 승려가 되는 데 방해가 아닌 것과 같습니다. 자신에게 피해가 되는 주변인이 해가 되지 않는다면 인욕 수행은 불가능합니다. 보리행을 벗으로 삼아 "나는 원수를 사랑하리라."라고 인욕할 수 있는 것입니다.

나의 적이 나를 돕고자 하는 의도가 없고 방해하려는 의도뿐임에도 왜 나는 그들을 공경해야 할까요? 마치 의사와 같이 고통을 구하는 좋은 일만 하려 한다면 어찌 인욕 수행이 필요하겠습니까? 그의 분노심에 의지하여 인내심을 생기게 하니 나의 적으로 마주한 이에게 어찌 공양을 올리지 않을 수 있겠습니까? 때문에 붓다께서는 중생의 복전이 붓다의 복전이라고 말씀하신 것입니다.

사랑의 마음으로 헌공하는 것은 중생의 고귀한 성품입니다. 자비는 항시 중생을 그 대상으로 향하고 있어야 합니다. 번뇌장과 소지장을 끊어 정각을 이룬 후에도 붓다께서 중생의 부모로 남으신 것은 바로 자비심이 있었기 때문입니다.

진심으로 타인을 존중한다면 공존하기 위해 관심을 기울여보세요. 내가 붓다의 제자로서 붓다를 섬기는데 붓다께서 가장 위하시는 중생에게 내가 피해를 입히고 있었다면 이 자리에서 하나하나 참회하시기 바랍니다. 언제 어디서나 마음을 내는 이가 된다면 어찌 우리의 아버지이자 스승이신 여래께서 기뻐하지 않을 수 있겠습니까?

'널리 중생을 이롭게 하겠다.'는 그 마음을 키워 나아가며 후에 붓다를 성취하는 공덕의 자량이 되기를 바랍니다. 우리는 오늘 이 자리에서 스승인 달라이 라마와 제자의 법 인연을 기반으로 하여, '지금부터는 윤회를 일으키는 화를 내지 않겠다.'고 다짐하였습니다. 정진하십시오.

(2012년 9월, 인도 다람살라)

06

나와 남을
구별하는 데서
문제는 시작됩니다

종교는 행복을 위해 무엇을 할 수 있나?

오늘 법문은 깨달음으로 향하는 게송과 밀교의 차제를 주제로 합니다. 외도와 불교도의 차이, 대승과 소승의 차이 그리고 현교와 밀교의 차이를 아우르는 주제를 요약해 그 핵심을 다루겠습니다. 처음 붓다의 가르침을 듣고 배워 실천하여 그 수승한 가르침의 참의를 알아 수행한다는 목적입니다. 그러한 측면에서 『도차제섭의』는, 총카파 대사 본인의 수행 기록이자 『해심밀경』의 요의입니다. 붓다의 경전과 선 지식의 논서를 배워 내 수행의 직접적인 가르침으로 삼아야 할 것입니다.

　현재 우리의 삶에 종교가 과연 어떤 도움이 되기를 원하십니까?

눈부신 문명의 발달이 진행 중인 이 시간에도 법회가 열리고 있는 다람살라의 전기 사정은 열악합니다. 각자의 삶이 지닌 상황에 따른 문명의 척도이겠으나, 실제 주된 삶에서 얼마나 불법을 만나고 사유하는가와 비교해보면 매우 상대적인 경험일 것입니다. 과거 농경 사회에서는 종교를 통해 자연의 절대로부터 위안과 희망을 찾고자 했다면, 현대는 기계 문명의 발달로 과학이 종교의 역할을 일부분 대신하게 되었습니다. 과학에 의해 인류는 그들이 원하는 물질적 행복을 제공받고 있습니다.

물질의 발달과 더불어 마음의 불행 역시도 다층화되었습니다. 인간이 육체적으로 원하는 바를 쉽게 얻을 수 있게 되었지만 마음의 행복을 구현하기란 매우 어렵고 지속적이지 못하게 되었습니다. 아름다운 모습〔色〕, 음악〔聲〕, 향기〔香〕, 맛난 음식〔味〕, 육체적 관계〔觸〕 들의 정점인 오늘의 '나'가 마음의 평안과 대비되는 것은 왜일까요?

그 이면에는 끊임없는 탐욕과 지속적인 불안 그리고 경쟁심이 내재되어 있습니다. 명예와 권력으로는 해결책을 구할 수 없는 것들입니다. 때문에 과학과 의학의 발달과 더불어 몸과 마음의 상관성이 연구의 주제가 되었습니다.

행복에는 일시적인 행복과 궁극의 행복이 있습니다. 행복을 이루기 위해서는 그에 바람직한 원인을 제공해야 합니다. 그럼에도 불구하고 우리는 '무지'로 인해 행복을 제대로 구현하지 못합니다. 용수 보살은, "연기에도 두 가지가 있다. 인과 연기와 가립 연기가 그것이다."라고 말씀하셨습니다.

인간의 지성, 타인의 행복을 돌보는 힘

현 70억 인구 가운데 얼마나 많은 이들이 '도덕적 삶'에 관심이 있을까요?

내가 살아가는 삶에서 만족하는 바에 의해 판단해보십시오. 엄밀히 말해 마음과 깊은 연관이 있습니다. 우리는 만족과 불만족 혹은 무관심에서 파생되는 다양한 감정들을 색, 성, 향, 미, 촉이라고 하는 매우 세밀하고 견고한 욕망의 대상에 근거해 행복의 잣대로 삼습니다. 간단히 말해 종교를 인정하건 인정하지 않건 모든 인류는 행복을 원하고 불행을 원하지 않습니다.

우리가 진정으로 마음의 평화를 원한다면 세밀하게 마음을 관찰할 필요가 있습니다. 뇌 과학과 의학 분야에서 마음과의 상관성을 연구하는 것도 이러한 필요에 의한 것입니다.

인간이 증상생인 것은 동물보다 사고와 지성이 뛰어나기 때문입니다. 인간의 탄생이 단순하게 육체적 행복의 구현에만 있다면 동물과 다를 바가 없습니다. 세속적 윤리의 핵심은 '양심(良心)'입니다. 선한 마음, 타인에게 피해를 입히지 않고, 양심에 비추어 사는 삶 그리고 행복에 대한 확신과 자부심과 더불어 이웃과 진정한 벗이 되는 것이 바로 그것입니다. 인간이 지닌 도덕이 그러한 공동체를 형성하는 중심축이 됩니다. 근저에는 이성에 기반을 둔 지성적인 윤리와 사랑이 있습니다.

여러분에게 용서하는 삶을 살아갈 것을 권유합니다. 저는 윤리와 이타가 인간의 삶에 굉장히 중요하다는 것을 누누이 강조해왔습니다. 종교를 지닌 이라면 더욱더 종교적인 실천과 수행이 어우러져야 합니다. 사랑, 자비, 인욕, 만족의 공통된 교리를 지닌 종교가 강조하는 바가 바로 용서와 계율입니

다. 나와 남을 구별하고 나누는 것이 야기하는 많은 문제들을 직시하십시오.

선한 마음을 삶에서 실천으로 구현하는 법은 그리 어렵지 않습니다. 사회 봉사 활동이나 작은 것에 만족하는 삶이 그 예입니다. 모든 문제의 발단은 '아집'에서 시작되기 때문에, 붓다께서 '무상'과 '무아'를 말씀하신 것입니다. 모든 종교가 지닌 교리는 다르지만 추구하는 바는 상통합니다.

창조주를 인정하지 않는 불교는 나 스스로가 '보호존'입니다. 나의 행복과 불행은 스스로 짓고 받은 것입니다. 행위, 다시 말해 '업'을 통해서 선과 불선이 지어집니다. 타인에게 도움이 됨을 본질로 한 것이 바로 선업입니다. 그 결과 나에게도 이득이 됩니다. 모두가 '나'에 의한 인과입니다. '나'는 오온에 의지하여 존재하며, 오온에 의지하지 않고 따로 존재하는 '나'란 없습니다.

2500년 전에 출연한 불교, 비슷한 시기에 생겨난 자이나교를 비롯하여 다양한 외도들 역시 계, 정, 혜 삼학을 근본으로 삼아 대상을 분별하였습니다. 특별히 불교에서는 '일체법이 인과'라고 하였습니다. 외부의 현상과 기세간 그리고 유정세간이 모두 원인과 조건에 의해 존재한다는 견해입니다. 인과에 근거하여 '무아'로서 행복의 주체는 오온에 의지하며 '나'는 항상 변화합니다. 이 변화성을 외도에서는 영원 불멸하는 실체라고 보았습니다. 때문에 궁극의 실체를 발견해야 한다는 오류에 빠졌습니다.

나의 실체가 있다면 아집이 생겨납니다. 탐, 진, 번뇌의 원인이 바로 아집입니다. 나에 집착하는 아집은 악마와 같은 것이며 고통을 끌어오는 근원입니다. 붓다는 상일주재의 실체가 있다는 전도된 견해를 반박해 '무아'를 설하신 것입니다.

(2013년 8월, 다람살라)

07 종교의 중심은
마음입니다

신의 창조가 아니라 행위의 결과일 뿐

석가모니 붓다의 근본 말씀은 팔리 권과 산스크리트 권을 구분하지 않는 하나의 설법입니다. 그 음성을 근거로 오늘을 살아가는 우리 불자들은 현대 과학을 비롯한 다양한 분야와의 적극적인 만남을 통해 이치의 순리를 바로 밝혀야 합니다. 연구를 통해 도출해낸 결과만이 진실한 참으로 인정할 수 있습니다. 지난번 독일에서 교황과 만났을 때, "우리와 같은 종교의 지도자들은 매사를 반드시 이치와 타당한 근거로써 행해야 한다."는 당부를 서로 나누었습니다.

우리가 누리는 물질의 본성을 알고 제3의 시각으로 접근한 것이 현대

과학입니다. 반면 종교는 물질을 사고의 중심에 두고 있지 않습니다. 종교의 중심은 인간의 감정, 즉 마음입니다. 우리가 신(조물주)을 말할 때, 그가 창조주라면 왜 그는 지구를 만들었으며 어떤 의도를 가졌는가에 대한 동기를 부여해야 합니다. 조물주가 원하는 바는 과연 무엇인지 스스로 물어보십시오. 진실로 신에 의해 만물이 창조되었다면 이기심은 반드시 근절되어야 할 우선 항목일 것입니다.

한 예로 우리 가운데 한 이가 부유하고 유명하다고 하더라도 자신의 창조주에게는 복종해야 하며, '나'라고 하는 생각을 줄여야 할 것입니다. 신은 무궁한 사랑을 지닌 이입니다. 그러한 사랑으로 세상을 만들었으며, 그러한 신의 사랑에 보답하기 위해서라도 이기심은 절제되어야 합니다. 저의 한 무슬림 친구가, "일반의 이슬람 수행자는 알라의 본성인 무한한 사랑을 베풀어야 한다."고 말한 것 역시 같은 의미입니다. 종교의 자세란 무엇인지 그리고 어떻게 실천되어야 하는지 되짚어봐야 할 것입니다. 타인을 이롭게 하고 돕는 것이야말로 종교의 보편적인 가르침이기 때문입니다.

붓다의 말씀 속에서 우리는 종종 모순을 발견하기도 합니다. 각각 사람들이 지닌 마음의 성향이 다양하기 때문에 그에 기인한 것입니다. 각각의 다양한 종교를 존중해야 하는 것도 같은 이치입니다. 이를 통해서 우리는 서로를 보다 폭넓게 이해할 수 있게 됩니다.

철학이 있는 종교 가운데 신의 존재성을 거부하는 불교는 '업과(業果)'로써 사고합니다. 업은 행위를 의미합니다. 어떤 마음을 지닌 자가 그러한 행을 지은 결과로써 다시 원인과 조건을 발생시킨다고 보는 것입니다.

행복

행복과 불행은 우리가 느끼는 감각입니다. 이를 규명해보면 모두 마음의 작용입니다. 때문에 우리는 신중히 살펴봐야 할 필요가 있습니다. 과연 어디서부터 '비롯'이 되었는가를 말입니다. 한 가족이 다양한 업과로 맺어져 사회의 공통된 업으로 확대됩니다. 그것이 바로 공업(共業)입니다.

마음을 지닌 '나'라고 하는 존재가 있는가 아니면 없는가에 대해서 붓다께서는 수행 당시에 '나'라는 생각에서 생겨나는 작용, 다시 말해 내 몸이 태어나 성장하고 병들어 늙어감에 따라 마음이 작용한다고 하였습니다. 그러므로 육신과 상반된 존재인 윤회의 중심이 업과의 허물을 알아 그것으로부터 벗어나고자 하는 수행이 바로 행복이라고 본 것입니다.

인간의 마음의 탐욕을 완벽하게 없애는 것은 힘듭니다. '나'라고 하는 존재에 대한 강한 인식 때문입니다. 우리에게는 항상 '나'를 중심으로 살펴보며 살아온 진한 습기(習氣)가 있습니다. '나'라는 생각에 빗대어 모든 현상을 판단해온 습(習)은 당연히 자신만을 위해 욕심을 채우는 이로 굳어졌습니다.

오온과 구분되는 '나'는 그 어디서도 찾을 수 없습니다. '나'는 왕과 같아서 육신과 마음이라는 신하에게 명령하고 다스릴 수 있다는 착각으로부터 깨어나세요. 상호가 의존하여 연기로써 존재함을 알아야 합니다.

『입중론』의 마지막 장에는, "나무 수레가 바퀴와 널빤지가 붙어 지어진 이름이듯이 나는 상호 의존하고 작용하는 연기법을 통해 생겨난 색수상행식의 가립"이라는 말씀이 있습니다. 연기법을 사상으로 삼고 비폭력을 실천으로 삼아 어느 누구도 해함이 없어야 할 것입니다. 이는 신을 믿는 이들에게도 예외가 없습니다. 내가 적으로 여기는 이들 또한 아버지인 '신'이 만들어낸 이들임을 안다면, 절대 파괴와 학살은 이 지구상에 발생하지 않을 것입니다.

내가 행복을 원하듯이 모든 생명을 지닌 존재들 또한 그들 나름의 행복을 원합니다. 인과 연기법과 상호 의존하는 연기법을 상기하세요. 『입보리행론』에서는, "결과가 존재하기에 원인도 존재함을 알아, 원인이라는 본질 그 자체와 결과라는 본질 그 자체가 원인에 의한 것임을 염두에 두라."고 하였습니다.

용수 보살은 『보만론』에서, 우리가 원하는 행복을 여섯 가지로 구분하였습니다. 이생의 행복과 내생의 행복, 인간 몸의 행복과 궁극적인 영원의 행복, 업을 끊은 해탈의 행복과 소지장까지 여읜 붓다의 행복이 그것입니다. 이는 근본적으로 몸과 말 그리고 마음의 다스림이 지닌 중요성을 강조하는 것입니다. 총카파 대사께서도 "내 자신이 불선업을 행하지 않고 반드시 십선업을 닦아 궁극에는 불지에 이르리라."라고 서원하신 바 있습니다.

마음을 다스려나가는 과정

마음을 서서히 향상시키는 것, 그 차제를 체계적으로 제시한 것이 『입보리행론』이며 이를 심화한 것이 『보리도등론』입니다. 열 가지 불선업을 행하지 않고 십선계를 수행하여 다음 생에도 인간의 몸을 받으며, 더 나아가 윤회 그 자체도 고통임을 알아서 행복과 풍요의 허물을 보고 염리심을 냅니다.

이어서 나만의 해탈이 아닌 일체 중생을 불지에 이끌겠다는 필사의 실천으로 보살계를 수지하여 '보리심'을 일으킵니다. 지관 수행으로 공한 본성을 닦을 때 비로소 금강승의 수행으로 들어가게 됩니다.

마음을 다스리는 수행은 삼매에서 생겨나는 산란심을 다스리는 것입니다. 선한 대상을 마음에 상기하세요. 그 대상을 바라보고 인식하면서 안정을 찾습니다. 그렇다고 선한 대상에 무조건 안주하면 혼침과 도거에 빠지게 되니 이를 주의해야 합니다. 적정한 선에서 의식은 총명해야 하며 밝고 또한 명료해야 합니다.

선정을 휴식으로 여겨서도 안 됩니다. 저는 한때 3년 3일간 무문관 수행을 한 이를 만난 적이 있습니다. 그는 수행을 하면서 "마치 머리가 바보가 된 것 같다."고 하였습니다. 그 이유는 수행 당시에 의식을 총명하게 다루지 않았기 때문입니다.

선정에 입문하는 이들은 호흡을 바라보는 것부터 시작하는 것이 좋습니다. 들이마심과 내뱉음에 마음을 집중하며 호흡을 살피되 오감을 배제하세요. 서서히 마음의 망상이 일어남을 볼 수 있을 것입니다. 바깥의 대상을 기준으로 하여 하나의 마음으로 머물며, 모든 존재한다고 여겨온 것의 무상함을 확신합니다. 이를 지속적으로 관찰하세요. 그리고 이어서 자비관으로 이어갈 수 있습니다. 자비란 무엇입니까? 책에서, 말씀에서 찾아보기 이전에 스스로 생각하는 시간을 가져보세요. 오늘 법회가 끝나고 사원 밖에서 시간을 허비하지 말고 숙소로 돌아가 당신이 생각하는 자비를 떠올려보기를 바랍니다.

(2013년 9월, 인도 다람살라)

08   자비와 자애심이
       마음을 치유합니다

어떻게 하면 행복할 수 있을까요? 자비와 자애심이야말로 마음 치유의 튼튼한 뿌리입니다. 기만하지 말고 모든 행동에 성실하게 진심으로 행동하십시오. 자신의 행위와 마음이 진심에서 우러나야 할 것이며 타인에게 의심을 일으키지 않아야 합니다. 의심의 극단은 죽음입니다.

정직과 진실의 마음에서 일어나는 행위는 항시 평온을 선사합니다. 마음의 두려움이 줄어들 때 용기 있는 사람이 됩니다. 진실한 마음으로 정직한 행동을 할 때 우리는 감동합니다.

『입보리행론』에서는 "어디를 가건 중생의 무리에서 항시 자신을 낮춰보고 중생을 받들라."고 말합니다. 자신의 진정한 부를 원한다면 주변인에게 자애심을 일으켜보십시오. 사랑과 자비는 절대 돈과 물질로 얻을 수 없습니다.

종교는 세 가지 질문에 답해야 합니다. '나는 무엇인가?' '나의 시작이 있는가?' '나의 끝이 있는가?' 부처님은 오온을 다스리는 상일주재의 '나'는 없다고 말씀하셨습니다. 오온에 의지해 있으며 오온과 따로 분리된 '나' 또한 없습니다.

이제부터 사랑을 명상하십시오. 빈곤하고 어려운 이들을 위한 명상이기에 쉽지 않은 수행이지만 지금 우리에게 필요한 자세입니다.

적멸의 지혜로 연기를 바로 볼 것

반야 공성의 기둥인 사성제는 명료하게 불교를 함축하고 있습니다. 고제와 집제는 수행의 근간이 되고 도제와 멸제는 이루어 성취해야 할 바입니다. 우리가 현재 겪는 불행은 무지에 의해서입니다. 무지한 의식을 없애기 위해서는 실상을 바로 알아야 합니다. 이를 확신할 때 윤회에서 벗어날 수 있습니다. 중생을 널리 구제하고자 하는 보리심을 향해 귀의하십시오.

인과의 연기를 깊이 들어가보면 『중관』에서 말하듯 서로의 부분들이 의지해 연기하고 있음을 확인할 수 있습니다. 행복을 원한다면 행복의 씨앗을 심으십시오. 원인과 결과 그 자체는 이름 붙여져 존재하는 것이지 자성으로 존재하는 것이 아닙니다. 불법을 수행하고 실천한다는 것은 바로 알고 난 후에 마음을 바꿔나가는 것입니다. 실상이라고 말하는 마음을 다스리기 위해 무명을 없애고 전도된 견해를 끊어서 바른 실상을 보는 지혜를 깨닫는 것이기에 최우선적으로 배워야 하는 것입니다.

용수 보살의 『출세간찬탄문』 가르침처럼 적멸의 지혜로 연기를 바로 알지 못하면 결코 윤회에서 벗어날 수 없습니다. 결국 거울에 비춰진 모습과 같습니다. 눈은 결코 생겨남을 완벽하게 인지할 수 없습니다. '이것을 느끼고 이것으로 느끼며 이것에 느끼는 것' 그 대상과 행위자 사이에서 무엇을 느낄 때 느껴지는 모든 것은 서로 의지해 있는 것이지 독자적이지 않습니다. 이름과 뜻은 둘이 아닙니다. 자성으로 존재하는 행위와 행위자는 없지만 의지해서 존재하는 행위자와 행위와 행위 대상은 있습니다.

듣고 사유하며 수행하십시오. 듣고 이해해 꾸준히 생각하게 되면 사유의 지혜가 생겨납니다. 청정한 공성이 바로 중도입니다. 무명의 훈습조차 완전히 끊기 위해서는 연기로서 존재하는 진여를 알아야 합니다. 공을 깨치기 위해 가장 미세한 의식을 일으켜야 합니다. "사물은 독립적으로 존재하지 않는다."라고 함은 비할 바 없는 사자후입니다. 『도차제섭의』에서 밝힌 바와 같이 여유로운 인간의 몸은 보배로운 여의주보다 뛰어남을 알아서 석가모니 부처님의 행적을 따라 그와 같이 실천해야 할 것입니다. 속히 정진의 옷을 입고 지혜라는 정광명의 배에 오르십시오.

(2010년 1월, 인도 보드가야)

09

보리심은
반야 바라밀의
핵심입니다

불교의 전통은 부처님께서 법륜을 굴리는 방식으로 정리가 됩니다. 우리가 주로 관심을 갖는 부분은 반야 경전의 내용이 펼쳐지는 때인 중전 법륜입니다. 반야경이 설해진 장소는 왕사성이며 천인과 보리심을 일으킨 보살들이 청중입니다. 대승의 핵심을 이해하고 대승의 마음을 일으키는 이를 대상으로 하고 있지요. 반야경은 대부분 범어로 쓰여졌으며 그 주석은 용수와 그의 제자들이 남겼습니다. 불교 전통에서는 불교 논리학이 중시되는데 법칭 논사께서 논리학의 전통을 세웠고 도의 체계를 확립했습니다.

붓다는 비구들에게 붓다의 말에도 의심을 가지라고 했습니다. 금 역시도 태우고 문질러보면서 논리적으로 타당성을 찾는 체계적 수행을 하라고 강조했습니다. 범어의 전통은 팔리 전통에 비해 대단히 심오합니다. 범어 전통에서는 논리학을 통해 붓다의 말씀에도 논리가 없으면 받아들이지 말라고 합니다.

여실한 지혜, 연기의 진리

티베트에 불교가 전해진 것은 8세기 무렵입니다. 적호(샨타라크시타) 보살은 날란다 대학 학장 출신으로 중관과 논리학을 공부했습니다. 그곳의 전통을 그대로 유지한 불교 논리학이 그대로 티베트 불교에 전해졌습니다. 적호 논사가 티베트에 왔을 당시 파드마샴바바가 계셨습니다. 적호 논사는 계를 주었을 뿐만 아니라 티베트 불교를 확립하는 데 공헌했는데 그의 제자 카말라실라가 그 법맥을 유지했습니다.

당시 카말라실라는 『수습차제』를 저술합니다. 그 안에서는 명상도 대단히 중요하지만 논리학을 통해 깨달음으로 향하는 길을 더욱 다질 수 있다고 강조했습니다. 반야 바라밀로 향하는 일체지 삼매의 지혜는 명상을 통해서는 완성할 수 없다고 논했습니다.

완전한 결과를 우리는 일체지라고 합니다. 반야 지혜는 부처님의 궁극적인 진리이며 붓다의 그러한 진리를 어떻게 성취하는가에 대해 수행의 전통과 지혜를 동시에 계발하는 두 가지를 강조했습니다.

『연기 찬탄문』은 총카파 대사께서 중관학의 견해를 완성하고 난 이후에 실천을 통해 지은 것입니다. 연기의 이치를 충분히 보고 붓다에 대한 믿음을 일으키고 난 이후에 충분한 자량의 상태였음을 의미합니다.

참된 지혜의 길을 보이신 스승으로 표현되는 붓다는 여실한 지혜를 보고 그를 통해 연기의 진리를 설하신 분입니다. 위없는 지자는 연기의 진리를 충분히 보고 안 분이며 그 진리를 자유자재로 중생에게 설하신 분이 붓다입니다. 우리는 이러한 붓다에게 귀의하는 공경심을 표하는 것입니다.

붓다의 말씀 속에 자비, 선정, 진리에 대한 무수히 선한 말씀이 있습니다. 이 모든 것은 연기의 진리로 관통합니다. 윤회하는 세간 속의 중생은 사실 누구도 고통을 원하지 않으면서도 끊임없는 고통 속에서 허우적거립니다. 알지 못하는 고통의 원인을 우리는 무명이라고 합니다.

『입보리행론』에서는 끊임없이 고통을 일으키는 원인과 행복을 일으키는 원인을 논합니다. 중생은 고통을 원하지 않으면서도 고통스러우며 행복을 원하면서도 그 행복을 유지하기 어렵습니다. 무지하기 때문입니다. 결국은 고통이 생기는 그 원인을 명확히 알고 그 뿌리를 뽑아 없애야 합니다. 그것이 연기의 진리를 아는 것입니다. 연기의 진리를 설한 붓다는 위없는 지자(智者)이자 도사(道師)이며 그러한 분께 귀의하는 것입니다.

연기, 다른 것에 의지해 생기는 것

조건에 의지하는 어떤 것도 실체가 없습니다. 청정한 지혜를 가진 이는 붓다께서 보신 연기의 진리를 통해 모든 무지를 밝힙니다. 붓다의 가르침의 핵심은 연기의 길을 이해하는 것입니다. 다른 것에 의지하는 것이 바로 연기입니다. 모든 사물은 인연을 근거로 생하기 때문입니다. 인과 연을 통해 결과가 생기기 때문에 자력으로 성립하는 것은 없습니다. 인연을 의지해 발생하는 것은 결국 빈 것입니다.

연기에는 인연의 연기와 가립하는 연기 두 가지가 있습니다. 가립하는 연기를 생각해보면 원인과 결과가 서로가 서로에게 의지하고 있는 방식입니다. 원인이 결과를 의지할 때 원인은 결과의 측면에서 가립되는 것으로 서로가 서로를 의지합니다. 유위법과 무위법의 일체법을 통하는 것입니다. 가립하는 연기의 의미를 통해 일체법의 연기를 이해할 수 있습니다. 가립하는 연기를 알 때 우리는 특별한 무명을 없앨 수 있습니다. 원인과 결과의 무명은 인과 연기로써 멸하며, 진여의 본성을 알지 못하는 무명은 가립 연기를 통해 없앨 수 있습니다. 선에 의한 과보를 이해하게 되면 내생에 훌륭한 몸을 받을 수 있는 연으로 이어집니다.

용수 보살께서 무상을 명상하는 것과 무아를 명상하는 두 가지를 말씀하셨습니다. 이 두 가지는 인과의 연기 두 가지를 설하는 것입니다. 무상과 무아는 연기를 통해 이해할 수 있습니다. 모든 것이 찰나 변해가는 그 원인의 이타성을 통해 이해 가능합니다. 인간의 몸 역시 원인을 통해 생한 것입니다. 가립의 연기에 대한 부분은 일체법의 법성이 자성이 없는 공함을 깨닫는 부분입니다. 이는 궁극의 무명을 없애는 진리입니다. 이로써 해탈을 성취할 수 있는 것입니다. 인간의 몸 역시 전도된 인식으로 생겨난 것이기에 고통을 가지고 있는 것입니다.

우리는 고통이 없기를 바라고 행복을 원하지만 자신의 근본 원인을 알 때 모든 엉킨 실타래를 풀 수 있습니다. 사성제에 대한 바른 이해에서도 거친 연기와 미세한 연기 두 가지가 있습니다. 고통은 하나의 결과이며 그 원인은 집제입니다. 멸제는 결과이고 그 원인은 도입니다. 사성제는 윤회의 방법과 그것에서 벗어나는 인과를 설명하고 있습니다. 이런 인과의 진리를 설한 이후에도 고통의 본성을 파헤쳐 종국에는 아무것도 없음을 명쾌히 밝힙니다.

거친 연기는 사성제에서 설한 인과 연기이며 반야경에서 미세한 연기를 설합니다. 붓다께서 사제에 대해 설하실 때 거친 연기를 설하시면서 인과의 연기를 말씀하셨습니다. 그리고 반야경에서는 미세한 연기를 설하시면서 존재의 자성은 어느 곳에서도 찾을 수 없다고 말씀하셨습니다.

보리심과 지혜의 명상

인과의 연기를 신중히 생각하세요. 고통의 원인이 생기면 타인의 불행을 만듭니다. 그때 생기는 자성이 나에게 고통으로 되돌아옵니다. 그것은 역으로 행복 또한 가능합니다. 보리심을 일으켜 자비행을 하십시오. 이 모든 것은 연기의 이치로써 가능합니다. 인연의 이치에서 핵심이 보리심입니다. 『반야심경』에서 오온의 자성이 없음을 밝히는 바와 같이 자립으로 존재하는 것은 어느 것도 없습니다. 결국은 중생의 집착심과 분노심을 일으키는 원인이 실체에 집착하는 데서 비롯되는 이유입니다.

대상이 자성으로 존재하지 않음을 알기 위해 공성을 수습해야 합니다. 인과의 연기를 통해 충분히 명상할 때 공덕의 자량을 얻을 수 있습니다. 보리심 명상을 통해 공덕의 자량을 쌓고 색신을 성취하는 원인으로 삼을 수 있습니다. 지혜의 명상을 통해 지혜 자량을 성취하고 궁극의 색신을 성취할 수 있습니다.

인도 범어 전통의 존재론 측면에서는 이제의 진리와 존재론적 측면을 설명하고 도의 측면에서 방편과 지혜를 설명하며 결과론적 측면에서 붓다의 네 가지 몸을 성취하는 부분에서 모든 것을 완성합니다. 삼세의 모든 부처님은 반야 바라밀을 통해 공성을 취득하셨습니다. 보리심은 반야 바라밀의 핵심입니다. 보리심을 일으킬 때 붓다와 용수 보살을 생각하십시오.

한국, 일본, 대만, 일본, 아시아 각국의 『반야심경』 독송을 들으며 나는 붓다의 설법을 보았습니다. 마음이 붓다의 세상을 밝게 그려주었습니다.

지난 20세기는 물질적 풍요로움을 성취한 시기였습니다. 세상의 가치는 너무 외향적으로 흘러가고 있습니다. 인간의 성취가 과학의 발전을 통해 가능함을 증명했습니다. 그러나 21세기에 접어들어 물질적인 풍요가 인간의 내적인 평화로움을 가져다주지 못하고 있음을 확인합니다. 인간에게 가치가 얼마나 중요한가를 새삼스럽게 느끼게 합니다.

인간은 두 가지 고통을 느낍니다. 육체적인 고통은 물질적 풍요를 통해 일부 치유할 수 있습니다. 그러나 평화의 감소와 내적인 불안을 만들었습니다. 따라서 물질적 풍요가 내적 평화를 직접적으로 완벽하게 해결하지 못함을 알기 때문에 정신적 가치에 대해 다시 생각할 수밖에 없습니다. 그러나 나는 이것을 낙관적으로 생각합니다. 현재 21세기는 10년 밖에 흐르지 않았습니다. 아직 90여 년이 남아 있습니다. 희망을 설계할 수 있는 시간이 우리에게 있습니다.

(2010년 6월, 일본 요코하마)

10

보리심은 모든
악업을 극복하는
명약입니다

『입보리행론』

이번 법문은 샨티데바의 『입보리행론』으로서 보살행과 보리심을 증장하는
내용을 주제로 합니다. 나와 타인을 교대하는 수행법으로서 보리심을 어떠
한 방법으로 키워야 하는가를 다룹니다. 법문은 한 번 듣는 것만으로 모두
자신의 것으로 만들 수 없습니다. 우리가 이 경전을 거듭 읽고 깊이 사유하
여 체험으로 실행할 때 보살의 첫 발을 디딜 수 있습니다. 법문의 맛을 보면
우리의 정진과 결의가 커질 것입니다. 이번 법회를 머릿돌 삼아 『입보리행
론』의 종이가 까맣게 닳도록 읽어보시기 바랍니다.

　『입보리행론』은 8세기 인도의 학자 샨티데바의 경론입니다. 보리심을

키우는 최고의 경전이라고 할 수 있습니다. 샨티데바는 용수 보살의 계보를 이은 인도 중관 학파의 위대한 수행자 가운데 한 분입니다. 날란다 승원의 대학자들의 저서는 티베트의 논서 텐규르(tengyur)를 통해 보다 섬세하게 접할 수 있습니다.

법문을 들을 때는 옳은 동기가 중요합니다. 법을 설하는 자는 중생의 이익을 위해 순수한 법을 설해야 합니다. 경쟁심과 명예와 부를 얻기 위한 의도가 없어야 합니다. 법을 청하는 이들은 가르침을 받은 이익을 공덕으로 회향할 수 있어야 합니다. 이 모두가 인과의 도리입니다. 이 법회의 가피로써 해탈을 하고자 하는 그릇된 생각을 지녔다면 바로잡으십시오. 해탈은 나 자신 스스로에게 달려 있습니다. 부디 이번 법문이 바른 해탈의 기회를 만드는 인연이 되도록 하십시오.

인간의 소중한 몸을 얻었으니 불법을 만나 보리심과 공성을 수행하여 이로써 일체 중생을 해탈시키고자 하는 동기를 세워야 합니다. 티베트의 스물다섯 분파의 스승님들이 수행하여 얻은 깊은 깨달음이 오늘날 우리에게 전승된 것은 모두 바른 동기의 인연입니다. 본인의 목표를 성취하고 타인의 목표 성취를 돕는 데 이생의 인간 몸을 잘 활용해야 할 것입니다. 법문을 들은 이익으로써 모든 중생이 성불에 이르기를 우리 모두 함께 발원해봅시다.

보살로 향하는 관문

티베트에 불교가 전래되기 200년 전에 이미 중국에 불교가 도입됐습니다.

그러나 티베트 불교는 중국이 아닌 인도의 범어에서 직접 수용되었습니다. 번뇌를 깨달음으로 전환하는 수행법과 본존불을 관상하는 수행법은 모두 인도의 스승들에 의해 직접 전해진 것입니다. 붓다께서 만다라의 본존불로 나투는 밀교 수행법은 선업을 짓고자 하는 제자들이 사사했습니다. 총카파 대사는 수행자의 순수한 집중력이 강할수록 삼매와 지혜의 힘으로 본존불을 실제 볼 수 있다고 설했습니다. 불성을 이루기 위해서 보살도로 나가야 합니다. 보리심만이 보살로 향하는 관문입니다.

카말라실라의 『선정차제』는 사마타(samatha)인 안주 명상과 비팟사나(vipassanā)인 분석 명상을 다룹니다. 대상에 집중함으로써 명상에 힘이 생깁니다. 명상의 대상에 치심과 자비를 일으키는 것이 안주 명상이라면 분석 명상은 무상을 깊이 사유하여 그 느낌을 이해하는 것으로 세 단계로 구분하였습니다. 원만한 인연으로 불성을 바로 알아야 할 것입니다. 전지(全智)한 마음은 모든 곳에 있지 않습니다. 원인으로서 인연이 이어지며 원인에 의해서 성취될 수 있습니다. 인연이 없으면 청정한 결과가 이뤄질 수 없습니다. 집을 지을 때 튼튼한 기초가 필요하듯이 안정된 종교관이 성립될 때 평안한 인생을 살 수 있습니다.

꽃에 의식이 있을까요? 자연 만물 역시 인연의 화합체입니다. 해바라기를 예로 들면, 아침에 동쪽으로 해를 바라보다가 해가 지면 서쪽을 향합니다. 중생심으로 이러한 움직임이 있는 것이 아닙니다. 원인 자체가 어디서 왔을까요? 그 이전의 원인에 의한 결과입니다. 여러 인연이 모이면 색깔과 모양이 생깁니다. 중생의 모든 불행과 행복은 업에 의해 발생된 것입니다. 업은 마음의 힘이 만들어낸 것입니다. 불성의 성품을 발견하기 위해서는 점진적인 선정으로써 가능합니다. 절대적으로 마음의 변화를 필요로 합니다.

불법은 이치를 바탕으로 이해해야 합니다. 지혜의 눈은 경전을 바탕으로 할 것이 아니라 이치로써 키워야 합니다. 붓다께서도 비구들에게 금을 다루듯 이치를 밝히라고 설하셨습니다. 용수 보살과 모든 선지식께서도 모두 이치를 바탕으로 상대적인 논서를 저술했습니다. 현대과학과 불교의 교차점이 바로 여기에 있습니다.

어린 학생들에게 "붓다가 무엇입니까?"라고 물었습니다. 그러나 쉽게 답하지 못했습니다. 불법은 연기와 계율로 설명돼야 합니다. 연기에도 여러 단계가 있습니다. 사성제는 진정한 행복의 원인을 만드는 방법을 밝히고 있습니다. 이어서 열두 가지 연기법은 무명을 극복하는 차제를 규명하고 있습니다.

윤회에서 벗어나고자 하는 마음이 있다면 출리심을 발할 수 있습니다. 우리는 일상에서 부유할수록 시기심과 경쟁심이 더욱 강해지는 것을 많이 봅니다. 스님들에게서도 많이 보이는 경향입니다. 더욱이 물질적 부유와 소비지향주의는 마음의 결핍을 초래했습니다. 우리 마음 안에 항시 공허함을 안겨줍니다. 이러한 때에 종교의 역할은 매우 중요합니다. 최근 인간의 뇌를 연구하는 과학자들이 실험 결과에 의해 자비 명상을 통해 뇌의 변화가 가능하다고 증명했습니다. 슬프고 우울할 때 활동하는 뇌의 영역과 타인에게 자비심을 일으킬 때 활동하는 영역이 동일하다는 것입니다. 그러나 아직까지는 현대 과학에서 뇌의 활동으로 미세한 마음을 설명하는 데는 한계가 있습니다.

불법을 대할 때는 반드시 사유를 해서 이치에 맞는지 분석해야 합니다.

익숙함으로써 터득한 법의 체험을 타인과 나눌 수 있어야 합니다. 아비달마에서 이미 밝힌 바와 같이 사람에 의지하지 말고 법에 의지해야 할 것이며, 가르침에 의지하지 말고 의미에 의지하며, 상대적인 의미에 의지하지 말고 지혜에 의지해야 할 것입니다.

우리는 일상에서 작은 열반을 무수히 경험합니다. 1월의 사르나트는 밤에 무척 춥지요. 그러나 오후가 되면 햇볕이 매우 강해집니다. 저는 지금 추위의 괴로움으로부터 벗어나기 위해 두꺼운 옷을 입었는데 오후가 되니 무척 덥군요. 겉옷을 거둠으로써 지금 저는 더위의 괴로움에서 벗어나 작은 극락에 도달한 기분입니다.

보리심은 모든 악업을 극복하는 명약입니다. 죽음에 도달하는 그 순간까지 『입보리행론』으로 보리심에 익숙해지십시오. 스님의 특별한 도움 없이 스스로 길을 찾을 수 있습니다.

2010년 8월 북인도 라다크 지역에 홍수가 나서 많은 인명 피해가 있었습니다. 당시 재난 지역을 방문해 기도 의식을 했습니다. 그러나 중요한 것은 나의 주인은 나라는 것입니다. 나 스스로에게 의지해야 합니다. 그 바탕에는 강렬한 보리심이 있어야 합니다. 모든 중생을 위해 음식이 되고 공기가 되겠다고 발원을 하는 것이 보리심입니다.

『입보리행론』은 보리심을 발하는 이를 위한 안내서로서 출리심과 계율 그리고 삼귀의를 기본 골자로 합니다. 보살이 어떻게 수행을 하며 어떻게 성불하는가를 다룹니다. 허공의 자성에는 구름이 없듯이, 우리가 지닌 일체 마음의 번뇌는 손님과 같습니다. 객진 번뇌에도 여러 가지 뜻이 있습니다. 청정 자성과 분리되기에 객진이라고 합니다. 보리심과 공성을 말할 때 공성의 열여섯 가지 관법으로서 일반적인 유식학의 견해에 근간합니다. 반면 중관에서 객진 번뇌라 함은 눈으로 보고 느끼는 것이지 사실 있는 것이 아니라는 입장입니다.

몸은 여인숙, 생각은 나그네

대승 수행을 한다는 것은 대승의 삼보를 향한 귀의로 시작됩니다. 인간의 몸을 받기가 얼마나 어려울까요? 불법(佛法)이 유통되는 곳에 태어나 사부대중이 있으며 실제적으로 포살을 하는 비구 승가가 형성되어 있어야 합니다. 인간의 몸을 받은 것은 거대한 윤회의 바다를 건널 수 있는 최상의 배를 얻은 것과 같습니다. 보통 사람들은 악을 행하기 쉬운 환경에서 살기에 바른 행을 하기 어렵습니다. 윤회를 초월할 수 있는 마음을 일으켜 일체 죄를 소멸하는 열쇠가 바로 보리심입니다. 대승의 입문은 보리심을 발하였는가 아닌가의 여부에 있습니다. 보리심을 발한 선한 뿌리의 공덕은 일체 중생이 붓다에 오를 때까지 끝이 없이 증장할 것입니다.

　붓다가 되는 인연은 대비심에 있음을 기억하십시오. 그 방편이 다섯 바라밀과 지혜 바라밀입니다. 자타 상환법으로서 이기심이 이타심으로 대치될 때에만 비로소 대비심을 일으킬 수 있습니다. 대비심이 몸에서 일어나기 위해서는 대자심으로 일체 중생을 보아 환희하는 마음을 내고, 일체 중생이 탐진치에 시달리고 있음을 완벽히 이해할 때 대자비를 일으킬 수 있습니다. 일체 중생을 위한 수승한 발심이 일어날 때 비로소 무상정등각으로 향

하는 길 위에 서게 됩니다. 대승의 삼보에 귀의했다면 완벽한 출리심을 지니십시오. 이 모두는 일체 번뇌를 소멸하고 진정한 열반을 성취하기 위함입니다. 자기 스스로 무상한 존재임을 알아 찰나 변화하는 그 본성을 바로 볼 때 고통의 바다에서 벗어나는 법이 드러납니다.

우리 인간의 몸은 여인숙이요 생각은 나그네입니다. 몸과 생각 모두 내 것이 아닙니다. 우리가 기쁨이라고 생각하는 몸과 생각의 쾌락은 절대적인 행복을 가져올 수 없습니다. 몸이 아프거나 아프지 않거나 분별할 것 없이 우리는 취사 선택하고 있습니다. 아무리 친한 이라 하더라도 그들 스스로 언젠가는 사라지게 됩니다. 덧없는 허망뿐입니다. 집착에 의해 내가 좋아한다고 착각했던 이들을 위해 내 몸이 지은 죄업이 사실 생각뿐이지 실제 없음을 알아야 합니다. 타인을 위해 지은 수많은 죄업만이 고스란히 남습니다. 무명의 업력으로 지은 죄업은 실로 헤아릴 수 없을 만큼 많기에 우리는 참회를 일으켜야 합니다.

붓다에게 자신의 몸을 올려 대자비심을 일으킨 것이 보시 바라밀입니다. 『입보리행론』에서는 계율 바라밀에 대한 정확한 언급이 없습니다. 정념과 정지로 항시 자신을 살피라고 한 것으로 계율을 대신합니다. 항시 근신하여 대승의 보살행을 하십시오. 이를테면 일반적으로 적이라는 것은 내쫓아도 다시 올 수 있지만 번뇌는 지혜로 완벽히 소멸 가능합니다. 항시 조심할 때 정진이 나옵니다. 삼매로써 아집과 법집을 멸하는 지혜가 발현됩니다. 용맹으로 소멸시킨 번뇌는 다시는 오지 않습니다. 근신이란 항시 주의를 기울이는 것으로서 분노하는 대상과 분노의 실체 자성이 공함을 바로 알아야 합니다.

올바른 견해의 힘

자신이 무엇을 하는지 항시 깨어 있으십시오. 삼매 수행에 있어 마음속에서 혼침이 일어나는지 감시해야 합니다. 마음이 산란하거나 후회 혹은 멍한 상태로부터 깨어 있는 것, 신구의 삼업을 정확하게 알아차림이 사물의 본성을 알아차리는 지혜입니다. 삼업 가운데 마음을 정확히 관찰하는 것이 가장 중요합니다. 샨티데바께서 권하기를, "정념과 정지로써 마음을 잘 감시하는 것이 중요하다."라고 했으니, 이를 감시하는 것이 허술해지면 마음은 순식간에 흐트러지고 맙니다. 마치 깨진 그릇에 물을 담는 것과 같습니다.

『입보리행론』의 특이점은 「선정품」에서 삼매가 나오는 것이 아니라 자타 상환법이 선정품에 나온다는 것입니다. 원래 삼매란 일념으로 집중하는 것인데 어찌하여 자타 상호 교환법이 나오는가? 이유는 붓다의 경지에 가기 위해서는 오직 한마음으로 수행함이 탁월하기 때문입니다.

삼매 즉 오직 붓다를 이루기 위한 정진을 위한 기초 공사가 바로 인욕입니다. 이를테면 보리심의 근거가 되는 것은 대비심이며, 대비심의 반대가 분노심입니다. 중생에 대한 분노심은 한량없는 자비로 대치해야 하는데 대자비를 방해하는 분노는 중생 속의 많은 방편으로 대비해야 합니다.

어떻게 하면 항시 기쁠 수 있을까요? 올바른 견해가 있다면 가능합니다. 불편한 마음에 찰나라도 머물지 마십시오. 반드시 분명한 견해로 기쁨을 이루도록 해야 합니다. 우리는 지금까지 번뇌와 고통의 원인을 무수히 지어온 반면 선의 원인은 매우 미약하게 지었습니다. 그렇기에 인간은 기쁨보다 고통이 훨씬 많습니다. 고통의 원인을 알았으니 이제부터 출리심을 발현할 기회의 인연을 만난 것과 같습니다. 인욕은 용기를 필요로 합니다. 예고 없이 찾아오는 고통을 수행자는 의연하게 대치해야 합니다. 그렇기에 분노를 죽인 자를 영웅에 비유합니다.

『입보리행론』의 「지혜품」은 항시 「삼매품」과 동등하게 설해져왔습니다. 결국 성불하는 대승 수행은 삼매와 지혜가 동시에 이루어지며 반드시 대자비심과 공성의 지혜를 필요로 합니다. 일반적으로 우리가 말하는 보리심은 속제 보리심입니다. 그러나 정확히 말하면 속제와 진제의 두 가지 보리심이 있어서 진제 보리심을 설할 때는 삼매와 지혜가 동시에 이뤄져야 합니다.

삼매를 성취하는 방법과 정의 그리고 공덕을 바로 알 필요가 있습니다. 왜 삼매를 닦아야 하는가? 실제 수행에서 공성의 견해는 무상을, 깨달음은 삼매를 바탕으로 합니다. 비유하면 지혜는 말 위에 탄 사람과 같고 삼매는 말을 끌고 가는 힘입니다. 삼매란 무한한 정진력입니다. 수행에 임할 때에는 시간에 의연하게 강렬하고 선명히 집중하십시오. 붓다를 관하는 시간의 공덕은 한량이 없습니다.

(2011년 1월, 인도 사르나트)

11

현명한 이기주의자가
되십시오

타인과 나 자신을 위한 이타심

간단히 말해서, 받아들이면 순조롭습니다. 반면, 내 것을 주입하려 할 때는
충돌하지요.

윤회의 수레바퀴 속에서 원만히 구족함은 중생의 몫입니다. 불지를 이
루지는 못할지라도 이생에 행복을 이루어갈 수 있는 길을 위해 이타심이 필
요합니다. 이타심은 타인을 위함은 물론 자신도 위하는 수승한 마음 자리입
니다.

타인의 행복을 귀하게 여겨본 적이 있습니까? 고통을 원하지 않고 행복
을 원하는 점에서 타인과 나는 동일합니다. 나는 여러분에게 현명한 이기주

의자가 되는 길을 제시하고 싶습니다. 이타를 생각할수록 진정으로 나에게 이익이 되며 궁극적으로 보살의 길로 전환시킬 수 있어야 합니다.

『입보리행론』에서, "모든 중생은 나에게 선지식과 같다."고 말씀하셨습니다. 원수가 나를 해롭게 하려 드는데 어찌 나에게 스승이 될 수 있는가? 생각해보십시오. 우리 불자들은 멸제를 위해 삶의 고통을 도제로써 성취해 갑니다. 때문에 적이라는 대상은 굉장히 귀한 대상인 것입니다. 나에게 가까운 중생에 대한 은혜뿐만 아니라 나에게서 먼 대상의 중생에 대해서도 그 존재의 은혜를 생각해야 합니다.

총카파 대사께서는, "이타를 이루려는 선한 보리의 마음은 궁극적으로 자신에게 이익이 된다."고 말씀하셨습니다. 바른 동기를 세운 선업의 과보는 무궁하고 무진합니다. 세간의 일체 행복은 타인을 위하는 마음에서 오며 윤회의 모든 고통은 자신의 이익을 구하는 이기심에서 비롯된 것입니다. 타인을 위하는 이타심을 나의 사명으로 삼음이 바로 보리의 공덕입니다.

내부와 외부의 모든 조건이 역경일지라도 보살도로 삼아야 합니다. 누군가 나의 재물을 탐하더라도 분노하지 말고 기쁜 마음으로 나누어야 합니다. 타분 사원에 계시던 주지 스님의 방에는 금고가 하나 있었는데 항시 열쇠가 채워져 있지 않았습니다. 이유를 묻자 아무것도 잃을 것이 없어서 열쇠가 필요 없다고 답을 하더군요. 그리고 얼마 전에 다시 스님을 만나 근황을 물으며 이제는 그 금고에 열쇠를 채우는지를 다시 물어보았습니다. 그러자 스님은 여전히 금고에는 열쇠가 필요 없다고 하였습니다. 나는 아주 잘되었다고 답하며 유쾌하게 웃었습니다. 만약 스님의 금고에 커다란 금덩이가 있었고 어느 날 도난을 당했다면 누군가 아주 잘되었다고 여겼을지도 모르겠습니다. 수행자는 청빈을 자랑으로 삼아야 하며 불편한 걸림이 없는 것이 좋습니다.

마음에 교만심이 일어나거나 좌절감이 일어나는 것은 일종의 극과 극의 감정입니다. 일체 종지를 이루고자 하는 성불의 목적이 있다면 사소한 어려움은 공성으로써 타파해 현명하게 해결하십시오. 오래 붙들고 괴로워할 필요가 없습니다. 허공계가 있고 중생계가 있는 한 나는 모든 중생을 제도하겠다는 서원으로 일체 중생을 위하는 삶을 살아간다면 지금 당신이 처한 역경은 당신을 성장케 하는 보약이 될 것입니다.

이 자리에 나는 대단하고 유명해서 많은 이들이 나를 존경해야 한다고 여기는 이가 있다면, 어서 바른 도리를 깨우쳐서 나를 가장 천하게 여기는 스스로가 되기를 발원하겠습니다. 자신의 분노라는 적을 다스리지 않으면 탐착은 보리심의 적이 됩니다. 나의 내부에 자리한 분노의 적을 다스리게 되면 이후로 외부의 적은 유연해집니다. 고통이 생기기를 원하지 않고 재물이 생김을 즐기는 세속의 갈애들로부터 탄력을 유지할 수 있어야 합니다.

마음 단속 잘하는 법, 정념과 정지

현현하는 모두는 외부에서 의식에 의해 발현된 것입니다. 마음의 성품은 희론의 변을 여의어야 합니다. 우리가 불행하다고 여기는 것들이 진실이라고 여기며 집착하게 되면 절대 행복을 느낄 수도 체험할 수도 없습니다. 때문에 여섯 바라밀은 지혜로운 삶의 나침반이 됩니다.

보살도의 핵심은 자신의 이기심을 어떻게 다스리는가를 관건에 둡니다. 직접적으로 중생에게 이익이 되게 하는 바를 지향해야 합니다. 환자를 보살피고 가난한 자를 도우며 법을 위하여 인욕을 하는 것 등입니다. 무자성의 공성을 감내하며 공성의 면목을 체득하고 체감해야 합니다. 우리의 머리 위에 불이 붙어 타들어가고 있는데 어찌 여유를 부릴 시간이 있을까요?

대상을 바르게 인식하고 보리심을 수행하기 위해서는 바른 '지(止)'가 전제되어야 합니다. 여러 다양한 경계들이 명료해진 상태가 바로 '지'입니다. 그리고 바른 사유로써 지속적으로 관찰하면서 무상의 도리로 대하도록 해야 합니다. 선명한 마음으로 삶을 살아갈 때 심식의 경안이 일어나면서 세간의 번뇌를 아우르고 무아를 깨달을 수 있게 됩니다. 이 모두의 근본은 공성의 지혜입니다.

자신의 미혹함을 스스로 살펴보세요. 우리 스스로가 나를 존귀하게 여겨 교만해지는 것을 주의해야 합니다. 가장 좋은 것 혹은 가장 편리한 것이 나에게 필요하다고 여기지 말고 나의 미혹함을 부끄럽게 여길 수 있어야 합니다.

이 자리에서 여러분에게 달라이 라마의 이름으로 설법을 하면서 나는 불교에도 집착하지 말 것을 권고합니다. 이 역시도 극단의 변에 치우칠 수 있습니다. 집착은 충돌을 유발하고 나와 타인을 나눕니다. 결과적으로 나에게 피해를 입힙니다. 누가 나를 칭찬하는데 너무 과하면 마치 거짓말처럼 느껴지기도 합니다.

마음은 항시 단속을 잘해야 합니다. 혼자 있을 때는 교만심이 일어날 일이 없습니다. 대중 속에서, 가족과 함께이거나 사회 생활에서 우리는 크고 작은 번뇌들과 마주합니다. 번뇌라고 하는 부정적인 마음을 절대로 가만히 두지 마십시오. 이때 요구되는 것이 바로 정념과 정지입니다.

　다시 말해 나의 마음 상태를 살필 줄 알아야 합니다. 우리가 끊어야 할 바와 받아들여야 할 바를 현명하게 선택하고 행할 때 '나는 잘 살고 있다. 나는 행복하다.'라고 점검할 수 있습니다. 삼륜의 청정한 지혜로써 내가 오늘 쌓고 이룬 선업이 일체 중생이 불지에 이르는 자량이 되도록 발원합니다.

(2013년 8월. 인도 다람살라)

12

듣고, 마음에 새겨,
실천하십시오

삼보와 불성을 통해 해탈의 길로

총카파 대사의 저서는 총 18권이 있습니다. 붓다의 설법을 근간으로 날란다 승원의 전승인 중관과 유식 그리고 경에 대한 논서가 그것입니다. 오늘 법문의 저본인 『삼종요도』는 총카파 대사의 노년기 저서입니다.

  불교에서 귀의란, 자신이 믿는 대상에게 간절함을 일으키는 것입니다. 불교뿐만 아니라 외도의 수론 학파에도 귀의의 개념이 있습니다. 불교에서의 깨달음은 타 종교와 완전히 구분됩니다. 연기 사상으로부터 비롯되는 해탈이 바로 그것입니다. 이것이 참이며 진리라고 여기는 일체 모든 것들은 연기법으로부터 헤아려봐야 합니다. 잘못을 만드는 원인을 찾고자 한다면 연기로써 따져나아가 그 뿌리를 찾아내도록 해야 합니다.

불법을 통한 해탈로 나아가기 위해 필요한 무아의 사상에서 반드시 삼보에 의지해야 할 것을 강조한 것은 이것만이 해탈을 성취함에 수승한 의지처이기 때문입니다. 불성에 대한 심도 깊은 이해를 위해 미륵 보살의 『보성론』을 보면 일곱 가지 금강의 깨달음에 대한 방편이 기술되어 있습니다. 삼보에 의지하여 최후의 깨달음에 이르는 보리의 과정입니다.

석가모니 붓다의 전기를 보면 스스로 왕궁에서 벗어나 출가하여 6년의 고행을 하고 후에 보드가야에서 성불을 이루며 5대 비구에게 법을 설한 후에 비로소 대중에게 전승하고 있습니다. 한 인간이 붓다가 되는 일곱 가지 금강의 단계 가운데 그 첫 번째가 붓다이며 두 번째는 법보이고 마지막 세 번째는 승보입니다. 이 삼보는 내가 깨달음을 얻고자 하는 동기에서 나만의 번뇌를 끊는 것을 넘어 진리를 아우르고 동시에 타 중생을 위함이 함께 병행되어야 합니다.

다음은 중생의 근기, 즉 불성(佛性)입니다. 내 마음 자체인 불성을 통해 끊어야 할 바를 끊고 궁극의 붓다를 이루는 것이며 이것을 성취한 것이 바로 해탈입니다.

생명을 지닌 모든 것에는 불성이 있습니다. 그것이 거짓임에도 불구하고 참이라고 여기며 살아가는 이들이 많습니다. 내가 대하는 대상의 본질을 바로 알 때 우리는 비로소 대상의 청정함을 발견할 수 있습니다. 의식의 시작은 거론될 수 없습니다. 시작이 있다면 반드시 끝도 있어야 합니다. 이것은 자연의 이치입니다. 내가 보는 것과 여기는 것의 본질과 그 청정함이 자성과 차이가 없을 때 그 자리가 바로 해탈의 자리입니다.

오늘도 우리는 '깨달음에 이르도록 하소서'라고 기도를 올립니다. 내가 항상 지니는 귀의와 발심은 거듭된 사유로써 스스로 확신을 지녀야 합니다. 내가 지닌 확신으로 하는 기도와 그렇지 않은 기도에는 큰 차이가 있습니다. 단 1분의 기도라도 달과 해를 넘기며 지속된다면 반드시 그에 준한 답을 얻게 될 것입니다.

붓다는 티베트 어로 '쌍게'라고 합니다 '허물을 완전히 여의었다', '허물을 끊었다'는 의미입니다. 중생의 단계에 지닌 허물을 모두 완벽히 여읜 자리입니다. 세상의 모든 진리와 이치를 완전히 얻는 상태, 이것이 쌍게의 '게'가 지닌 의미입니다. 깨달음으로 향하는 길에 확고한 의지를 지니십시오. 확신을 가지고 반드시 공성으로써 이치를 따져봐야 합니다.

지금 이 순간 윤회하고 있는 것에서 어떻게 벗어날 수 있는가? 이것이 우리가 이 자리에 모인 목적에 대한 궁극의 물음입니다. 오온과 분리된 나는 없습니다. 이것이 나라고 말할 수 있는 것은 오온과 분리해서 설명될 수 없습니다.

번뇌를 끊고 윤회로부터 자유로워지기 위하여

사성제는 팔리 어문 삼장인 계정혜의 계승입니다. 전승에서 '계율'에 한두 장의 차이는 보입니다. 그러나 산스크리트 어문과 비교해 큰 차이가 없습니다. 다음의 정은 '선정'을 의미합니다. 그러나 혜의 전승에서 팔리 어권과 산스크리트 어권 간에 큰 차이가 있음을 확인할 수 있습니다. 이 때문에 불교

내에서도 사대의 분파가 생겨났습니다.

그것이 설일체유부, 경량부, 유식 그리고 중관학입니다. 법무아를 지(止)의 관점에서 논할 때 중관학과 유식의 견해에 차이가 있고, 인무아의 자성을 바라보는 관점의 차이에서는 나라고 하는 것이 사용하는 것이 육신이라는 견해인 설일체유부와 의식으로부터 발현한다는 관점인 유식의 견해 그리고 바깥 경계의 존재는 없으며 모든 일체가 의식으로부터 발현된 것이라는 중관학의 견해 등 각각 차별이 있습니다.

과연 도(道)란 무엇입니까? 도는 어느 특정한 길을 의미하는 것이 아닙니다. 마음이 향상되고 선한 쪽으로 변화시키는 것, '아제아제 바라아제 바라승아제 모지사바하'입니다. 아제의 자량도에서 아제의 가행도를 거쳐 궁극의 붓다가 되는 성취의 단계입니다. 깨달음을 구하는 나와 번뇌를 지닌 나는 동일합니다. 마음으로부터 어떻게 번뇌와 번민을 전환시킬 수 있는가? 그러한 화두를 들고 마음의 비롯됨을 탐구하고 사유한다면 나를 둘러싼 지성과 의식은 힘을 다해 돕고자 할 것입니다.

우리의 시야를 흘러가는 수많은 현상들과 감촉을 자극하는 현란함들을 코끼리의 후각과 비교해봅시다. 아무리 인간의 후각을 연마하고 향상시킨다 하더라도 코끼리의 후각보다 우월할 수 없습니다. 작고 나약한 토끼일지라도 인간은 토끼의 청각을 따라잡을 수 없습니다. 생의 생을 거쳐 마음을 향상시킬 때에만 서서히 점증적으로 연마해 변화시킬 수 있습니다. 이생에 결과를 맺기 힘들더라도 정진력을 통한 체득으로 발전하도록 해야 합니다.

불법의 궁극적인 지향은 깨달음, 즉 해탈입니다. 나의 번뇌장을 모두 끊는 것을 해탈이라고 합니다. 용수 보살로부터 아리야데바 불호 보살을 거쳐 월칭으로 이어지는 법맥은, 번뇌를 끊는 경계에 있어서 어떻게 그 경계를 끊어야 하는가를 살피며 토론으로써 논의하고 있습니다. 그러한 선지식의 논서를 근거로 하여 믿음만으로는 법을 통달할 수 없다는 신념을 가지고 나의 생각과 논리로써 관찰을 거듭해가야 할 것입니다.

번뇌뿐만이 아니라 번뇌의 습인 소지장까지 완전히 끊어야만 윤회로부터 자유로울 수 있습니다. 그것이 진정한 해탈입니다. 해탈의 근간은 지혜입니다. 지혜를 일으켜 괴로움을 알고 고통으로부터 벗어나고자 하는 염리심을 일으켜야 합니다. 그때 필요한 것이 바로 공성의 지혜입니다. 나의 고통의 무게와 중생이 지닌 고통의 무게가 같음을 알아서 공성을 근간으로 부디 스스로를 구제하고 동시에 일체 중생을 구제하도록 하십시오.

붓다가 되고자 서원한 이에게 오늘의 역경과 고난은 스스로에게 자부심입니다. 공성의 지혜는 그러한 당신에게 어둠을 밝히는 빛이 되어줄 것입니다. 누가 윤회를 하고 내가 깨달음을 어떻게 이루는가는 사실 중요하지 않습니다. 지금 이 순간 내가 어떻게 해야 하는가, 그 진실된 마음과 마주해 인간의 몸을 받은 공덕을 귀하게 여기십시오.

(2014년 1월, 인도 벨라쿠피)

13

바른 법을 가지면 허물이 일어날 수가 없습니다

스승에 의지한다는 것

한때 날란다 승원 터에 방문했을 당시, 『현관장엄론』과 『입중론』를 송하는 내내 저의 머리에 떠오르는 것은, 죽은 가르침을 살아 있는 가르침으로 되살려야 한다는 사명감이었습니다. 우리는 법을 들음에 유익함을 생각하며 오늘 이 자리에 모였습니다. 물론 법을 설하는 스승 또한 설법의 여섯 가지 공덕을 헤아려 스스로를 조복 받고 제자와 마주해야 합니다. 붓다께서는 계정혜 삼학에 두루 정통한 스승이야말로 제자를 이끌 수 있다고 하였습니다. 높은 명성 때문에 스승을 섬길 것이 아니라 그 스승이 나를 정법으로 이끌어주기에 합당한지를 의심해봐야 합니다.

한때 티베트의 유명한 법왕으로 소문난 자가 중국의 사원에 머물렀습니다. 많은 중국의 불제자들이 그를 만나기 위해 문전성시를 이뤘습니다. 시간이 흘러 그 법왕은 부와 여자를 탐하고자 하였습니다. 이 소식이 인도에 망명한 달라이 라마 저에게까지 보고가 되어 조치를 취할 것을 부탁받았습니다. 그러나 현재 망명한 상태인 저는 제자 스스로가 현명하게 스승을 살필 것이지 다른 3자가 관여하기엔 다른 큰 문제가 야기될 것이라고 조언하였습니다. 스승이 제자를 점검해주는 것뿐만이 아니라 제자 스스로도 스승을 점검해야 하는 공동의 책임이 있습니다.

바른 법을 가지면 허물이 일어날 수가 없습니다. 한 과학자와의 만남에서 그는 자신이 발견한 연구의 성과들이 타성에 젖어 한 방향으로만 치우치지 않도록 항시 주의한다는 말을 듣고 공감한 적이 있습니다. 공정한 마음, 한 쪽으로 치우치지 않은 마음가짐이 필요합니다. 붓다께서도 금을 연마하는 연금술사와 같이 붓다의 말씀이 참된 진리에 어긋남이 없는지를 반드시 살필 것을 타이른 바 있습니다. 공정한 견해를 지닌 이는 무엇이 참된 진리이고 참된 실상과 같은지를 살피고 빨리 알아차릴 수 있습니다.

현 티베트의 사태를 봅시다. 나라를 빼앗긴 지 반세기가 넘었습니다. 티베트 망명 정부는 중국이 그르다 혹은 티베트가 옳다는 편향된 견해에 치우치지 않고 공정한 시각을 도출하기 위해 비폭력 중도 정책을 실행하고 있습니다. 실제 일어나는 현상들에 대한 견해를 가질 때 근거와 타당성이 과연 옳은가 그른가는 스스로가 사유할 몫입니다. 그 잣대는 스승에게 들은 바를 따르되 주변의 여론몰이에 어울려 묻어가는 것이 아니라 스스로 공정한 시각으로 받아들여 이해할 수 있어야 합니다.

『람림』의 서문에서 총카파 대사께서는, '스승에 의지함이 무엇인가' 그 조건을 본문에 앞서 강조하셨습니다. 수행에 임하는 이는 내적으로나 외적으로 모두 청정해야 합니다. 가부좌를 틀고 앉아 성스러운 삼보에게 귀의를 올리며 호흡을 가지런히 합니다. 카담에서 이어오는 마음 수행에서와 같이 내가 누구와 있건 그 무리 가운데 가장 하등한 자이며 그들이 원하는 바를 충족시키겠다는 마음가짐으로 겸손한 마음을 근저에 둬야 합니다.

평소 마음이 산란하고 집중이 쉽지 않다면 내가 숨을 쉼에 날숨이 어떻게 나가고 들숨이 어떻게 움직이는가를 살펴보세요. 숨을 바라봄은 정혈맥의 금강승 수행의 기본입니다. 의식이 흔들림 없이 그대로 머물고 있다면 성과를 본 것입니다. 그리고 삼보에 귀의하여 일체 중생을 향한 네 가지 무량한 마음을 일으킵니다.

'모든 것은 그 자성으로서 공하다.'는 마음을 일으켜 존재를 바라보세요. 내가 본존으로 태어남에 무자성으로 태어난 그 자체를 공함에 안착시킵니다. 이것이 붓다가 지닌 지혜 의식의 씨앗입니다. 공성의 본연으로부터 허공의 연화좌에 안착하신 붓다를 관하여 시방으로 성문과 연각의 불보살께서 붓다의 말씀과 함께 한다고 여깁니다.

7세기 날란다 승원의 한 학자의 저서를 보면 지구는 둥글며 태양을 중심으로 공전한다는 기록이 있습니다. 반면 불교의 아비담마학에서는 수미산을 중심으로 사바 세계가 사각이며 31개의 층으로 분류된다고 합니다. 어느 것이 이치에 맞고 어느 것이 옳지 않은지를 현대인들은 잘 압니다. 은하계를 거론하는 오늘날 우리는 생명 지닌 존재의 범주를 인간에만 국한시키지 않게 되었습니다.

보리도차제의 수행

총카파 대사의 꿈에 아티샤 존자께서 모습을 보여 머리를 어루만져주심에 지어진 것이 바로 '보리도차제의 기도문'입니다. 청정함에 머물러 삼보에 공양을 올림에 처음으로 『입보리행론』에 의지하십시오. 티베트의 구파인 닝마파와 겔룩파 그리고 카규파의 공통은 금강승은 무상 요가라는 것입니다. 총카파 대사를 시조로 도솔천으로부터 전해져 내려온 것(간덴하겔마)으로 여기고 있습니다. 공성의 수승함을 일깨우신 용수 보살과 미륵 보살 그리고 무착 보살로 이어져오는 논의의 기반은 모두 『람림』, 즉 보리도차제에 두고 있습니다.

공성은 대상을 두고 수행하는 것입니다. 그러나 보리심과 자비심은 내 마음 그 자체를 변화시키는 수행입니다. 탐구와 생각의 고찰은 매우 중요한 수행입니다. 신심과 믿음이 도움이 되고 필요한 것인지를 항시 상기해야 합니다. 내가 믿고 따르는 불교의 견해가 무엇인지 정의함과 더불어 타 종교의 견해와 무엇이 공통되고 다르며 어떻게 모순이 되는가를 분석해봐야 합니다. 때문에 스승에게 의지하는 예비 수습이 관문이 됩니다. 일체 공덕의 근원처가 바로 이 자리입니다. 일곱 가지 인과법으로서 마음을 일으켰다면, 『입보리행론』에서는 나와 남을 속히 구제하고자 하는 서원을 일으킨 자는 나와 남을 바꿔 보는 비밀 수행, 자타 상호 교환법을 행하라고 일컫습니다.

당신에게 은혜로움이란 무엇입니까? 배고픈 이가 따듯한 밥 한 공기를 얻은 기쁨에 견주어볼 수 있을까요? 정법의 길을 볼 수 있음에 이보다 큰 은혜가 있을까요? 타인의 행복을 원하는 것으로부터 붓다와 보살의 길로 향하는 티켓을 얻은 바와 같습니다.

어리석은 자는 나만의 행복을 바라왔습니다. 『중관보만론』에서는, "중생을 위한 배와 다리가 되어서 마치 중생의 하인과 같이 머물러라."라고 말씀하고 있습니다. 타인을 위함으로써 나를 위하는 길이 무엇인지 생각해보십시오. 다음 생에도 그리고 그 다음 생애에도 불법과 멀어지지 않고 항시 불법과 함께하면서 불도 위에서 정진하기를 기도하는 이라면 스승의 존귀함을 알고 바른 법을 따라야 할 것입니다. 나의 스승을 상기해볼 때 눈물이 나고 온몸의 털이 곤두서는 믿음과 간절함이 일어나야 합니다.

베풂 그리고 받아들임을 의미하는 티베트 불교의 통렌 수행은, 왼쪽 코에서 숨을 내쉴 때 중생의 안락을 염원하고 오른 쪽 코로 숨을 들이마시며 중생의 모든 죄악을 짊어지겠다는 마음을 내는 것입니다. 다른 중생을 위하는 의로운 계율을 실천함에 삼보를 향한 귀의와 참회 그리고 마음을 굳건히 해야 할 것입니다. 행보살계를 통해 이생을 넘어 다음 생까지 일체 중생이 성불할 때까지 나의 발보리심이 후퇴하지 않기를 간절히 염원하십시오.

(2014년 1월, 인도 벨라쿠피)

14 번뇌에 대해
바로 알아야 합니다

총카파 대사의 저서를 살펴보면 수행의 근기를 따라 어렵고 난해한 부분은 거듭해 당부하고 수차례 비유를 들어 설명하며 논하고 있습니다. 이와 같이 수행자는 쉬운 부분만을 즐겨하며 어려운 부분을 건너뛰려 하지 말고 공을 들여 부단히 노력을 기울여야 합니다.

『람림』(보리도차제론)에서 하사도와 중사도 그리고 상사도에 이르는 수행도의 차제는 보리도의 근기를 증장시키는 순서입니다. 이에 근거하여 수행자는 정념과 정지에 의지해야 합니다. 경전을 대함에도 중관과 인명학을 서로 동시에 비교하며 깨우쳐야 합니다. 열 가지의 선을 행함에 윤회의 괴로움에서 벗어나 해탈로 향하고자 하는 서원을 세우십시오. 이 모두는 원치 않는 고통으로부터 벗어나기 위함이며 윤회의 본질을 바로 보기 위함입니다.

인간의 생함에 비추어 어머니의 태 안을 상상해봅니다. 어둡고 악취가 나는 곳에서 머무는 오랜 시간에도 고통을 받습니다. 태어나서도 의식주에서 고통을 겪고 내가 아끼는 이들 그리고 내가 싫어하는 이들로 인해 다양한 고통을 접합니다. 나이가 들어 몸에 질병이 생기고 서서히 가죽이 말라가면서 오온은 점차 해체됩니다. 사람으로 태어났어도 언젠가 그 수명은 다해 내 것이라 영위하던 것들을 그 무엇 하나도 품지 못한 채 이생과 이별을 고합니다.

계율은 만연한 고통의 사바 세계에서 균형을 잡는 중심축이 되어줍니다. 쿠눌라마 린포체께서는 "공성으로서 윤회를 끊는다."라고 말씀하셨습니다. "공성 그 자체가 윤회가 아님을 아는가? 윤회의 환멸로써 근본 원인인 무명이 전도된 것임을 깨우쳐 외경과 내경의 경계를 허물라."라고 하셨습니다.

언제까지 분노의 감옥에서 스스로를 속박하려 합니까? 성을 내는 이유는 집착이 많기 때문입니다. 불교의 중관에서는 윤회하고 고통 받는 원인에 대해 업과 번뇌의 작용을 논의합니다. 집착함으로써 존재성을 느낀다면 그것은 매우 어리석은 습에 의한 그릇된 관념입니다.

묻습니다. 내가 붓다를 성취하겠다고 염원하는 것 또한 집착일까요? 상대를 성취하려는 갈망에 깊이 탐하면 집착이 됩니다. 원하는 마음이 과연 나를 보호한다고 생각한다면 그 자체는 허물이 아니지만 내가 갈망하는 대상에 대해 전도된 의식이 작용되어 옳은 것으로 해석되면 집착이 되어 부정한 업을 일으킵니다. 집착의 대상에 고유한 성질이 있다고 여기는 것에서 마음의 번뇌가 일어납니다. 마음에 번뇌를 일으키는 대상은 모두 법집에 의한 작용임을 바로 보십시오.

내가 특별하다는 아상에서 벗어나야

번뇌에 대해 바로 알아야 합니다. 전쟁터에서 상대에 대해 바로 알 때 비로소 승리할 수 있는 원리입니다. 번뇌가 일어나는 원인과 조건 그리고 그로부터 자유로울 수 있는 해법의 측면들을 면밀히 따져봐야 합니다. 전도된 망상, 즉 모든 것에는 자성이 있다는 작용이 있어서 호불호를 만들어냅니다. 그 가운데 관념에 의한 번뇌를 멸하기가 가장 어렵습니다.

스스로가 소중하다는 마음이 본능적으로 느껴질 때가 있습니다. 자비심과 같은 타인을 가엾이 여기는 마음이 본능적으로 일어나는 것이 과연 가능할지 당장 자신감이 서지 않습니다. 수행으로써 습을 들이면 못 이룰 것이 없습니다. 서서히 나의 원수를 향한 자비심 역시 일으킬 수 있게 됩니다. 의식의 미세한 작용들은 책으로만 접해서 이해함으로써 변화하는 것이 아니라 직접 사유한 바를 실천함으로써 체득한 것을 통해서 다스릴 수 있습니다.

당신은 해탈에 대해 얼마나 간절하십니까? 『입보리행론』에서, "항상 나의 행복을 바란다면 타인의 행복을 먼저 구하라. 그것이 나의 행복을 이루는 지름길이다."라고 이르고 있습니다. 나의 몸이 아프고 병들었을 때 보살펴 줄 이가 곁에 있던 경험을 기억해보세요. 내가 원하는 행복이란 이 순간뿐만 아니라 이생 내내 영위되기를 바라지요. 그동안 내가 얼마나 타인을 신뢰하고 믿어왔는가를 이 자리에서 상기시켜보세요. 의심을 하면 그 정도만큼 두려움이 남습니다. 주변에서 남을 위하는 이가 있다면 유심히 그의 행적을 살펴보십시오. 마음도 몸도 모두 건강한 그를 확인할 수 있을 것입니다.

지금부터 '나는 특별하다.'는 아상에서 벗어나세요. 스스로를 구속해왔던 것으로부터 스스로를 해방시키는 순간입니다. 내가 대승을 따르는 불자라고 자부한다면 이생의 행복에만 머물고자 하지 않을 것입니다. 모두가 손을 잡고서 다음 생뿐만 아니라 일체 중생이 모두 더불어 행복할 수 있는 길을 공통의 관심사로 삼아야 할 것입니다.

법을 구하고 이해하는 것에도 정도가 있습니다. 지금의 어르신 불자들에게 자비심을 이해시키기 위해서는 업과와 지옥을 그 예로 들어야 대화가 통합니다. 쉽게 말해 과거의 불교는 겁을 줘야 신앙하는 종교였습니다. 그러나 지금의 불교는 보다 현실적이고 이성적인 논리로 대화하면서 합리적으로 삶의 난제들을 극복하고 그 너머의 이상을 추구하고 있습니다.

『보성론』에서는 내가 깨달음을 구한다면, '스스로에게 있는 여래장을 발현하여 번뇌를 멸하는 것'이라고 밝힙니다. 내 삶의 방식 체계가 과연 올바르게 흘러가고 있는가를 보십시오. 내가 살아가는 바의 가치를 점수로 매긴다면 몇 점인지 헤아려봅니다. 이상이 『람림』의 하사도 단계에서 사유하는 주요 내용입니다.

보리심의 발현, 이기심을 중생을 위한 마음으로

삼학을 수행함에 해탈을 원한다고 하지만 과연 해탈에만 머물 작정입니까? 일체 중생을 위하는 평등한 마음을 낼 때 우리는 비로소 대승의 수행자가 됩니다. 보시의 최상은 삼독의 번뇌를 멸하는 길을 보이는 것입니다. 사실

타인을 위하는 것이 과연 무엇이며 어느 정도인지 하사도의 수행자는 현실적으로 헤아리기가 쉽지 않습니다.

준비되지 않은 이에게 법을 설하는 것에도 허물이 있습니다. 내가 원하는 바가 먼저가 아니라 타인의 근기와 성향을 먼저 받아들여야 합니다. "내가 붓다를 성취하도록 하소서."라는 말은 허공의 메아리일 뿐입니다. 『보리심석』에서, "일체 중생을 위함에 일시적으로 선한 마음을 일으킨 그 마음에도 공덕이 있다."고 하였습니다만, 우리는 보다 지속적으로 장기적인 궁극을 향해 걸어가야 할 것입니다.

보리심과 공성을 스스로의 언어로 정의해봅시다. 『람림』에서 말씀하신 바와 같이 무시 이래 모든 중생은 나의 어머니였음을 사유해봅니다. 어느덧 흐르는 눈물을 주체할 수 없을 것입니다. 더불어 나와 남을 서로 교환하여 상기해보세요. 내가 지금 허기진 만큼 상대의 배가 고프고, 내가 현재 앓고 있는 병만큼 상대가 아프다고 생각해보세요. 나만을 위해왔던 이기심을 타 중생을 위하는 마음으로 바라보세요. 이것이 바로 보리심의 발현입니다.

인욕 수행을 하는 이에게 "똥을 먹어라."라며 욕을 건넨 티베트 라사의 유명한 한 수행자의 이야기가 있습니다. 스스로 인욕을 수행하고자 한다면 고요한 곳에 자리를 틀고 앉아 있을 것이 아니라 살아 숨 쉬는 세상 밖으로 나와 사람들 속에서 어울려 스스로를 점검하는 것이 인욕 수행입니다. 지금 내가 싫어하는 혹은 나를 싫어하는 이를 떠올려봅니다. 나를 불행하게 한다고 여겨온 대상이 바로 인욕 바라밀이니 지금 이후로 그를 향해 감사의 마음을 내십시오.

한 생을 바꾸면 그곳이 바로 붓다의 세상입니다. 붓다의 행적을 보면서 내가 지금 여기서 무엇을 어떻게 해야 하는지 바르게 사유하도록 지혜를 구할 수 있어야 합니다. 오늘부터 내가 싫어한다고 여겨온 것들과 관계를 유연히 하기를 바라는 마음이 일어났다면 항상 『입보리행론』을 소지하고 거듭 사유하되, 수행론에서는 8장을, 인욕에서는 6장을 참고하기를 바랍니다. 그에 비추어 오로지 남을 어여쁘게 여기는 마음을 가꿔가보세요. 반드시 실천하고 노력하겠다는 자세로 스스로를 격려하세요. 중생을 향한 평등한 마음을 일으킴에 자식을 아끼는 어머니의 미소를 지어봅니다.

우리 모두는 행복해지고 싶습니다. 그 바람은 모든 중생이 지닌 공통의 가치입니다. 나를, 우리 가족을 불행하게 하는 대상이 있어 그 무엇 때문에 내가 잘못되었다고 원망해왔던 어제의 나를 참회하세요. 지금부터 더불어 행복한 우리를 향해 솔선수범할 수 있는 그 무엇이 되어 틈틈이 보리심을 사유하세요. 중생을 위함이 나를 위함과 같음을 발견하고 그에 발현한 무한의 행복을 나누십시오.

보리심을 한 번 일으킨 이는 후퇴하지 않도록 항시 깨어 있어야 합니다. 불보살님을 향한 최상의 공양이 바로 퇴보 없는 보리심입니다. 이보다 수승한 공양은 그 어디에도 없습니다. 지금 여기에 중생이 원하는 바를 실천하고 고민하는 이가 있다면 그가 바로 진정한 보살이며 불교에서 칭하는 보살의 유일한 정의가 될 것입니다. 우리에게는 게으르고 나태할 시간이 없습니다. 하나의 범부 중생이 이 세상에 남아 그를 일깨워야 한다면 오직 보리심만이 그를 살리고 우리를 구할 것입니다.

(2014년 3월, 인도 다람살라)

15 자비는 붓다의 열매를 맺는 씨앗입니다

오늘의 언어로 재해석해야 하는 붓다의 말씀

붓다와 붓다의 가르침 그리고 승가에 귀의합니다.

오늘 제가 이 법문을 들음에 일체 중생이 궁극의 종지를 성취하도록 하소서.

마음의 동기를 바로잡아 삼계의 모든 법이 일체에 두루하도록 하소서.

불교를 수학하면서 각 구절을 해석하고 풀이하는 것은 매우 값진 수행입니다. 『보리도차제론』에서 '다문(多聞) 역시 수행의 한 방편'이라고 말씀하셨습니다. 공부를 하는 것은 내면을 변화시키고자 함입니다. 스승에 의지하여 차제에 근거하며 한 단계씩 증장하는 것이 공부입니다. 나는 나라를 잃고 망명한 주변인의 시점이 되어서야 나의 조국 티베트가 어떠한 상황에 놓여 있는지 바로 보게 되었습니다. 그리고 붓다의 가르침을 어떻게 전승하고 보존해야 하는지 그 방향을 알게 되었습니다.

여러분께서는 붓다의 말씀을 얼마나 고귀하게 지니고 계신지 궁금합니다. 날란다 승원의 스승들께서 저술하신 인명(因明)과 중관의 저서들은 반드시 수학해야 하는 필수 과제입니다. 더불어 당시 학승들의 견해를 오늘의 시각으로 재해석하고 외도의 견해들과 비교해 토론하는 시간이 필요합니다. 한때 바라나시에서 자이나 교도들과 함께한 학회가 있었습니다. 한 구절의 말씀을 매우 세밀하게 해석하고 탐구하던 모습은, 비록 외도였으나 매우 인상적이었습니다. 붓다께서 율장에서 말씀하신 열반에 관한 부분에서도 외도의 견해를 겸손히 살피고 타 종교와의 차이를 확실히 구분하는 것도 필요한 작업입니다.

불교의 여러 학파

티베트에서는 몇 년에 단 한 번 각 불교 종파의 회동이 있었습니다. 다람살라 망명 정부에 있는 겔룩파 소속의 남걀 사원에서 논쟁과 논의가 본격적으로 수학되기 시작한 것도 1960년대 이후부터입니다. 그 이전에는 기도와 주력이 대부분이었습니다. 다른 한 예로 티베트 불교에는 현재까지 비구니계가 없습니다. 그 해결 방안은 꾸준히 논의되고 있습니다만, 1년에 한 차례 대론을 통해 사미니의 계쉬(박사) 학위 증득이 가능해지도록 그 기반을 다

지고 있습니다. 이렇게 우리는 변화에 항상 긍정적으로 대처해야 합니다. 그 것이야말로 진취적인 앞으로의 한 걸음입니다.

근본 스승이신 붓다와 스승의 가르침을 뵙고 스스로 체험하면서 증득한 깨달음은 실로 소중한 보물입니다. 제가 16세에 정치적 지도자의 위치에 올라 많은 결단을 내려야 했을 당시 의지했던 분이 바로 스승들입니다. 그 당시 닝마파의 관정 의례와 저서를 수학하고 사캬 그리고 카규의 법을 두루 섭렵할 필요를 공감하고 인정하였습니다. 수승한 경지에 도달함에 찰나의 명료성을 깨우치도록 정진의 불씨를 다듬은 근간은 바로 폭넓게 섭렵한 수행의 성과입니다. 총카파 대사께서 "남과 비교하는 대상으로 삼지 말고 탐구하고 고찰함에 면밀하게 하는 방편으로 삼아라."라고 말씀하신 것이 의미하는 바는 선자식의 가르침을 대하는 수행자의 자세를 일컫습니다.

『현관장엄론』에서는 "성문의 무리와 함께 어울리는 보살은 허물이 남는다."고 하였으나, 보살은 성문의 가르침을 반드시 알아야 합니다. 불교 내의 다른 종파는 서로 분열되지 않아야 합니다. 각 파의 다름의 문제는 토론의 장을 마련해서 두루 섭렵하도록 하고 연결 고리를 찾아야 합니다. 붓다의 말씀을 담은 각 종파의 가르침 역시 두루 수학되어야 합니다. 불교 내의 나와 다른 파라고 하여 몰라도 된다고 생각해서는 안 됩니다. 그리고 그 근저에는 존중을 바탕으로 삼아야 합니다.

일체는 반드시 선한 방향으로 흘러가야 합니다. 선함의 근본은 은혜로운 스승이신 붓다이십니다. 붓다의 말씀으로써 우리는 공덕을 지으며 증장해갑니다. 때문에 우리는 법문을 들어야 합니다. 이로써 붓다의 말씀을 항시 떠올릴 수 있게 됩니다. 이것은 우리의 실천에서 자연스럽게 증명이 됩니다.

사실과 이치에 맞는 것을 인식하세요. 그것이 불교의 인명학입니다. 대상을 바라봄에 있어서 진여의 문으로써 그 핵심을 취하도록 합니다. 현교와 밀교의 가르침에서 아무리 노력해도 헛된 것이 되지 않도록 하기 위해서는 수승한 승의제로써 공성을 스스로 체험할 때 가능합니다. 견고한 신심으로 도리를 알고 용수 보살과 무착 보살의 공통된 가르침의 확신을 얻을 때, 비로소 반야의 가르침과 마주 서게 됩니다. 선정을 통해서 보리의 깨달음에 이르는 핵심을 간파할 수 있습니다. 많이 듣고 사유함에 정성을 들이세요. 모든 가르침을 떠올릴 수 있도록 노력하세요. 때문에 항상 바른 인식이 필요합니다.

남의 고통을 내가 짊어지는 마음, 자비심

상사도의 마음을 보는 것은 무엇인가? 대승의 입문은 오직 발심입니다. 발심으로 어떻게 무엇을 실천하는가? 해탈만을 원한 것이 붓다의 말씀이 아닙니다. 붓다께서는 이타와 자타로써 모두가 해탈의 문으로 들어가도록 한다고 설법하셨습니다. 보리심이란 대승의 문에 입문하는 열쇠입니다. 보리심을 수행하는 것과 보살계를 수지하는 것은 일곱 가지의 인과법을 수지하는 것이며 샨티데바께서 말씀하신 바(『입보리행론』)에 근거하는 것입니다.

자비는 붓다의 열매를 맺는 씨앗입니다. 불성이 없다면 붓다가 될 수 없는 것과 같은 이치입니다. 깨달음을 원하는 서원에서 수행의 발심을 냄에 항시 공정한 마음을 낼 수 있도록 해야 합니다. 무시 이래로 내가 윤회를 해온 것과 같이 나는 어머니의 모태를 빌렸음은 거스를 수 없는 인과입니다.

자비심은 중생의 고통을 벗어나게 하려는 실천 덕목입니다. 내가 짊어지려는 타인의 고통에 대한 목적 의식으로부터 붓다의 대자비심을 상기할 수 있어야 합니다. 나를 위하는 이기심을 누르고 타인을 위하는 원만한 이타심에서 그 둘의 비중을 잘 견주어야 합니다. 이생에 받은 발심에 후퇴가 없도록 항시 스스로를 일깨우십시오.

스승께서 말씀하시는 법의 도구를 상기하세요. 발보리심과 행보리심으로 실천하기 위해 우리는 보살계를 받습니다. 방편은 발심을 일으키는 것이며 지혜는 실상을 바로 보는 것입니다. 바라밀 행에서 지혜와 방편은 모든 행의 기준이 되어야 합니다. 지혜로써 실상을 대함에 하나 된 마음으로 일으켜야 합니다. 과연 내가 원하는 것인가? 그것을 물었을 때 삼계에 존재하는 망상이 법집에 기인하며 이것이 윤회의 근거를 마련한다는 것을 떠올려야 합니다. 이로써 훗날 소지장까지 끊을 수 있습니다.

대승의 일반적인 수행 방법과 금강승의 수행 방법 그리고 보살의 수행 방법에는 차별이 있습니다. 금강승의 별해탈계를 지니고 여섯 바라밀을 실천해야 금강승에 입문할 자격을 갖춘 것이 됩니다. 보살의 가르침은 여섯 바라밀에 모두 담겨 있습니다. 보시 바라밀은 지계 바라밀을 생성시키며 지계 바라밀은 보시 바라밀에 의지합니다. 바라밀의 마지막인 선정 바라밀과 지혜 바라밀은 붓다를 성취하기 위한 바라밀을 성숙시키기 위한 것으로 일체 중생을 불법으로 이끄는 사섭법을 요체로 합니다.

보시는 오로지 선한 마음입니다. 그러한 마음을 어떻게 일으키는가? 나의 인색함을 잠시 줄인 것이 아니라 내가 소유한 전부를 타인에게 주는 것

입니다. 항시 청정한 계율 속에서 실천함에 갈망하는 번뇌 망상이 없어야 합니다. 마음은 항시 명료해야 합니다. 아홉 가지 노력하는 마음으로 몸과 마음의 경안을 조성해야 합니다. 마음을 안으로 지속하여 대상에 집중하면서 산란의 틈을 견고하게 다집니다. 거칠고 미세한 혼침(마음을 무겁게 함)에 주의하여 대상에 고정하면서 미세한 도거(마음을 산란케 함)에 주의하여 마음을 평안히 합니다. 끊임없이 탐구하고 고찰하는 정진력으로 지속적으로 이어갑니다. 이로써 허물을 일으키는 의식은 점차 사라지고 마음은 허공과 같아질 것입니다.

(2014년 3월, 인도 다람살라)